北京の胡《フー》同《トン》

ピーター・ヘスラー

栗原 泉 訳

Peter Hessler
STRANGE STONES

白水社

北京の胡《フー》同《トン》

Peter Hessler
STRANGE STONES

ピーター・ヘスラー
栗原泉 訳

白水社

ジョン・マクフィーに捧げる

「北京の胡《フー》同《トン》」目次

装幀——小林剛

黒竜江省
ハルビン
長春
吉林省
内蒙古自治区
瀋陽
遼寧省
北朝鮮
フフホト
三岔
奇石
順義
北戴河
北京市
天津市
夏回族
治区
黄
河
渤海
河北省
銀川
太原
石家庄
韓国
済南
山西省
山東省
黄海
粛省
西安
鄭州
江蘇省
陝西省
河南省
合肥
南京
上海市
湖北省
蕪湖
巫山
安徽省
杭州
都
武漢
浙江省
重慶市
三峡ダム
麗水
涪陵
南昌
長沙
東シナ海
福州
貴陽
湖南省
江西省
福建省
貴州省
台湾
広西チワン族
自治区
広州
蘿崗
深圳
広東省
香港特別行政区
南寧
マカオ特別行政区
ナム
南シナ海
海口
海南省
★ 首都
◎ 直轄市
● 省都・自治区首府
■ 特別行政区
○ 本書に登場する主な地名

ロシア
カザフスタン
モンゴル
キルギス
ウルムチ
新疆ウイグル自治区
タジキスタン
パキスタン
青海湖
西寧
青海省
蘭州
チベット自治区
ラサ
四川省
ネパール
長
江
ブータン
インド
バングラデシュ
昆明
雲南省
ミャンマー(ビルマ)
ラオス
タイ

凡例

訳者による注は本文中に〔　〕で記した。
引用者による注は本文中に［　］で記した。
通貨の単位はすべて原書のまま（米ドル、中国元）とした。

はじめに

子どものころ、父はときどき私たちきょうだいを面接調査に連れて行ってくれた。私の父はミズーリ大学の医療社会学者で、仕事柄、調査に行くのは刑務所や精神科病棟や地方の診療所など、私たちにとっては珍しいところばかりだった。一度など、オザーク高原の奥地のマーク・トウェイン国立森林公園に代々住む一族の末裔から話を聞いたことがある。荒っぽい、やりたい放題の連中だと、周辺の集落では評判のよくない一族だった。老人の名はイライジャ。話している間ずっと開け放った窓のそばに座り、リスの侵入に備えて二二口径ライフルを膝に抱えている。年齢は八十歳。この界隈でドラッグのことで何か問題はありませんかと父が訊くと、老人はまじめな顔でうなずく。「うん、問題はある。ドラッグストアがなくて困ってるんだ。何か必要になったら、わざわざセーラムまで車を出さなくちゃならん」

少し前だが、のどがひどく痛くなったとイライジャは言う。特産のスイカも飲み込めなくなったので、ついに近くの町へ行って獣医に診てもらった。獣医は一目見てポリープだと診断。イライジャは取ってくれと言い張った。

「いや、申しわけないんだが、私は医者じゃない。それはできません」

「本当にできないかどうか、よーく考えてもらおうじゃないか」

そんな具合で物事は進んだ。はっきりした脅しはなかっただろう。イライジャは手術をしてもらうまで粘っていたのかもしれない。

私の父はいつも面接した相手にすっかり惹きつけられてしまうのだった。個性的な人や変わり者と話すのも好きだったが、毎日を規則正しく過ごす穏やかな人たちにも深い興味を抱いた。私の両親にとってミズーリ州はまるで外国みたいなものだった。二人ともロサンゼルスで育ち、人生の大半を過ごすとは思いもしなかった中西部で家庭を築いた。父は長年にわたって地方の医療問題を研究し、歴史研究者の母はミズーリ州のユダヤ系移民について論文を書いた。

父はどんな人とでも会話を始めることができた。家に来る職人はたいてい、仕事が終わるまでには身の上話を父に打ち明けていた。以前、トイレ修理に来てくれた配管工は父とすっかり意気投合し、今でもミズーリ州北部で一緒にシカ狩りをする仲だ。子どものころ、バス停やホテルのロビーなどで、とくにすることもなく一緒に座っていると、父は、その辺りで見かけた人について、何か気づいたことはないかとよく尋ねるのだった。あの人の洋服の着方や動作に何か特徴はないか。職業は？どうしてここにいるんだろう。

このやり方を父は大学院の師でピーター・コンミン・ニューという社会学者から学んだ。ピーター・ニューは上海で育ったが、アメリカの大学に留学し、一九四九年に中国共産党が権力を握ってからはアメリカにとどまっている学者だ。父に教えていたころはピッツバーグ大学にいたが、のちにこの二人はボストンのタフツ大学で数年間一緒に仕事をすることになった。ピーターは、私が自分にちなんで命名されたと思い込んでいた。厳密に言えばそうでもないのだが（ほかにも同じ名前の友人がたくさんいたから）、両親はその思い違いを正そうとはしなかった。私にとってピーターは子ども時代の忘れられない存在だ。一八〇センチを優に超す長身で、肩幅が広い。太鼓腹と大きな禿《は》げ頭と真ん丸い顔が特徴的だ。人物観察の術《すべ》に加えて、ピーターは「独創的ヘマ」と呼ぶ手法を考案していた。人に何かしてもらいたいことがあったら（たとえば交通警官を言いくるめるとか、満員のレストランでテーブルを確保するとか）、突然「外国人」になるのだ。見知らぬ土地にいる不案内な人間だ。すると、みんな必ずできることはなんでもしてくれるのだった——困惑し、言葉もたどたどしいこの中国人《チャイナマン》がこれ以上困らないようにしてやろう。ピーター・ニューはよく響く声で、人に話を聞かせるのが好きだった。父もそうだったが、ピーターも多弁で観察力が鋭いというすばらしい特性を持っていた。加えて、亡命者特有の、どこにいてもくつろげる能力も備えていた。これが中国人について、私が抱いた最初の印象である。私は子どものころ、中国人はみな大柄で人を惹きつける人たちだと思っていた。「上海」という言葉を耳にするたびに、巨人が闊歩する町を思い浮かべたものだ。

ずっとあとになって中国に来てから、私はピーター・コンミン・ニューが本当はいかに並外れた人物だったかを知ることになる。身体の大きさだけではない。その話し方や観察の仕方が特異だった。たいていの中国人は外国人を警戒する。中国には社会学や文化人類学、つまり異なる社会に興味を持つという強い伝統はない。私の経験からいえば、中国人は語りの名手ではなかった。たいていはとても慎み深く、自分が注目の的になるのを嫌がるのだ。ジャーナリストになってから、私は忍耐を学んだ。自由に語ってもらうには何カ月も、ときに何年もかかるのだ。私は父のやり方を思い出した。誰かを本当に理解したいと思ったら、退屈したりいら立ったりしてはいられない。それに、日常は珍しい事件に負けず劣らず重要だ。また中国では、外国人が「独創的ヘマ」に訴えなければならないことがしょっちゅう起きるのだ。

子ども時代にこのような経験をしたものの、私は中国で物書きになろうと思ったことはない。ピーター・ニュー以外に中国とのつながりは何もなく、大学でもアジア関連の授業はいっさい取らなかった。両親は子どもの進路に口を出すタイプではない。父が私たち子どもを面談調査に連れて行ったのは跡を継がせたかったからではなく、ときに自分の世界から一歩外に踏み出せば人生はもっと楽しくなると考えたからだ。子どもたちはそれぞれ好きな道に進めと言われた。三人の姉妹のうち二人は警官と結婚し、その一人は、母と同じく教師として働き、社会学を専攻したもう一人は、今は専業主婦をしている。下の妹は堆積地質学の研究者だ。

長年、私はフィクション作家になりたかった。創作はジャーナリズムよりも高尚な仕事に思えたし、優れた小説の文章や語り口に惹かれていた。大学では創作を専攻し、短編小説に的を絞って勉強した。ジョン・マクフィーが教えるノンフィクションの演習講座に参加したのは、二年目の後期になってからだ。マクフィーはそれまで私が習ったなかでいちばん厳しい教師だった。私の作文の余白は、左手できっちりと書かれた文字でいつも埋め尽くされた。お粗末な一文のわきには「これではまともな読みものにならんぞ」とある。形容詞や形容詞節が並んでいる箇所には「簡潔に。口の中から邪魔な小石を取り出せ」とあった。ある経歴紹介では、二つの文の中に人物の名前を四回も繰り返したことがある。「この名前の地響きが聞こえるか。まるで馬蹄のとどろきだ。適当に代名詞を使うべし」とのコメントをもらった。マクフィーの批評はときに無遠慮だ。「ここはくどい。いらいらする」

「見え透いた知恵だ」というのもあった。

だが、褒めてくれることもある――「そのとおり」「なるほど」「いいねえ」。自分はよい文もお粗末な文も書けるのだと、私は気づいた。優れた書き手とは、必ずしも才能がある人ではなく、自分の弱点を知り、文章を磨こうと努力する人だということも学んだ。講座が終わるころには、ノンフィクションを書くのは小説の執筆と同じくらい努力を要する仕事だとわかった。その後、小説家の仕事は自分には内向きすぎると感じるようになった。私はどちらかといえば内気だったので、自分を外に押し出す仕事をしようと思った。ほかの人びとの暮らしに、外の世界に触れる必要があると考えた。それで、平和部隊《ピースコー》に志願し、中国へ送られたのだった。派遣先が中国だったのは偶然と言っていい。物書きになりたければ家から遠く離れなければならない。私にわかっていたのはただそれだけだった。

本書には二〇〇〇年から二〇一〇年の間に書いた記事を収めた。最初の一編を書いたのは三十歳のとき。その後の十数年間に、私の暮らしは何回も変わった。長い間独身で過ごしたあとに結婚し、ついに(一度に)二人の娘の父親となった。妻との間に双子の女の子が生まれたのだ。その間、私は三カ国、一二カ所に住んだ。ホテルの部屋で記事を書いたこともある。

だが、どこへ身を置こうとも書くときの気持ちは同じであり、執筆は支えになるものだとこの時期に私は学んだ。記事を書く基本(好奇心、忍耐力、自分と異なる人とつながろうとする気持ち)を、私は子どものころに教えられたのだった。私は外国暮らしを長く続け、人生の大部分を外国語の中で過ごしてきた。そこで、地元の人とよそ者の双方の視点を結びつけてみたいと思った。本書はその試みである。

また、移住者についても書いた。出稼ぎの人、よそから移り住んできた人、何かを探し求めている人、あるいは何かから逃れてきた人びとに私は惹かれる。ちょっとした疎外感を抱いている人が私は好きだ。気まぐれな人、帰郷を夢見る人、さまざまなかたちの「独創的ヘマ」をしでかす人——私が出会った人たちはみな味のある話をした。自分が置かれた状況をよそ者の目で描き出すことができたからだ。

本書の各編は年代順ではなく、私の個人的な好みに従って並んでいる。歴史的事件をテーマにしたものはほんの三編だけで、三峡ダム建設と北京オリンピック、そして共産党支配下の中国で初めてとなった平和的指導者交代を取り上げた。各編はほぼすべてが『ニューヨーカー』誌に掲載されたものだが、本書に収めるにあたって大幅に書き直した。外国に滞在していた間、この雑誌はもう一つの支えであった。編集と事実確認の面で大きな支援をいただいたことも幸運だったが、幅広い題材とさまざまな声を積極的に取り上げるその編集方針は何よりもありがたかった。広い世界からのレポートは、ともすれば情けないほど視野が狭くなる。とくに九・一一事件以降はその傾向が強い。アメリカ人が警戒すべき人たちと哀れむべき人たちの二つしか、記事のテーマはないのかと言いたくなることもある。どちらも、私が外国で出会った人びとには当てはまらない。

『ニューヨーカー』誌は、私が自分の考えで書くのを許してくれた。ありがたいことだった。外国で記事を書くときの課題に、どれだけ自分を出すかという問題がある。自分を中心に書けば、旅行記になってしまう。書き手の存在をなるべく、ときにはまったく出さないというのが最近の大きな傾向で、新聞記事がその代表格だ。これが焦点を絞った公正な記事を書く方法だとされている。だが、そうした書き方をすれば、テーマはより遠いもの、より異質なものに見えてしまう。私は人物を描くとき、どのような交流があったか（私たちは何を共有し、何によって隔てられたのか）を伝えようとした。中国人は、外国人の私に対してある種特有の反応を示した。これは読者に伝えるべき重要な点だと私は思う。とはいえ、私が主に伝えたかったのは、実際に北京の胡同《フートン》に住み、中国の道路で車を走らせ、コロラドの田舎町に住んでみて、自分がどう感じたかである。ノンフィクションを書く醍醐味は、語りと報道のバランスを探ること、多くを語り、緻密に観察する術を見つけることだ。

だがコロラドも中国も、今でははるかかなたになってしまった。今、私は別の国に住んでいる。別の言葉を学ばなければならない。ときにはもうまいったと言いたくもなるが、すっかりなじんだ気分になることもある。今はそんな日々を過ごしている。

二〇一二年九月

エジプト・カイロにて　　ピーター・ヘスラー

野性の味

「ネズミは大きいのにしますか、小さいのにしますか」ウェイトレスに訊かれた。ここ蘿崗《ルオカン》で、私は難しい選択をするのにちょうど慣れてきたところだった。蘿崗は中国南部広東省の小さな町だ。私がここに来たのはちょっとした好奇心から、有名なネズミ料理店があると聞いたからだ。来てみると有名料理店は二軒もあった——一品居野味餐館《イーピンチュイイエウエイツアンクアン》と新八景野味美食城《シンパーチンイエウエイメイシーチョン》だ。どちらもネズミ料理専門のレストランで隣同士に店を構え、どちらも内装に竹材と木材を使っていた。二店のオーナーは名字をそれぞれ鐘《チョン》と鐘という。蘿崗の住民は、ほとんどみんな名字が鐘なのだ。

二人の鐘さんは親類ではない。それどころか激しく張り合うライバル同士だ。二人とも外国人ジャーナリストの私に猛烈な売り込みをかけてきた。そこで私は二人の期待に応えるべく、両方の店でランチを食べる約束をした。だが、試食を始める前に、一品居野味餐館のウェイトレスの質問に答えなければならない。ウェイトレスの名前も鐘だった。中国語でこれは「釣鐘《つりがね》」という意味だ。「ネズミは大きいのにしますか、小さいのにしますか」もう一度訊かれた。

「大きいのと小さいの、どう違うの?」と私。

「大きいネズミは草の茎を、小さいのは果物を食べます」

そう言われても、どちらがいいかわからない。そこで今度はずばりと訊いた。「おいしいのはどっち?」

「どちらもおいしいです」

「お勧めはどっち?」

「どちらもお勧めです」

私は隣のテーブルに目をやった。両親と祖母と小さな男の子がランチを食べている。子どもはネズミの脚肉にかぶりついていた。あれは大きいネズミの脚か、小さいネズミの脚か、どっちなんだろう。男の子はさっさと脚肉をたいらげた。日差しの明るい暖かい午後のひとときだ。私はついに腹を決めた。

「小さいネズミにするよ」

広東人はなんでも食べるといわれている。一品居野味餐館ではネズミのほかにも、キジバト、キツネ、ネコ、ニシキヘビをはじめ、奇妙な(英語にうまく翻訳できないような種類の)野生動物をさまざまに取り合わせた料理を注文できる。動物はすべて生きたまま檻《おり》に入れられて店の裏庭で飼われ、注文が入ると殺される。どれを選ぶかは難しい問題で、異国の習慣として片づけるわけにはいかない。つまり、ただ珍しい経験をしたいからといってネコを食べるわけにはいかないのだ。ネコを食べるのは、ネコには活発な「精神《チンシエン》」があり、その肉を食べれば、その人の精神が向上するからだ。ヘビを食べるのは強くなるためだ。鹿鞭《ろくびん》(シカの陰茎)には精力増強効果がある。ネズミはどうだろう。実は、私は蘿崗に来るまでネズミ肉が何によいのか知らなかった。だが蘿崗では、鐘さんたちがすぐにこの郷土料理のよさを説明してくれた。

「禿《は》げを防ぎます」と鐘紹琮《チョンシャオツォン》は言う。一品居野味餐館の店主のお嬢さんだ。

新八景野味美食城の店主、鐘慶江《チョンチンチアン》は「ネズミ肉を定期的に食べると、白髪が黒くなりますよ」と言う。「それに、禿げかかっている人が毎日食べると髪の毛が抜けなくなります。この辺りでは、お子さんの髪が薄いと親御さんはネズミ肉を食べさせるんです。髪が生えてきますから」

その年の初め、蘿崗の経済開発区に「レストラン通り」がお目見えした。広州市の中心部から観光客を呼び込もうというわけだ。政府はこの計画に一二〇万ドルを投じたという。おかげで二軒のネズミ料理店は古く狭苦しい公園地区から移転できたのだった。三月十八日、一品居野味餐館が一八〇〇平方メートルの敷地で営業を開始した。投資額は四万二〇〇ドル。その六日後、新八景野味美食城がオープンした。こちらの投資額は五万四〇〇〇ドルだった。第三のレストラン（冷暖房完備の大型店で、総工費は七万二〇〇〇ドル）の開業も間近い。第四の店は企画段階だという。

「あの二軒はうちほど金をかけてませんよ」と、第三のレストランのオーナー、鄧細明《トンシーミン》は言う。「こっちはずっといい店になります。なにしろ空調完備ですから。そんな店、この辺りじゃほかに見つかりません」

早朝のこのひととき、鄧細明と私は、新しい店の床にセメントを流す作業を眺めているところだ。鄧は地元のレストランオーナーのなかでただ一人、名字が鐘でなかったが、それでも妻は鐘姓だという。四十代半ばの鄧は成功した起業家として自信たっぷりの早口でまくし立てていた。ふと気づくと、髪の毛がふさふさだ。鄧細明は蘿崗の食の伝統を誇っていた。

「千年の歴史のある食文化です。食べるのは山ネズミですよ。町のネズミは食べません。山ネズミは清潔だ。山では汚いものはいっさい食べないからです。主に果物ですね、食べるのは。ミカンやスモモ、ジャックフルーツなどです。こちらに衛生局の人が来ましてね、ネズミを研究所に持って行って病気があるかどうか徹底的に調べたんですが、問題ありませんでした。何一つなしです」

蘿崗のレストラン通りは大成功だった。新聞やテレビはこの郷土料理のよさを大々的に報じ、広州市から三〇分ほどかけてやってくる客の数もどんどん増えていた。一品居野味餐館も新八景野味美食城も、週末には一日平均三〇〇〇匹のネズミを料理した。「遠くから来られるお客さんもたくさんいます」と鐘慶江は鼻高々だ。「広州、深圳、香港、マカオからも来られます。はるばるアメリカから息子さんを連れてきたお客さんもいますよ。蘿崗の親戚を訪問されていて、みなさんで連れだって来店されたんです。この種の食べ物は、アメリカでは見つからないそうですね」

そう、見つからない。それにアメリカでは、果物を餌《えさ》にする一万二〇〇〇匹のネズミも見つからないだろう。アメリカ国内どこであれ、どの週末であれ無理な話だ。でも、蘿崗では簡単だ。この町に来て初めての朝、私は農家の人が数十人、丘を下ってくるのに気がついた。ネズミビジネスに一口乗ろうという一団だ。原付バイクや自転車で、あるいは徒歩でやってきたこの人たちはみな、もぞもぞと動く麻袋を担いでいる。袋には農家で罠《わな》にかかったネズミが詰まっていた。

農業を営む鐘森吉《チョンセンチー》という人の話によれば、去年は一ポンド〔約四五三グラム〕一五セントで売れたミカンが、今年は値下がりして、一〇セントにもならないそうだ。村のほかの人たちと同じく、鍾森吉は、ネズミがミカンよりずっと金になることに気づいたのだった。今朝は袋の中に九匹入っていた。一品居野味餐館の店員が重さを測る間も、袋は絶えず揺れ動き、キーキーと音をたてている。袋の重さは三ポンド弱だったので、鍾森吉は一ポンド当たり約一ドル四五セント、総額三ドル八七セントに相当する金額を人民元で受け取った。蘿崗ではネズミ肉は豚肉や鶏肉より高価だ。一ポンド当たりのネズミ肉の値段は、牛肉のほぼ二倍もするのだ。

一品居野味餐館のランチは「山ネズミと黒豆の煮込み」の一品で始まった。メニューには、山ネズミのスープや山ネズミの蒸し物、山ネズミの煮込みやロースト、山ネズミのカレー、スパイシー塩辛山ネズミなどの料理が載っている。だが、ウェイトレスが熱心に勧めたのは山ネズミと黒豆の煮込みだ。やがて陶製の深鍋に入った料理が運ばれてきた。

まず黒豆を食べる。いい味だ。それからネズミ肉をつつく。よく火を通してあるのがわかる。タマネギとネギとショウガの付け合わせがきれいだ。薄口の出汁の中に、やせたネズミの脚肉と腹肉の小片と、まるでおもちゃのような肋骨《リブ》部が並んでいる。私は腿肉から始めることにした。ちょっと口に入れ、ビールに手を伸ばす。ビールはありがたかった。

店主の鍾迭勤《チヨンテイエチン》がテーブルに来て座った。「味はいかがですか」

「おいしいと思いますよ」。

「身体にいいんですよ、この料理」

「そうらしいですね」

「髪の毛や肌にいいんです。腎臓にもいいですよ」

今朝早く出会った農家の人も、ネズミをたっぷり食べれば私の茶色い髪は黒くなるかもしれないと言っていた。だが、その人はちょっと考えてから付け加えたのだった——外国人にも中国人と同じ効き目があるかどうかは、わかりませんがね。つまり、この私にはまったく別の効き方をするかもしれないのだ。その可能性に、この男は大いに興味をそそられたようだった。

テーブルでは鍾迭勤が私をじっと見つめている。店のスタッフもほぼ全員が見物に来ていた。「本当においしいですか」と店主が訊く。

「ええ」と、私はとりあえず答えた。実のところ、まずくはない。肉は脂肪分の少ない白身で、あっさりして後味も残らない。次第に気分も落ち着いてきたので、私はこの肉と似た味を考えようとした。だが、何も思い浮かばない。やはりこれはネズミ肉の味だ。

しばらくすると鍾迭勤は席を外し、ウェイトレスも姿を消した。入れ替わりに若い男がテーブルに来て副店長だと名乗り、どの社の記者か、レストランの取材のためだけに蘿崗に来たのかなどといろいろ問いただす。どうも私の答えに満足していないようで、声に警戒心がにじみ出ていた。中国の一部でいまだに広く見られる現象だ。外国人ジャーナリストが怖いのだ。

「ここに来る前に、役所に届け出ましたか」

「いいえ」

「なぜですか」

「ちょっと面倒だったもので」

「届け出は必要ですよ、決まりだから」

「レストランのこと書いても、役所の人たちは別に気にしないと思いますよ」

「届け出は役に立ちますよ。役所が統計を出したり、インタビューを調整したりしてくれたはずです」

「インタビューの相手なら自分で見つけられますからね。それに、届け出をしたら、お役人たちをみな接待しなくちゃならない」。ああ、その光景が目に浮かぶ。共産党の幹部たち、安物の背広を着た中年男の騒々しい一団が、ネズミ料理を食べている図だ。私は箸を置いた。副店長はまだ何か言っている。

「外国の記者で、中国に来て人権のことを書く人がたくさんいます」

「そうですか」

副店長は私をじっと見据えて言った、「お客さんも人権のこと書くんですか」

「私、これまでに人権のこと何か質問しましたっけ?」

「いや」

「それじゃ、人権のことなんか書けませんよ」

副店長はこの答えを少し考えてみたが、それでも不安げだった。

「私は蘿崗のレストランのことを書いているんですからね、難しいことなんか、全然ありません」

「届けは出さなくちゃだめです」と副店長はまた言った。話を続ければ、副店長が同じこの言葉を何回でも繰り返すのは目に見えている。疑心暗鬼が私たちの会話を台無しにしていた。これが中国の悲しい現実だ。政治の話が出れば完璧なネズミ料理もまずくなる。

私は肩をすくめ、持ち物をまとめて店を出ようとした。副店長が記事には自分の名前を出さないでくれと言うので、名字だけならいいですかと訊いてみた。

「いや、だめです」きっぱり断られた。

「別に問題ないでしょう。蘿崗の人はみんな同じ名字じゃないですか」

だが副店長は根深い思い込みに取りつかれていて、だめだと言う。私は礼を述べ、名前は出さないと約束した。だから、ここでは出していない。

隣の新八景野味美食城の鐘さんたちは、メディアのことをずっとよく知っていた。私に、テレビの取材班を連れてきたのかと訊く。

「いいえ、テレビの仕事はしていないもので」

店主の鐘慶江は明らかにがっかりしていた。先月、香港のテレビ局が取材に来たそうだ。店主に案内されて席に着くと、フロアマネージャーの女性が横に座る。「隣の店、味はどうでした?」

「おいしかったですよ」

「何を注文なさったんですか」

「山ネズミと黒豆の煮込み」

「うちのほうがおいしいですよ。料理人の腕も上だし、サービスも素早いです。ウェイトレスたちもうちのほうが礼儀正しいですよ」

私はスパイシー塩辛山ネズミを注文した。ウェイトレスの例の質問にも今度はすぐに答えられる。

「大きいほう」と、われながらきっぱり言えた。

「では、こっちに来て選んでください」

「え?」

「食べたいネズミを選んでください」

中国ではたいていのレストランが、魚など海産物の食材を生きたまま客に見せ、客の承諾を得てから料理する。そうやって新鮮さを保証するのだ。ネズミ料理でもそうするとは予想外だったが、今さら断るわけにはいかない。私は店員に案内されて店の裏にある小屋へ足を運んだ。檻がいくつも積み重なっている。一つの檻に三〇匹ほどのネズミが入れられていた。小屋は臭い。店員が一匹を指して言った。

「あれはどうでしょう」

「うーん。いいですよ」

店員は皮手袋をはめ、檻の扉を開いて選ばれた一匹を捕まえた。ソフトボールほどの大きさのそのネズミは、静かに店員の手の上にちょこんと乗った。店員は尻尾をしっかりつかんでいる。

「これでいいんですね」

「ええ」

「ほんとですね」

ネズミはきらきら光る小さな丸い目で私を見つめている。私は小屋から立ち去りたい衝動にかられた。

「ええ、いいですよ」と私は答えた。

小屋から出ようとしたとき、店員が突然動いた。尻尾をつかんだまま手首をよじり、さっと腕を振る。ネズミが空中できれいな弧を描く。と、頭がセメントの床にぶつかるかすかな音がした。血は見えない。店員はにやりとした。

「ああ」と私。

「では、あちらの席でお待ちください。すぐに料理しますから」

一五分もたたないうちに、皿がテーブルに運ばれた。今回はニンジンとニラが添えてある。シェフが料理場から出てきて見物に加わった。すでに店主とフロアマネージャーと店主のいとこが私を取り囲んでいた。私は一切れ口に入れた。

「味はどうですか」とシェフ。

「おいしいですよ」

「硬すぎませんか」

「いや、硬くはないですよ」

実のところ、私は何も味わわないようにしていた。あの小屋で食欲も失せていたのだ。私は大急ぎで食べ、どんどんビールで流し込んだ。恰好よく見せたい一心で私は懸命の演技を続け、できるだけおいしそうに骨までかじった。食べ終えてから、椅子にどっかりと座り直し、ほほ笑むことまでやってのけた。シェフもほかの見物人もみな満足げにうなずいている。

「次回は龍虎鳳《ロンフーフォン》をぜひお試しください。龍と虎と不死鳥の料理です」と店主のいとこが言う。

「龍と虎と不死鳥ってどういうことですか」私は用心深く訊いた。あんな小屋に行くのは二度とごめんだ。

「本物ってわけじゃありません。ヘビを龍に、ネコを虎に、ニワトリを不死鳥に見立てるんです。この三つを混ぜた料理はいろいろと身体のためになります」と店主のいとこは続ける。「それに、とってもおいしいですよ」

北京の胡同

私の住まいは紫禁城から北へ一キロ半ばかり、北京中心部の外れの細い路地に面した共同住宅だ。ここに住み始めてもう五年になる。正式な名前とてないこの路地は、西側から入り直角に三回曲がって南側に出るように造られている。「?·」の記号のようでもあり、仏教のシンボル「卍」の書きかけとも見えるその特徴的な形は地図で見るとよくわかる。またこの路地の特筆すべき点は、それがわずかしか残っていない旧市街の一部だということだ。中国の都市はどこでもそうだが、首都北京も猛烈な勢いで変化を遂げてきた。市内大手の地図製作会社によれば、開発のスピードに合わせるには案内マップを三カ月ごとに改訂しなければならないという。だが、私の家の界隈は、ここ何世紀というもの区画割りがほとんど変わっていない。北京市の詳しい地図が完成したのは一七五〇年、清朝の大帝と呼ばれる乾隆帝の時代であった。この古い地図でも、わが家の路地は、今とそっくり同じかたちをしている。考古学者の徐蘋芳《シュイピンファン》によれば、この区域は十四世紀、つまり北京の町並みが初めて整えられた元《げん》の時代に起源があるかもしれない。「胡同《フートン》」という言葉も元朝が残したもので、漢語で「路地」を意味するモンゴル語である。わが家の路地は「菊児胡同《チュイアル》」という大きな胡同につながっているので、この辺りでは「小菊児《シアオチュイアル》」と呼ばれている。

　私が住んでいるのは三階建てのモダンな建物だが、周りはれんがと木でできた瓦葺《かわらぶ》きの平屋が多い。胡同に特徴的なこうした建物は灰色のれんが塀に囲まれている。旧市街を訪れる外国人は、灰色のれんが塀がどこまでも続き、町が細かく分断されている様子に感銘を受ける。ところが、胡同の暮らしを特徴づけるのは分断どころか、つながることと動くことなのだ。たった一つの出入口を、一〇家族以上で共有することもある。水道こそ引かれているが、トイレのある家は珍しい。だからこの辺りでは公衆トイレが重要な役割を果たす。胡同では多くが共有される。路地そのものもみんなのものだ。冬でも人びとはたくさん着込んで道端に座り込み、おしゃべりをする。行商人が定期的にやってくるが、それは胡同がスーパーマーケットを開くには規模が小さすぎるからだ。

　車はめったに通らない。私が住んでいる路地も含め、たいていは道幅が狭すぎて自動車は入れないのだ。耳に入ってくる日常生活の音は、七〇〇〇万人が住む町のど真ん中のものとは到底思えない。たいてい私は明け方に目が覚める。デスクに座ると近所の人たちの話し声が聞こえてくる。室内用便器を手に、この建物に隣接する公衆トイレに向かう人たちだ。午前中は行商人が次々にやってくる。リヤカー付き三輪自転車のペダルを踏み、独特の声音《こわね》で商品を宣伝しながら路地を回る。いちばん声が大きいのがビール売りの女だ。「ビールー、ビールー」と節をつけて何回も繰り返す。朝の八時からこれではうるさいと思う人もいるだろうが、私は何年も聞いているうちに節回しを楽しむようになった。コメ売りの男は高い声を出し、酢を売る人は低い声だ。包丁研ぎ屋の売り声には、カチャカチャと金属板の触れ合う伴奏がつく。こうした音を聞いていると気が休まる。物売りの声が聞こえる限り、家の外に一歩も出なくても、不自由とはいえどうにか暮らしていけるだろう。食用油や醤油、それに季節のものなら野菜や果物も手に入る。冬になれば紐で吊るしたニンニクが買える。トイレットペーパー売りは毎日自転車でやってくる。石炭が足りなくなることもない。ときどきリンゴの砂糖漬けを買うのもいいだろう。

自営のリサイクル業者と取引して、いくらか金を手に入れることもできそうだ。業者はたいていの日は三〇分おきに荷台付き三輪トラックで回ってきて、段ボールや紙類、発砲スチロールや壊れた道具類などを買い取っていく。古本はキロ単位で、壊れたテレビは平方インチごとに値段が決まる。日用品は修理したり、分解して部品を取り出したりできるし、買い取った紙類やプラスチックは、再生処理センターに転売できるが、儲けはほんのスズメの涙だという。以前、私は家の中の不用品をアパートの入口に積み上げては、通りかかる回収業者を片っ端から呼び入れ、いくらで買い取るか訊いたことがある。古雑誌は一束が六二セント、コンピュータ用の古いコードは五セントだった。壊れた照明器具は二台で七セント、履き古しの靴は一足一一セントだ。壊れたPDAは二台で三七セントになった。あちこち赤字の入った私の原稿を秤《はかり》にかけ、一五セントで買い取った業者もいる。

四月も末のある日、机に向かっていると「なが ー い髪、ありませんか。買い取りま ー す」と聞き慣れない声がした。路地に出て見ると、河南省から来たという男が荷台に店を広げている。ウィグや付け毛を作る工場で働いているという。景気はどう? と訊くと、男は黄麻の大袋の中をごそごそと探り、長い黒髪のポニーテールを取り出した。胡同の住民から一〇ドルで買ったばかりだそうだ。暖かくなったので北京に出てきたと男は言った。ヘアカットの季節の到来だった。河南省に帰るまでに、良質の毛髪を四〇キロほど買い集めるつもりだ。その大部分は、いずれアメリカか日本に輸出されると男は言っていた。

話していると、近くの家から女が出てきた。持ってきた紫色の絹のハンカチの包みをそっと開くと、中に太い髪束が二本並んでいる。

「娘のです」最近カットした髪の毛を取っておいたという。

髪束はそれぞれ長さが二〇センチほどだ。男は一束を取り上げ、すべて心得て品定めをする漁師のように目を細めてじっと見てから言った。「長さが足りんな」

「え？　どういうこと？」

「これじゃ使えない。もっと長い毛じゃないと」

それでも女は取引を進めようとしたが、うまい手立てもなく押し切られてしまい、やがて髪束を持ったまま家に引き返していった。男は「ながーい髪、買い取りまーす」と声を響かせながら、胡同から立ち去った。

二〇〇八年オリンピック大会開催に向けて北京市が準備に力を入れ始めたのは、私が「小菊児」に引っ越して間もなくのことだ。胡同のあちこちに、オリンピックの栄光のしるしが現れた。市民のスポーツ意識を高め、健康を増進しようと、政府は何百という屋外運動施設を新設した。ペンキで塗りたてたスチール製運動具をそろえた施設は、目的は結構だとしても奇妙だった。誰かがどこかのスポーツジムをちょっと見て、その記憶を頼りに設計したのかもしれない。ここに来れば、巨大な車を手で回転させたり、まったく抵抗しない大型レバーを押したり、公園で遊ぶ子どものように振り子にぶら下がったりできる。北京一帯のいたるところに、長城に近い農村にさえ、こんな運動施設が建てられた。おかげで、今では農家の人たちは新しい生活スタイルを選択できる。クルミの実の収穫作業を一二時間も続けたあとで、黄色い大車輪を回してシェイプアップに励めるというわけだ。

だが、こうした運動施設をいちばん歓迎したのは胡同の住民たちだ。旧市街のあちらにもこちらにも、狭い路地の間に隠れるように運動具が設けられた。ここがとくに賑わうのは明け方と日暮れどきだ。年輩の人たちはグループでやってきて、おしゃべりしながら振り子のブランコをする。暖かい日は夕方になると男たちが運動具に座り、のんびりとタバコをくゆらす。これは胡同にまさにぴったりの施設だった。なにしろ胡同の住人にとって究極の楽しみは、路上で近所の人たちとおしゃべりすることなのだ。

二〇〇〇年の暮れ、菊児胡同の端にある公衆トイレが改築された。オリンピックに備えた衛生設備改善計画の一環だ。これは、まるでオリンポスの山から一条の光が差し出でて路地を照らし、壮大な建築物を残していったような劇的な変化をもたらした。新しいトイレには水道が引いてあり、赤外線センサーによる自動洗浄装置が付いていて、表示はすべて中国語と英語と点字で書かれている。胡同の伝統的建築にならって屋根は灰色だ。使い方の細則はステンレス版に表示されている――「三、利用者は備え付けトイレットペーパーの一部（長さ八〇センチ、幅一〇センチ）を無料で使うことができる」。トイレの横に設けられた小部屋には、常駐の管理人夫婦が住むことになった。誇り高い北京市民が公衆トイレで働くはずはないと踏んだ政府は、安徽省など内陸部から十数組の夫婦者を雇い入れた。夫は男子トイレの、妻は女子トイレの掃除をする。

菊児胡同の公衆トイレの管理人夫婦には幼い息子がいた。この子は人生の第一歩を公衆トイレの前で踏み出したのだが、こうした光景は首都のあちこちで見られた。この子どもたちはいずれ北京版「真夜中の子どもたち」になるのだろうか。公衆トイレで幼児期を過ごしたこの世代は、北京オリンピックから一〇年もたてば大きくなり、衛生面で母国に栄光をもたらすだろう。ともあれ、菊児胡同の住民たちは、新設トイレの前の公共スペースをフルに利用した。自転車修理業の老楊《ラオヤン》は商売道具や手持ちの自転車をここに置いていたし、秋になると農村から出てくる白菜売りは、トイレの縁の細長い草地をベッド代わりにしていた。公衆トイレの隣でタバコ屋を営む王肇新《ワンチャオシン》は、どこかから破れたソファを運んできてトイレの入り口のそばに置いた。誰かが象棋《シアンチー》盤を持ってきた。折りたたみ椅子やビールグラスを入れた戸棚を運んできた人もいる。

こうして家具がたくさんそろうと、毎夜大勢の人が集まるようになった。そこで王肇新は「WC倶楽部」の設立を宣言した。誰でもメンバーになれるが、会長職と執行部の人選は難しい問題だった。外国人の私は「少年先鋒隊」レベルの資格で入会した。週末の夜は倶楽部主催のバーベキューが公衆トイレの真ん前で開かれる。王肇新はビールとタバコと穀物酒を用意し、新華社通信の運転手をしている曹《ツァオ》氏は新聞記事の解説をする。炭火グリルの世話をするのは楚《チュー》という男だ。身体に障害がある楚は小型のモーター付きカートの運転免許を持っている。このカートはマトン用の焼き串をたくさん運ぶには至極便利だった。二〇〇二年は中国の男子サッカーチームが初めてワールドカップに出場した画期的な年だ。その年の夏、WC倶楽部はテレビを手に入れた。これを公衆トイレのソケットにつないだ倶楽部の面々は、大会中一点も入れられなかったナショナルチームをさんざん笑いものにしていた。

この界隈の変貌ぶりを王肇新ほどよく知っている人はほかにいない。だから会長職にはうってつけなのだが、控えめな王肇新はそんな肩書で呼ばれるのを嫌がった。王肇新の両親が菊児胡同に転居してきたのは、共産主義革命の二年後の一九五一年だという。当時、北京には十五世紀初めの区割りがそのまま残っていた。北京は近代化や戦争の影響を実質的には受けていない古代都市であり、この点で各国の首都のなかでもきわめてユニークな町だ。北京に昔からあった何千という寺院や僧院を、共産党はほぼすべて解散させ、建物はほかの用途にあてた。菊児胡同では、園東寺《ユアントンスー》と呼ばれたチベット仏教の寺の僧侶たちが追い出され、そのあとに王肇新の親を含む何十世帯もが引っ越してきた。労働者階級の人びとは金持ちの私邸を占拠するよう奨励された。広い中庭を建物が取り囲んでいたかつての屋敷は、一九五〇年代から六〇年代になると、ほとんどすべてが掘っ立て小屋や仮設住宅であふれ返っていた。以前は一族で住んでいた屋敷に二十数世帯が住みつくのも珍しくはなかった。新たに流入した人びとで北京の人口は膨れ上がった。続く二〇年間、共産党は北京の歴史的価値のある城門や、場所によっては高さが一二メートルもある城壁を次々と取り壊した。一九六六年、六歳の小学生だった王肇新は子ども作業隊のメンバーとして、近くにある明朝時代の城壁を解体する労働奉仕をした。文化大革命のさなかの一九六九年、安定門が取り壊され、跡に地下鉄駅が設けられた。毛沢東が死んだ一九七六年までに昔の北京の五分の一が破壊されていた。

一九八七年、王肇新の弟が初めて職を得た。市内の製麺工場の仕事だ。働き始めて数カ月後、十八歳の弟は粉練り機にからまれて右腕を失った。事故の少し前から王肇新は小売りを始めようと決めていた。市場経済の新しい仕組みの中で成功したかったのだ。だが、弟が障害を負ったとなると取扱商品はおのずと限られてくる。野菜や果物は重い。布地を売るには、測ったりたたんだりするために両手が必要だ。タバコなら軽い。そこで王兄弟はタバコを売ることにした。

一九九〇年代から二〇〇〇年代の初めにかけて、王兄弟が菊児胡同でタバコを売り歩いている間に、開発業者は北京の古い市街のおおかたを売り尽くした。開発が地元政府を潤したこともあり、壊されなかった区域はごくわずかだ。一つの胡同の運命が決まると、その中にある建物には丸で囲んだ「拆」の印がペンキで塗られる。無政府主義者《アナキスト》が使う「サークルA」のシンボルのようだ。

拆

拆《チャイ》は「取り壊す」とか「解体する」を意味する漢字である。北京では、芸術家たちが繰り返しこれをテーマに使い、市民たちは「拆《チャイ》」ジョークを飛ばした。WC倶楽部の王肇新は「この国は拆哪児《チャイナアル》だ」とよく言っていた。英語のチャイナに発音が似たこの言葉は、中国語では「解体はどこ」という意味だ。

　私の知っている北京の人たちはたいていそうだが、王肇新も飾り気がなく、陽気で感傷的なところがまったくない。太っ腹なことはよく知られていて、地元の人は親しみを込めて王老善《ワンラオシャン》と呼んでいた。王はWC倶楽部のバーベキューにはいつも会費を多めに出すし、家に帰るのは必ず最後だった。この地域の建物が「拆《チャイ》」されるのは時間の問題だと王はよく言っていたが、先のことをくよくよと考えはしない。四〇年間以上も「チャイナアル」の地で生きてきた王には、世の中には終わりのないものはないことがよくわかっていた。

　WC倶楽部は交道口南大街《チアオタオコウナンターチエ》で途切れる胡同の端にある。この大通りは市街電車やバスが行き交う賑やかな通りで、いちばん近い交差点には巨大なマンションとスーパーマーケットが二軒とマクドナルドの店がある。交道口南大街は境界線の役割をしている。この通りに一歩足を踏み入れれば、そこは近代都市なのだ。

仕事に出かける胡同の住人は毎日この境界を渡るのだが、そのときあの老楊の自転車修理屋の前を通る。老楊はオリンピック・トイレの横に空気入れやら道具箱やらを置いていた。自転車と公衆トイレ——胡同でこれほど優れたネットワークを提供する組み合わせはほかにないだろう。老楊はあらゆる人を知っていた。ほかの住民からの伝言や、私と連絡をとりたがっている外国人の名刺を渡してくれたりすることもあった。この近所で仲人をやってる人がいてね、紹介したい人がいるそうだ。ある日、老楊は私にこう言った。

「大卒、身長一六三センチ」。老楊はあくまで事務的だ。それ以上詳しいことは知らないという。中国の女性にとって一六〇センチは（求人広告や見合い相談によく表れる）意味深い数字だ。ありがたいが、今のところ誰とも付き合うつもりはないので、と私は断った。

「なんでかね、結婚してないんだろ」

「するつもりもないですよ。私の国ではみんな結婚が遅いんです」

と答えて立ち去ろうとすると、老楊は私の電話番号はもう仲人に教えたと言う。

「どうして？　こっちはまったく関心ないって、その人に伝えてくださいよ」

老楊は六十過ぎ、背は高く、いかめしい顔つきで、頭を剃り上げている。私が申し出を断ろうとすると、老楊の表情はいつにも増して厳しくなった。手はずはもうすべて整ったのだから、断ることはできない、私が行かなかったら自分の顔は丸つぶれだと言うのだ。その週のうちに、仲人が四回も電話をかけてきた。彭《ポン》先生と申します、と自己紹介したこの女性は、見合いは土曜の午後だと宣言した。私たちは胡同の境界を越えたところ、交道口南大街のマクドナルドで会った。見合いの相手は数分後に来るはずだが、その前にはっきりさせておきたいことがあると彭先生は言う。

「これは秘密裏の見合いです」と、二階に席を見つけて座るなり、彭先生は切り出した。

「なぜですか」

「正式のものではありません。外国人のための仕事は認められていません」

「どうしてですか」

「政府が認めないんです。中国の女性が外国人に騙されないようにするためです」

ちょっとした沈黙が広がった。その時点で、会話はどんな方向にも向かったはずだ。だが、彭先生は気まずい沈黙を切り抜けるのが上手だった。「もちろん、あなたのことは信用していますよ」と、にこにこしながら早口で言い添える。「楊さんがあなたはいい人だと言っています」

彭先生は四十代半ば、目の周りにしわが深いのはにこにこしすぎたせいか。中国人にしては珍しい。先生といっても本物の教師ではない。「先生」は仲人に呼びかけるときの尊称だ。専門職としての仲人は、農村部や地方都市では今でも一定の役割を果たしているが、北京のような大都市ではあまり活躍の場がない。それでも仲人サービスの広告は、とくに旧市街でよく目に入る。彭先生は菊児で政府登録事務所を運営していた。

マクドナルドで彭先生に手数料について訊くと、普通は紹介料が二〇〇元だという。

「でも、外国人の場合は別料金で、五〇〇か一〇〇〇、ときに二〇〇〇元のこともあります」

もしすべてがうまくいったとして、今日これから会う相手はいくら払うことになるのかと、私はできるだけ遠回しに訊いた。

「一〇〇〇です」。つまりおよそ一二〇ドルだ。その倍も払う場合があるにしても、ともかく私は、外国人として最低料金の二倍の価値はあるらしい。やれやれだ。

「ここで私に会うだけでも、その人、お金払うんですか」と私は訊いた。

「いや、もし二人が一緒に過ごせば、です」

「一緒って、結婚ということ?」

「いや、デートまでいけば、です」

「何回くらい?」

「ケースバイケースですけど」

彭先生ははっきり答えない。私は質問を続けた。このシステムがどういうものか突き止めたかったのだ。ついに彭先生はぐっと身を乗り出して訊く。「すぐにも結婚したいと思ってますか。それとも女性とちょっと付き合いたいだけ?」

おいおい、三十代初めの独身男に、初デートでそんなこと訊くのかい。なんと答えればいいんだろう。あの自転車修理屋のおじさんの顔をつぶしたくはないな。「よくわからないんですけど」と私は口ごもった。「ただ、その女性が今日、私と会うために金を払っているんじゃないことを確かめたいんですが」

彭先生はまたにっこり笑って言った。「大丈夫。その点は心配いりません」

ここに引っ越してきた当初、私はマクドナルドを目障りな店、昔ながらの北京をおおかた破壊してしまった経済成長のシンボルだと思っていた。ところが、胡同で暮らすうちに、このフランチャイズ店に対する見方は変わった。一つには、ファストフードを食べなくても、この店のよさは味わえたからだ。交道口南大街のマクドナルドでは、何も注文せずに席に座っている人が必ずいた。たいていは何かを読んでいるが、午後になるとテーブルで宿題をする生徒たちもいる。近くの会社の経営者が静かに座って帳簿を繰っているのを見たこともある。それに、いつも決まって誰かが寝ていた。よくも悪くも、マクドナルドは胡同の暮らしとは反対だった。なにしろ夏は涼しく、冬は暖かく、店内にトイレまであるのだから。

そのうえ、マクドナルドでは目立たずに座っていられる。ウェイトレスが始終うろつく中華料理店と違い、ファストフード店で客は放っておかれた。反体制派の活動家がインタビューの場所にマクドナルドかＫＦＣを指定することがよくあった。「これは秘密裏の見合い」だと告げられて初めて、私は彭先生がなぜマクドナルドを選んだのかがわかった。

同じことを考えている客はほかにもいるようだった。窓際のカップルは互いに寄り添い、ささやき合っている。別のテーブルでは、着飾った女性が二人、ボーイフレンドを待っているようだ。彭先生の左肩越しに見えるカップルは問題を抱えているらしい。女のほうは二十五歳くらいだが、男は老けていて四十代だ。二人とも顔が不自然に赤らんで光っていた。中国人が酒を飲むとよくこんな顔色になる。男女は黙ったままにらみ合っていた。店内のプレーランドには誰もいない。彭先生のポケベルが鳴った。

「ほら、あの人からだ」と彭先生は叫び、私の携帯電話を使わせてくれと言う。

「あ、いまマクドナルド。イタリア人はもう来てる。早く！」と彭先生は電話口で急かし、携帯を切るや早口でまくし立てた。私が口を挟む余裕はまったくない。

「中学校で音楽の先生をしてる人です。とってもいい人。そうでなければ紹介なんかしません。よく聞いてくださいよ。二十四歳のきれいな人で身長一六四センチ。ちゃんとした教育も受けてる。ただ、やせてるんです。それが嫌じゃなければいいんだけど。お国のイタリアの女の人たちみたいにセクシーじゃないから」

まったく、はっきりさせておきたいことが多すぎる。まず、デート相手の身長が伸び続けるっていうのはどういうことか。だが、私が口を開く前に彭先生はまた熱弁を振るう。「いいですか。あなた、いい仕事に就いているし、中国語も話せる。それに先生をしたこともあるから、共通の話題もあるでしょ」

ここでついに彭先生は息継ぎをした。そこで私は言った。「イタリア人じゃないです」

「え？」

「私、アメリカ人ですよ。イタリア人じゃない」

「老楊はなんでイタリア人だって言ったのかしら」

「さあ。祖母はイタリア人ですけどね、老楊はそんなこと知らないはずですよ」

彭先生はかなり当惑したようだ。

「アメリカは移民の国でしてね」と私は説明し始めたが、思い直してそれ以上は言わないことにした。

彭先生は素早く態勢を立て直し、にっこり笑って言った。「いいんですよ。アメリカはいい国です。アメリカ人だってまったく問題ありません」

女性はヘッドホンを着けてやってきた。日本語の文字をあしらったしゃれたジャケットと細身のジーパンできめ、髪をこげ茶に染めている。彭先生は私たちを紹介し、最後にもう一度目を細めてから如才なく暇《いとま》を告げた。女性はゆっくり、片方ずつヘッドホンを外す。とても若く見えた。CDプレーヤーは二人の間のテーブルの上だ。

「何聴いてるの?」と私は訊いた。

「王菲（フェイ・ウォン）」――流行歌手で人気女優だ。

「いい歌?」

「まあね」

何か食べるかと訊いたが彼女が首を振ったので、無理には勧めなかった。マクドナルドでのせっかくのデートを食べ物で台無しにするなんてもったいない。彼女は鐘楼に近い胡同に両親と住んでいると言った。勤務先の学校も近いという。彼女が話している最中にも、後ろの席の酔ったカップルの姿が目に入る。互いに無視し、女のほうはぷりぷりした様子で新聞をめくっていた。

「家は近いんですか」音楽教師が訊いた。

「菊児胡同」

「あそこに外国人がいるとは知らなかった。家賃はいくら?」

いかにも中国流のこの質問に私は答えた。

「高い! なんでそんなに払うの?」

「よくわかんないな。たぶん外国人には余分に請求できるんでしょ」

「先生してたんですって?」

以前は四川省の小さな町で英語を教えていたと私は答えた。

「それじゃ退屈だったでしょ。今は仕事どこ?」

物書きなので、自宅で仕事をしていると私は答えた。

「それじゃ、もっと退屈しそう。家で働くなんて私なら頭がどうかなっちゃう」

酔ったカップルが大声で言い争いを始めた。女がすっと立ち上がる。新聞を振りかざして男の頭をひっぱたくと、踵《きびす》を返してプレーランドを通り過ぎ、店から出て行った。男は無言で腕組みし、やがてテーブルに突っ伏して眠り込んでしまう。

音楽の先生は私を見上げて訊いた。「イタリアへはしょっちゅう帰るの?」


翌週、仲人は二度目のデートをする気はないかと電話をかけてきた。だが、しつこくは勧めなかった。彭先生は頭の切れる人だ。だから、何も知らない私を利用するには、マクドナルドでのデートよりもいい方法があるとわかったのだろう。次に胡同で彭先生に出くわしたとき、カラオケバーに出資しないかと持ちかけられた。それ以後、私は彭先生の事務所には近寄らないようにしている。

老楊に私の国のことで思い違いがあったようだねと言うと、ただ肩をすくめて「おばあさんがイタリア系だと聞いていたからね」と答えた。そのことを話した覚えはまったくないのだが、ともかく私は貴重な教訓を学んだ——胡同の自転車修理屋がどれほど知っているか、見くびってはいけない。

「ここは拆哪児《チャイナアル》(解体はどこ)」と言っていた王老善は結局正しかった。二〇〇五年九月、王老善が長年予想していたとおり、政府はついにアパートの解体を決めたのだ。王老善は苦情も言わずに引っ越していった。タバコ店はすでに手放していた。利益が上がらなくなっていたという。だが、これでWC倶楽部の真の会長が誰だったかが明白になった。王老善が胡同を去ると間もなく、倶楽部は消滅してしまったのだ。

そのときにはもう、北京の古い町並みは四分の三がすでに取り壊されていて、残る四分の一は公園か紫禁城の一部であった。長い年月の間には、取り壊しに対する抗議や訴訟が何回も起きたが、こうした運動が広がることはなかった。人びとは腐敗役人のせいで補償が十分に受けられないとか、遠い郊外へ移転するのは嫌だとか苦情を言ったが、北京市全体に起きていることを憂慮する声はあまり聞こえない。建築物保存の観点からの呼びかけがほとんどないのは、おそらく西洋人とは異なり、中国人の過去の概念が建築物と密接につながっていないからだろう。建築にあたって中国人は石をあまり使わず、朽ちる資材を定期的に取り替えるという方法を何世紀にもわたって続けてきたのだ。

胡同の神髄はその構造よりも精神にあった。胡同の胡同らしさは、れんがやタイルや材木にあるのではなく、住民が周囲の状況にいかに向き合ってきたかにあるのだ。絶えず変化し続ける周囲の状況は、王老善のように現実的で才覚と柔軟性に富む住民を生み出した。こうした人びとにとって、当初の近代化の波はなんら恐れるに値しないものだった。むしろ自分たちの精神を発揮する好機でさえあった。住民はすぐさま独創的な方法でマクドナルドやオリンピック・トイレを日常に取り入れたのだ。だが、近代化がひとたび大規模破壊に転じると、こうした柔軟性は人びとを消極的にする。これは北京の古い町並みで起きた皮肉な成り行きだった。胡同の特性のもっとも魅力的な一面が、実際にはその破壊への地ならしをしたのだ。

二〇〇五年になって政府はようやく、市内北西部一帯にあちこちとまだ残っていた古い町並みの保全計画を新たに策定した。菊児もこの計画に含まれていた。胡同はもう以前のように売りに出されることはなく、不動産業者もしたい放題はできなくなった。「旧市街様式の維持」がはっきりと優先事項に掲げられ、一〇人から成る審議委員会が新たに組織されて、主な開発計画を検討することになった。審議会のメンバーは建築家、考古学者、都市計画専門家らで、なかには取り壊しを公然と批判していた人たちも含まれていた。その一人によれば、基本的にこの計画は手遅れであった。だが、わずかに残った胡同の基本的な区画は、これで維持されるだろう。しかし当然の結果として、区画の内側で高級化が起きた。胡同はきわめて稀少になり、そのため新しい経済体制のなかで価値あるものとなったのだ。

わが家の周囲は激変した。南鑼鼓巷《ナンルオクーシアン》（菊児胡同を横断する静かな通り）にカフェやバーやブティックが開店し始めたのは二〇〇四年のことだ。かなりの金が手に入るとあって、住民たちは大喜びで住まいを明け渡したのだ。こうして伝統的な建築様式を残した店舗で商売が始まり、古い北京に新たな一面が加わった。今では私は、自宅近辺でＷｉ‐Ｆｉにつながり、民芸品店をのぞき、ありとあらゆる種類のドリンクを楽しむことができる。胡同にはネイルサロンもある。タトゥーパーラーも開店した。路上を行き交う露天商や廃品回収業者に、「胡同ツアー」の案内をする輪タク業者の一隊が加わった。ツアー客は主に中国人だ。

ある週末、王老善が訪ねてきたので一緒に散歩に出かけた。おれはここで生まれ育ったんだと彼が指さす先は、金菊園賓館《チンチュイユアンピンクアン》の近代的な建物になっている。「昔ここは寺だった。両親が住み始めたとき、チベットの坊さんが一人残っていたそうだ」

東へ進み、地上一メートルの高さで胡同の壁に宙吊りになった扉のそばを通る。赤く塗った古い扉だ。「昔はここに階段があったんだ。子どものころ、ここは大使館だった」

十九世紀、ここは満洲人貴族の屋敷だった。一九四〇年代には蔣介石がここを北京の拠点として使い、革命後は中国共産党創立メンバーの一人である董必武《トンピーウー》に引き継がれた。六〇年代にはユーゴスラヴィア大使館として使われた。満洲人も国民党も、革命家もユーゴスラヴィア人もみんな去っていった今、この建物はいみじくも友誼賓館《ヨウイーピンクアン》と呼ばれている。

これこそ胡同の宿命であった。胡同は数えきれないほどの転生を経てきたが、そのたびに常に力ある者が倒されている。ここから数ブロック先は清朝最後の皇后、婉容の実家跡だ。屋敷は今では糖尿病専門クリニックに改造されている。菊児胡同には清朝末期の軍高官、栄禄が住んでいた立派な洋館があるが、ここは一度アフガニスタン大使館として生まれ変わったあと、今では童趣《トンチュイ》出版有限公司が入っている。入口扉の上方にはミッキーマウスの巨大な肖像が掲げられていた。

オリンピック・トイレの前を通り過ぎると（「おれがいたころよりも散らかってないな」と王老善）、これといって特徴のない三階建てビルの前に出た。ここは一九六九年から王老善が住み続けた家だ。歴史的建築物とは呼べない。だから取り壊しが許可された。すでに電気と暖房が止められている。私たちは二階に上がり、がらんとした廊下を歩いた。「ここは結婚してから住んだ部屋だ。一九八七年だった」

彼の弟が片腕を失った年だ。廊下を進んでいくと夫婦と娘、それに両親と弟が最近まで一緒に暮らしていたところに出た。壁には馬のスケッチや「メリークリスマス」という英語など、娘の落書きがまだ残っている。「ここにテレビがあって、おやじが寝ていたのはあそこだ。弟はこっちだった」

今や一家はばらばらになってしまった。父親と弟は市の北部の胡同に引っ越していき、王老善と妻と娘は親戚の留守宅を仮住まいにしている。取り壊されるアパートの補償にと、鼓楼の近くにある地味な建物の一部が割り当てられたので、春までには改装するつもりだと言う。

五〇年も胡同に住んでいたのに、いま出ていくのはつらいでしょう、と私が言うと、王老善は一瞬考え込んでから答えた。「あそこにいた間に実にいろんなことが起きた。嬉しいことより悲しいことのほうが多かったかもしれない」

私たちは胡同を出て西に向かい、北京歴嘉年《ペイチンリーチアニエン》商貿《シャンマオ》有限公司の大看板の前を通り過ぎた。その日の夕方、家に戻る途中で私が目にしたのは、次々に通り過ぎる輪タクの列だ。どれも、寒さに備えて分厚く着込み、カメラ片手にこの由緒ある町並みを見物して巡る観光客を乗せていた。

長城を歩く

天気がよいときや七〇〇万人もの人びとに囲まれて暮らすのが嫌になると、私はよくドライブに出かけた。北京市街から北へ一時間半ほど走ると、静かな三岔村《サンチャ》にたどり着く。この村で私は農家を一軒借りていた。丘の中腹をくねくねと上る道路はこの村で行き止まりになるが、そこからは細い小道になって山の奥へと続いている。小道は二地点で分岐しながら急斜面を一キロ半ほど上り、クルミやブナの林を抜けて万里の長城で終わる。

あるときテントと寝袋を持ってハイキングに出かけた。村を出て長城沿いに東に向かい、二日間というもの人に会うことなく歩き続けた。この辺りには観光客もめったに来ない。尾根を背にそびえ立つ長城の孤高の姿は美しい。長城はれんがと漆喰でできていて、銃眼付きの胸壁や高さ六メートルもある守備塔も備えている。いちばん高い塔は地元で「東大楼《トンターロウ》」と呼ばれ、大理石の石板をはめ込んだ長城の上にそびえ立っている。こうした石板も昔はたくさんあったが、いま北京近くの長城には数えるほどしか残っておらず、これはその一つであった。石板の文字は、一六一五年に兵士二四〇〇人が建設に従事したこの壁の長さは五八丈五寸だと記している。一丈は一〇〇寸で、一寸はおよそ三・三センチだから、この部分の長城の長さはおよそ一九〇メートルということになる。忘れられたこの地に残るいかにもお役所的な細かい数字は、どんな言葉よりも寂寞感を漂わせていた。

十一月のある日、私はニューヨークから来た二人の友人を東大楼に案内した。塔を見物してから南側の長い斜面を下る。ところどころで城壁のれんがが崩れ落ち、足場の悪い道だった。ゆっくり下る途中、瓦礫に交じって白いものが目に入る。れんがにしては白く、漆喰にしては大きな塊だ。掘り出してみると、きちんと並んだ四行の碑文が現われた。

大理石の石板の一部だった。私が読み取れる文字もある。長さが六尺のものと二丈のものがあると書かれているようだ。碑文は私が習ったことのない古い文字で刻まれており、石の表面は傷だらけだった。

「どのくらいの間、ここに埋まっていたと思う?」と友だちに訊かれた。

「わからないなあ。でも、ちょっと隠しておいたほうがいいようだ」

私たちはれんがを拾ってきてこの石板のかけらを覆った。私は周囲の細かな景色を頭にたたき込み、一カ月後にデイヴィッド・スピンドラーとともに戻ったのだった。

デイヴィッド・スピンドラーは身長が一九九センチ。やせ形長身の多くの男性の例に漏れず、寡黙だ。身体的特徴のなかでもただ一つ、アメリカ人が公然と口にし、気楽でときに無礼な冗談の種にするのは身長だけだと、スピンドラーが言っているのを聞いたことがある。それ以来私は、スピンドラーがパーティーなどでたいてい座っていることに気がついた。北京には風変わりな外国人がたくさんいるが、スピンドラーはただひたすら注目を避けているようだった。自分の研究について詳しいことはめったに話さないし、専門家ぶることもない。口を開くときは言葉を慎重に選ぶ。三十九歳、薄茶色の髪を短く刈り込み、面長でやさしい目をしたスピンドラー。長い間、私も町の中のスピンドラーしか知らなかったが、いったん山に入ったときのその変貌ぶりには、誰でも驚くに違いない。

十二月の寒い朝、私はスピンドラーと一緒に三岔村へドライブし、そこからあの大理石の石板を探しに出発した。スピンドラーは赤いチェックのハンティングシャツにティリー社の白いつば広サファリ帽、スポルティバ社製の高性能登山靴といういでたちだ。おまけにトレパンの一部を切り取って丸い穴を開け、頭からかぶってフェイスマスクにしていた。はいているのはポリウレタン加工を施したLLビーンのハンティングパンツだが、これに近所の仕立屋に継ぎを当ててもらっていた。高価なパンツに当てた安物のデニムの継ぎ布は、〔LLビーン社の本社のあるメイン州〕フリーポートと北京を結ぶ友情のパッチワークと呼べるかもしれない。手にはヘラジカの皮でできた大きな作業用手袋をはめている。シカゴの手袋専門店エドワーズ社の製品だ。こうしてみると、スピンドラーはまるで、作業着からスポーツウエアまで、さまざまな特殊服を手当たり次第に着せられた案山子《かかし》みたいだ。茨《いばら》や小枝をかき分けて進む長城の探索にはこれが最適な服装だと、長年の経験からスピンドラーは決めていた。

私たちは長城に沿って東へと進んだ。ほぼ一〇〇メートルごとに長城は塔につながっていた。塔はどれも高いアーチ型の天井と窓が付いていて、崩れかかってはいるものの堂々とした造りだ。ときおりスピンドラーは　ほら、ここには鉄格子の付いた扉があった、れんがの外枠には石板がはまっていたんだ、などと詳しく説明してくれる。

「長城と塔はまったく別々に建てられたんだ。れんがの塔がまず造られた。長城は地元の人が石を積み上げただけの簡単なものだった。よそから人がやってきて補強したのはあとになってからだ。だからどの塔も、ちょっとちぐはぐに見えるだろ」スピンドラーはこう言って、城壁が塔の開いた窓につながっているところを指さした。工事を別々の業者に頼むとこういう始末になることがわかる。東大楼の近くに長城が完全に崩壊しているところがあった。そこは低い崖の端で、スピンドラーは一六一五年に工事がここで終わったのだと考えている。塔の近くにある碑文をもとに測量したこともあるという。「工事をした連中は次の作業班に嘘の報告をしたんだろう。だが、ほかにどうしようもなかった。実際、この地点から工事を始めるのは難しいから」とスピンドラーは崖を見下ろしながらつぶやいた。

この辺りなら、おそらく五〇回もハイキングしている私だが、建築の詳しい点に気づいたことはない。私にとってここは万里の長城そのものだった。それだけで完璧な、不滅ともいえる建造物だ。だが、スピンドラーはここに長い年月にわたる作業の積み重ねを見ていた。長城の建設はたいてい、気温が上がり、モンゴル人の襲撃がない春に始まったという。「モンゴルの世界はエネルギーを馬の脂に頼っていた。冬の終わりにこのエネルギーは尽き果てる。だから春は襲撃に適していなかった。夏は暑すぎる。モンゴル人は暑さと虫が嫌いだった。それにモンゴル兵の弓の弦は皮製だったから、湿度が高いと緩んでしまう、と明の古文書に書いてあるよ。だから襲ってくるのはたいてい秋だった」

やがて私たちは、以前に石板のかけらを隠した場所にやってきた。スピンドラーは寒風の中でかがみ込み碑文を指でなぞると、すぐにこれが一六一四年までさかのぼる石板の一部だと言った。この石板がもともと長城のどこに埋め込まれたかは特定できないまま、国家文物局は一九八八年に碑文を記録に加えたという。石板は依然として行方不明だが、おそらく遺跡荒らしに壊されたのだろう。

「ここに記されているのは、銃眼付き胸壁も含めた長城の高さだ」とスピンドラーは説明してくれた。「それに役人の名前もずらりと並んでる。完全に壊れないうちに見つかって、本当によかったよ」

スピンドラーはバックパックから巻き尺を取り出して碑文の行間を図り、もとの石板の寸法を割り出すと、引き返して石板がはめ込まれていたと思われる場所を探した。れんがで縁取られた出っ張りがすぐに見つかった。寸法を測るとぴったりだ。こうして、万里の長城のこの片隅で一六一〇年代に行なわれた二種類の工事について、基礎的なことが明らかになったのだった。私たちは石板のかけらを前に見つけた場所に戻し、れんがのかけらで覆ってから、長城をあとにした。

私たちがそこにいる間、地元の農家の人が南側の道を上ってきた。獲物に罠《わな》を仕掛けに来たのだった。針金の罠を十数本、肩にかけている。ティリーのサファリ帽に分厚い作業用手袋といういでたちの身長二メートル近い外国人に出遭っても、この人は驚いた様子もない。水、持ってませんかと訊かれたので、スピンドラーはボトルを一本手渡した。それから年末にかけて、私はスピンドラーについてあちこちの村を訪れたが、村人たちは誰も私たち二人を区別できないようだった。スピンドラーの友人で、ニューサウスウェールズ大学で中国史を教えているアンドリュー・フィールドに言わせれば、人並外れて身長の高い人は、アメリカよりも長城の上にいるほうが居心地がいいはずだ。というのも、「もちろん中国では珍しがられるよ。でも外国人なら誰でもそんな目で見られるんだから」。

現在、私たちが万里の長城と呼んでいるものについて、知られている限りもっとも古い記録は紀元前六五六年にまでさかのぼる。ときは春秋戦国時代。楚《そ》王国が泥を固めて防壁を造ったという記録だ。その四〇〇〇年後、秦《しん》はライバルすべてを打ち破り、今日の中国の北部一帯で支配権を固める。紀元前二二一年、秦の始皇帝は自ら皇帝だと名乗る史上初めての人物となった。権力を握った始皇帝は全長およそ四八〇〇キロの長城の建設を命じた。

この長城とは単に「長い壁」という意味で、単数形でも複数でも使われる（中国語の名詞は単数形でも複数形でもかたちは変わらない）。秦は楚と同じく、泥を固めて防壁を造った。その後、何世紀にもわたり興亡を繰り返した数多《あまた》の王朝は、北方の広大な辺境の防衛という、基本的には変わらぬ問題に直面した。帝国は北の平原に住むモンゴルの遊牧民やテュルク系民族からの襲撃を受けやすかった。ときとして遊牧民の脅威は大きくなり、歴代王朝はさまざまな戦略でこれに対抗した。唐《とう》（六一八〜九〇七年）はほとんど防壁を造らなかったが、これは皇族の一部がテュルク系で対中央アジアの軍事外交政策に長けていたからだ。防壁が建てられたとしても、常に「長城」と呼ばれたわけではない。何世紀もの間に、この防壁には一〇通りもの呼び名がつけられた。

明《みん》はこれを「辺墻《ビエンチアン》（国境の壁）」と呼び、史上最大規模の建設を進めた。明は、元《げん》が倒れたあと、一三六八年に成立した王朝である。元はフビライ・ハーンが建てたモンゴル人の王朝だが、短命だった。しかし、国内でこそ支配権を失ったものの、モンゴル人は北方の大きな脅威であり続けた。一五〇〇年代になると、明は切り石とれんがを使って、北京の一帯に大規模な防壁を建て始める。これが現在、観光用パンフレットなどに使われる典型的な長城である（修復、再建された部分も多い）。これほど耐久性のある資材を使い、ときに数マイルも続く大規模な壁を造ったのは、あとにも先にも明の王朝だけであった。だが、明の辺墻は一つの建造物というよりも、ネットワークとして意味があった。四つの別々の防壁が並んで建てられた地域もある。

一六四四年、明の首都は地方の反乱軍に襲われる。皇帝は自殺を遂げた。北西地域の守りにあたっていた軍将の一人がこの事態に切羽詰まり、辺墻の主要な関を開放して北方の満洲族を壁の内側に入れた。皇帝一族を復権させてくれるだろうと考えての処置だった。ところが満洲族は自分たちの王朝を建ててしまう。清《しん》と呼ばれたこの王朝は一九一二年まで続いた。清の時代（つまり、長城のはるか外側からやってきた人たちが支配した時代）に長城は無用の長物となり、風雨にさらされ続けた。

十八世紀、西洋から探検家や宣教師たちがやってきた。国内各地に残る明の遺跡を目にした西洋人たちは、全長四八〇〇キロの防壁を造らせたという秦の始皇帝の伝説と現実に見たものを混同してしまった。北京一帯にあるれんが造りの要塞は北部を横断して延びる防壁ラインの一部で、二千年の歴史のあるものだと思い込んだのだ。一七九三年、のちに王立地理学会を設立したイギリス人、サー・ジョン・バローは北京近郊の長城から推計し、中国全土の長城に含まれる石を使って低い壁を造れば、赤道を二周する長さになると言明した（西洋人がめったに足を運ばない西部地域の長城は、たいていは固めた土でできているのだが）。当時、外国人は長城を「中国の防壁」と呼ぶのが一般的だったが、十九世紀も末になると誇張が重なり「万里の長城」と呼ばれるようになった。一九二三年二月『ナショナル・ジオグラフィック』誌にはこんな一文で始まる記事が載った――「天文学者によれば、月面から見えると思われる人工物はただ一つ、中国の偉大な壁である」（当時も今も、長城を月面から見ることはできない）。

こうした思い違いはやがて中国の国内でも広がっていく。外国支配を警戒した孫文や毛沢東ら指導者たちは、途切れることなく続く防壁が持つ宣伝効果に気づいたのだ。こうして「長城」は「偉大な壁」と同じ意味を含む呼称に、つまり建てられた時代や建てた王朝に関係なく、北の要塞すべてを含む用語となった。それは千年の歴史を持つ一つの壁という、基本的には架空の建造物を表す言葉であった。

今日、「長城」とは何かについては実に幅広い考え方があり、正確な定義づけは難しい。北京の学者や保全運動家たちに長城をどう定義したらいいかと訊けば、まちまちな答えが返ってくるだろう。全長一〇〇キロ以下の建造物は長城の一部として認められない。いや、辺境の防壁はどれも長城の一部だ。漢人が建てた防壁だけを長城と呼ぶのだ。いや、ほかの民族が建てた防壁も含めるべきだ。長城の全長についても、正確なことは誰にもわからない。系統的な調査は一度としてなされていないのだ。二〇〇六年の『中国日報』を調べると、長城の全長を六〇〇〇キロ、七〇〇〇キロ、五〇〇〇キロなどとするさまざまな記事が載っている。

万里の長城を専門に研究する学者など、世界中どこの大学を探しても見つからない。ふつう中国では、歴史学者は政治体制を研究し、考古学者は古墳を発掘するが、長城はいずれの分野にも当てはまらないのだ。たとえば明時代の長城といった、限られたテーマにしても学術的研究は進んでいない。保全措置も十分になされてこなかった。また、とくに文化大革命の時期には長城の低い部分が盗まれ、建設資材として再利用されたこともある。一九八〇年代、アーサー・ウォルドロンという名のハーヴァード大学博士課程の学生が中国と遊牧の民との関係に興味を抱き、「長城について中国人か日本人が書いた分厚い本を見つけようと図書館を調べた」そうだ。「だが、見つからない。これは意外だった。私は文献一覧をまとめてみたが、それは長城のイメージとはまったくそぐわないことがわかった」とウォルドロンは語っている。

一九九〇年、ウォルドロンは『万里の長城――歴史から神話へ（*Great Wall of China: From History to Myth*）』を刊行した。明の時代の資料をもとに（現地調査はあまり行なっていない）当時の長城建設の主な特徴を挙げ、長城を一つの建造物と見なすといった現代人の数々の思い違いを指摘した著作であった。まさに画期的なこの書は新たな研究方法の基礎ともなり得たのだが、それ以降は、考古学的、歴史的に重要な著作は生まれていない。唯一の例外に、中国の研究グループが明の時代に東部地域に建てられた要塞を一〇〇〇キロにわたって調査した一連の報告がある（また、二〇〇六年に出版されたジュリア・ラヴェル著『万里の長城――中国対世界 紀元前一〇〇〇～二〇〇〇年』（*Great Wall: China Against the World, 1000 B.C.-A.D.2000*）がある。ただし、この書は、たとえば古代の防壁と現政権によるインターネットのファイアウォールを関連づけるなど、長城を中国の世界観のシンボルとして考察したものだ）。

長城のエキスパートとして中国でもっとも有名な成大林《チヨンターリン》は、学者ではなく引退したカメラマンだ。新華社通信の記者として二〇年以上も長城の写真を撮り続け、余暇に歴史を学び、写真発表と調査報告を兼ねた著作を八作も世に出している。「長城には政治や軍事から建築、考古学、歴史まで、たくさんのテーマが含まれています」と成大林は指摘する。「テーマごとに見ればわずかでも、全体として見ると実に膨大な情報です。だが、情報はまとまっていないから、あちこちの本から少しずつ探し出すしかないんです。それに、金の問題がある。誰も研究費を払ってくれないなら、どうやって食べていけばいいんですか。一〇年間も次から次へと本を読んでばかりはいられませんよ」

デイヴィッド・スピンドラーが長城ハイクを始めたのは一九九四年、アメリカ人としてただ一人、北京大学の歴史学修士課程に在籍していたときだ。スピンドラーはスポーツが得意で、ダートマス大学ではボートの代表クルーやクロスカントリーの選手をしていたくらいだから、長城ハイクは都会暮らしからの絶好の息抜きになった。北京大学では紀元前二世紀、前漢時代の哲学者、董仲舒《トンチヨンシュー》をテーマに論文を書いた。だが修士号を取得したあと、研究者として学界に残ろうとはしなかった。スピンドラーは以前、CNN北京支局の助手やターナー・ブロードキャスティングの中国市場アナリストとして働いたことがあったが、ジャーナリズムにもビジネスにも魅力を感じなかったという。北京で暮らしていたほとんどの間、スピンドラーが夢中で取り組んだのは長城ハイクだった。

一九九七年、スピンドラーはハーヴァード大学法科大学院に入学した。マサチューセッツ州リンカーンで育ったスピンドラーは故郷に帰ったわけだが、北京が恋しいと思う気持ちは強かった。気晴らしにいろいろなことを試したという(「薪割りもたくさんやったよ」)。初めての長期休暇には中国に戻ってハイクをした。やがて、暇な時間を使って明朝時代の長城について本を書こうと思い立ち、研究を始めた。卒業後、コンサルタント会社マッキンゼー・アンド・カンパニー北京支社に就職し、週末になると明の長城をハイクするか調べ物をして過ごす暮らしを一年あまり続けた。だが結局、調査に専念するために会社を去ることにする。スピンドラーは壮大な目標を立てた。北京一帯の長城をすべて歩いて回ること、長城について明時代に書かれた文書を一言残らず読破することである。

法科大学院時代の学生ローンを完済してなお六万ドルの蓄えがあったスピンドラーは、一、二年でまとめるつもりでフィールドワークに取りかかった。長城が残る各地を訪れては辺りを歩き、メモを取り、詳しい情報をスプレッドシートに入れていく。調査していると、はるかかなたに別の長城を発見することもよくあった。スピンドラーはその場所をデータベースに入れ、調査対象のリストに加えていく。リストは年ごとに長くなっていくようだ。一九八五年、北京一帯には全長およそ六三〇キロに及ぶ長城が残っていることが人工衛星を使った調査で確認されたが、スピンドラーはそれ以外にも、長城の断片を数多く発見している。

スピンドラーは国立図書館に足しげく通い、明王朝の日々の記録である『明実録』を読み、明の官吏たちが残した記録文書を追跡した。長城による防衛を扱った専門書を発見することもあったが、遠方まで行かなければ入手できない資料もあった。ある寒い日、広州の図書館で長城の主な要塞について詳細に説明する明時代の文書を発見した。一七〇七年以来、誰にも引用されたことがない地味な文献だった。十六世紀半ばの国防官僚、尹耕《インコン》が残した稀少な記録を読もうと日本に飛んだこともある。日本では三週間かけてこの書を読み、この間、レストランで食事をしたのはたったの二回。夕食はたいていパスタとキャベツをトマトソースで煮込み、それに（チーズより安い）ヨーグルトをかけて食べていた。北京では一月二二五ドルの家賃でおんぼろアパートを借りた。ティリー社のサファリ帽を長年愛用し、返品や交換をめぐる同社の方針にも精通した（「送料はこっちの負担だ」）。長城の名所に通じる密雲《ミーユン》バス停車場では、ミニバンのドライバーたちから声をかけられるようになった――「北《ペイ》甸子《ティエンズ》まで六元！」。北甸子とは村の名で、六元というのはスピンドラーが値切りに値切った割引運賃だ。この値切り交渉は密雲界隈のミニバン業者の間で語り草になった。

この間のおよそ四年間にスピンドラーがコンサルタント業や講演で得た収入は六二〇〇ドル。二〇〇三年、スピンドラーは全米人文科学基金に補助金を申し込んだ。どこにも所属していない学者の研究も補助される例はあるが、スピンドラーの申請に対する匿名の識者たちの評価は辛辣で、「申請者には人文科学研究者としての実績がない」「研究完成の見込みはゼロである」などと評された。翌年、スピンドラーは今や教授になっているクラスメートたちの助言を受けてふたたび申請した。今回の評価も中国の古文のような堅苦しい専門用語で書かれていたが、曲がりなりにも好意的といえた

（識者の一人は「［企画段階にある著作は］人文科学の良質な解説書になると信じる」と評した）。それでも申請は棄却された。

北京でスピンドラーは、法科大学院で知り合い、今はシーメンス社の幹部社員となっている女性と付き合っていた。「彼女はよく支えてくれた。理想的な女性だった」のだが、スピンドラーは長城と明朝の文書にのめり込み、二〇〇五年、結局二人は別れることになった。「うまくいかなかったのは長城のせいもあるんだ。なにしろ、まったく見通しのたたない研究だから」

初めて私と一緒に長城を歩いたとき、スピンドラーはすでに九年も研究を続けていた。そのうち四年間は全力を傾けて研究に専念したというのに、一文字も発表する見通しはなく、学界とも正式なつながりはいっさいなかった。一つには孤独な研究をずっと続けてきたこともあり、スピンドラーは極度に慎重になっていた。フィールドワークと文献調査を、スピンドラーほど徹底的に一体化できた研究者を私はほかに知らない。アメリカやヨーロッパを拠点とする学者には到底できない仕事だ。それに、スピンドラーの研究手法はたいへんな努力を要したし、本人の山歩きの服装と同じく、一風変わったやり方だ。まだ一〇〇日分のフィールドワークの予定が残っているのに、本を書き始めるなんて無意味だと、スピンドラーは考えていた。

彼の頭の中は数字でいっぱいだ。東大楼を一緒に歩いたとき、その年に長城で過ごしたのはこれで八〇日目になると言っていた。二〇〇五年から付き合っているK・C・スワンソンは北京在住のフリージャーナリストだが、こんな愚痴をこぼしたことがある。「彼ったらなんでも長城ハイクに関連づけて覚えるの。『付き合い始めて、ちょうど一年になるね』と言ったかと思うと、『初めてのデートはどこそこの長城に行った二日後だった』なんて余計なこと言うのよ。まるで火山噴火から数えて何年と数える古代人みたい」

二〇〇六年には講演依頼も増え（主な依頼主は、富裕層向け旅行の企画会社アバークロンビー・アンド・ケント社）、収入も二万九〇〇〇ドルに増えた。これといった趣味はなく、本棚には長城関連の書物を並べ、持っているCDは五枚だけだが、スピンドラーは驚くほど社交的だ。中国人や外国人の親しい友だちが市内にたくさんいて、パーティーにもよく顔を出した。だが、長城に夢中になっているスピンドラーを理解する人はほとんどいない。「どうしてそんなに夢中になるの、と何度か訊いたことがある」とスワンソンは言う。「彼はとっても理性的な人だけど、もしかしたら感情の面から説明してもらえばわかるかなと思った。でも、そうじゃなかった。彼って、基本的にはまったく理に合わないことを、大いに理性的にやっているんだわ」

十月のある日、私はスピンドラーの三三一回目のフィールドワークに同行した。路線バスとミニバン・タクシーで向かった先は水頭《シュイトウ》という僻村だ。二〇〇三年にここを訪れたスピンドラーは、はるか山頂近くに要塞と思われる箇所を見つけていた。村では明時代の石板が見つかったので、農家に預けてあるという。万里の長城を保護するための法律が二〇〇六年に初めて制定され、明時代の遺物の持ち出しや売買は禁止されていたが、僻地の長城で法の厳密な施行は難しかった。

水頭村で石板のことを訊くと、村の女が持ち主は留守だと言い、「買いに来たんですか」と訊く。いや、とスピンドラーは答え、私には「この前来たときも売ろうとしたよ」とささやいた。

刈り入れはほとんど終わり、畑では枯れたトウモロコシの茎が風に揺れていた。村を抜けて、急勾配の長城を上る。ここを一五五五年、数千人のモンゴル兵が襲った。スピンドラーによれば、守勢に立った中国勢の武器はお粗末な大砲や弓矢、長槍、それに石だった。「細かい規則があって、兵士一人が何個の石を使うか、襲撃された場合、守備塔の二階までどうやって石を運ぶかまで決まっていた」のだそうだ。スピンドラーに促されて長城の壁の上に目をやると、小石がリング状に並べられている。四五〇年もの間、次なる襲撃を待ち続けている石であった。

モンゴル人の襲撃は夜が多かった。兵たちは小隊に分かれ、馬を駆ってくる。敵地に近づくと稜線に沿って進んだ。待ち伏せを恐れたのだ。モンゴル軍はしかし、占領者ではなかった。国内深く侵入し、戦利品を手にすると、大急ぎで帰っていくのだ。好んで獲ったのは、生きた家畜や貴金属、それに日用品や中国人だ。中国人の男女を草原地帯へと連れて行き、そこで家庭をつくらせてから、男たちを南へ送って中国の防衛について情報を集めさせた。妻と子どもたちは人質として役立った。

モンゴル人の様子を生き生きと描き、記録したのは、北部で任務に就いていた官吏たちだ。一五四〇年代に長城の中央区域近くに配置されていた尹耕は、モンゴル人ととくに深くかかわった人物だ（「連中は夜昼かまわず、人が見ていようといまいとかまわずみだらな行為をする」）。明時代の大半の著述家たちと同じで、尹耕もモンゴル人を「虜《ルー》」と呼んだ。蛮族という意味だ（「蛮族はどの家でも酒を作る。みな酒好きで、まるで畜生のように息もつかずに一気に飲む」）。これは、読者が敵を知ると同時に憎むようになると期待して書かれた記録で、邪悪な人類学書とも呼べるだろう（「蛮族のなかには面白半分に赤ん坊を槍に突き刺す者もいる」）。

実際、モンゴル人は機略に長《た》けた侵略者だったから、戦闘は複雑な展開になった。両者ともスパイを雇い、偽情報を流した。信号を送るには、モンゴル人は煙を使い、中国人は長城に沿って火薬を次々に爆発させる方法をとった。アーサー・ウォルドロンによれば、明の時代に北から来る人びとへの対処方法は基本的に三つあったという。明朝の初期、中国人は攻撃に出ることが多く、モンゴル人の居住地を国境のはるか遠くへ押しやった。第二の方法はモンゴル人有力者たちの買収だ。贈り物をしたり、公式な肩書を与えたり、交易のチャンスを約束しては、自分たちの陣営に引き入れた。しかし、なかには野蛮なモンゴル人とは交渉しない方針の皇帝もいた。第三の方法が防壁の建造だ。ウォルドロンによれば、これはマジノ線〔第二次世界大戦前に、フランスが対ドイツ防衛線として構築した大規模な要塞線〕のように役に立たない防衛線だった。長城建設が明代後期のトレードマークになったのは、明には戦う力がもはやなく、さりとて外交工作を行なうにはプライドが高すぎたからだったという。

いや、明代後期の対応はもっと柔軟だったというのがスピンドラーの考えだ。地域が受ける脅威に即したさまざまな戦略がとられ、長城の建設は、攻撃・懐柔の二面作戦と並行して進められたことが資料から読み取れるという。いずれにせよ、中国のどんな政策もモンゴル人とのもめ事を完全に解決することはできなかった。モンゴル人の襲撃は内部の権力闘争につながっていたからだ。モンゴルの文化においては、指導者としての正統性はチンギス・ハーンの直系子孫だけが受け継ぐもので、この狭い血縁関係の枠外から名を上げようと思えば、最大のチャンスは南に広がっていた。

勝負に出た一人にアルタン・ハーンがいる。三男の家の二男という境遇に不満だったアルタン・ハーンは、運を開こうとして中国人と交易関係の樹立を求めた。一五四〇年代のことである。だが、時の皇帝、嘉靖帝はこれを拒否する。一五五〇年九月二十六日の仲秋の夜、アルタン・ハーンは数万のモンゴル兵を率いて北京の北方に奇襲をかけ、粗石でできた長城の一カ所を破って侵入し、その後二週間というもの略奪をほしいままにした。そのとき殺されたり捕縛されたりした中国人は数千人にのぼる。その後、明王朝はモルタルを大規模に使って防壁を強化するようになった。

一方、アルタン・ハーンの長子で、中国で「黄台吉《ホアンタイチー》（黄色い皇子）」として知られる人物は別の戦略に出た。モンゴルの有力部族から何人も妻をめとり、同盟関係を固めようとしたのだ。だが、やがて財政難に見舞われたこの皇子は、もっとも安易な方策として妻たちを実家に送り返してしまう。明王朝は当時、この女性たちの実家に銀や物品の取り分を定期的に渡して北部の安定を図っていたのだが、送り返された元妻たちは長城の守備隊に近づき金品を求め始めた。一五七六年、そんな訴えが拒否されたのを機に奇襲部隊が襲った。防衛線の一部に隙間があったのだ。そこは人里離れた険しい山地で、防壁も必要ないと思われていたが、この隙間をモンゴル人は突破し、中国兵二一人が殺された。明の対応策はさらに大がかりな防壁を造ることだった。今度はれんがを使ったので、急峻な山地でも建設が可能になった。スピンドラーはこの事件を「捨てられたモンゴル人妻たちの攻撃」と呼んでいる。ハーレムの消滅がきっかけとなって、北京一帯に見事なれんがの長城が建てられたのだった。

たいていの歴史家は、万里の長城は軍事的に役に立たず、資源の無駄だったと見なすが、スピンドラーはそうは考えない。十六世紀に補強された長城は大がかりな攻撃を防ぐことに何回も成功しているというのだ。私たちが調査に訪れた水頭村は、中国兵が数万人のモンゴル兵の攻撃を防いだ主戦場であった。明朝にとって長城は複雑な外交政策の一環にすぎなかった。遺物として長らく残存しているために、長城は明朝の衰退の大きな一因とされているが、これは均衡を欠いた見方だろう。

「無用の長物だったと言う人もいるけど、建てた人たちはそんなふうには考えなかった」とスピンドラーは言う。「領土のこの部分はあきらめるとか、市民や兵隊を〇〇人なら犠牲にしてもいいとか、国家が言うわけがない。そんな計算はしない。帝国は常に自衛しようとするものだ」

その日の午後、私たちは藪を切り開いて進んだ。スピンドラーは長城ハイクをするとき、たいていは獣道や長城のてっぺんの茂みの少ない部分を選んで歩くが、尾根に登るには茨の茂みを突き進むしかないこともある。スピンドラーが「モンゴル軍式ハイキング」と呼ぶこの難行に、私はうんざりしていた。茨の棘が嫌だ。足元がおぼつかないのも嫌だ。自分の服があちこち裂けるのも嫌だ。スピンドラーの服は見かけこそおかしいが、長城ハイクにはもってこいで、これも癪《しゃく》に障った。スピンドラーの胸までしか届かないのに、私の顔にはまともにあたる茨も大嫌いだ。何より嫌いなのは、こんな行軍をしたモンゴル軍だ。

高い尾根にそびえる石造りの要塞にたどり着いたときは、長い潜水のあとでようやく水面に出た気分だった。東側は、はるか三〇キロほど先まで一望できる。人が住んでいるとわかるのはただ一カ所、鎮辺城《チエンピエンチヨン》の村だ。明代の守備隊が使った高い石の防壁がまだ残っている。壁に囲まれた村をのぞき込みながら、スピンドラーは当時の要塞の困窮ぶりを語った。司令官たちは、兵士の給料は銀貨よりも穀物で支給してもらいたいと願い出たという。「明の時代にひどいインフレが起きてね、それが新世界での銀の発見を促したんだ」

野営した翌朝、私たちは石造堡塁のかすかな残骸を見つけた。尾根からよく見える地点に設けられたこの堡塁は、鎮辺城へ信号を送るときに使われたらしい。スピンドラーはこうした現地の情報をすべて丁寧に記録し、北京に戻ってからデータベースに入れていた。それに、長城の構造分析にかけては特別な才があって、長城を歩くと必ず城壁の細部に何かしら目立たぬ特徴を見つけ、それが軍事作戦を反映していると指摘するのだった。これら細かな情報を、やがては一つにまとめるのだろう。何年もかけて高い尾根や忘れられた書物から細かな情報を引き出してきたのだ。だが、細切れの情報は、顔に当たる茨のように集中の妨げになることがある。「あいつは学界に身を置いていないから、自由に独自の方法で研究できるんだ」とスピンドラーの友人のアンドルー・フィールドは言う。だが、独学はリスクを伴う。フィールドは付け加えた。「区切りをつけろよ、とあいつに勧めてるんだ。細部については驚くべき能力があるんだが、あのやり方じゃきりがない」

藪を切り開いて進むのは実に時間がかかった。それに危険でもあった。「今まで事故はなかったの」と鎮辺城の上を歩きながらスピンドラーに訊くと、一九九八年に友だちが塔から落ちて手首を折ったという。その日はそれ以上険しい山道を歩くのはやめて、長城で野営したそうだ。いま思えば慎重になりすぎていた、すぐに下山すればよかったと、スピンドラーはしきりに言っていた。

「友だちのその人、痛かったろうね」

「ああ、かなりね」スピンドラーは小さな声になった。

スピンドラーはどの辺りに出かけるかいつも周囲に知らせていたし、一人きりで泊まりがけハイクをすることはほとんどない。よく一緒に歩くのは李堅《リーチエン》だ。北京大学のクラスメートだった人で、今は国立図書館で稀少本を扱う仕事をしている。初めてスピンドラーと調査旅行に出かけたのは二〇〇〇年、三日がかりのハイクだった。「前は不眠で困っていたのに、あのハイクからはよく眠れるようになったわ」。それ以来、彼女がスピンドラーとともに長城で過ごした日数は、一八五日に及ぶ。

やがて李堅もLLビーンの赤いハンティングシャツ、白いティリー帽、スポルティバの高性能登山靴、それにエドワーズ社製のヘラジカ皮の作業用手袋で身を固めるようになった。さらに、トレパンを膝のところで切り、丸い穴を開けて頭からかぶるのも、スピンドラーにならった。身長一五七センチの中国人女性の李堅は、フィールドワークに出るとスピンドラーの影のように、藪の中をどこまでも従って行く。先に立って歩いたことは一度もないと、李堅は言っていた。

二〇〇三年六月、二人は北京西方の門頭溝《メントウコウ》区まで、三日間の山歩きに出かけた。この地方の山々はおかしなかたちをしていて、山頂を極めるのはたやすいが、中腹の山道を行くと突如として急な崖に行きあたることが多い。モンゴル軍式ハイキングを続けるうちにスピンドラーは道に迷ってしまった。下山しようとどの道を行っても絶壁に出る。運よく雨が降ったばかりだったので、二人は岩のくぼみにたまった水を飲んでしのいだ。北京から捜索隊が繰り出した。出発して五日目、二人はどうにか道を見つけて下山し、途中で捜索隊に出会った。李堅は今でも不眠症治療のために長城ハイクを続けている。

中国の大学は長城の専門家を育ててこなかったといえるかもしれない。長城愛好家たちは学界の外で小さな社会を形成してきた。たいていは運動好きで頑健という、中国の知識人には珍しい特性の持ち主である。なにしろ知識人の労働蔑視は、ときに考古学界で問題になることさえあるのだ。とはいえ、万里の長城にのめり込む人もまた数多くいる。元エンジニアの董耀会《トンヤオホイ》は一九八四年に職を辞し、国内数千キロを旅して各地の長城跡を調べ、その経験を本にまとめた。その後、中国長城協会の設立に一役買っている。現在、この協会は二種類の定期刊行物を出し、長城の保全活動を進めている。新華社のカメラマンだった成大林は体育専門学校を卒業した。イギリス人地質学者でマラソン選手のウィリアム・リンゼーが中国にやってきたのは一九八六年だ。長城に沿って歩いたり走ったりして九カ月を過ごしたあと、北京に落ち着いたリンゼーは、長城関連の本を四作も刊行し、「万里の長城の国際的友人たち」と称する団体を創設した。保存に力を入れる小さな団体である。

北京大学でいちばん熱心に長城を研究しているのは洪峰《ホンフォン》という名の警察官だ。洪峰も体育学校で学び、短距離と走り幅跳びが得意だった。成績がわずかに足りず大学入学を逃して警察学校に入ったが、のちに北京大学の派出所に配属された。一九九〇年代に趣味で長城ハイクを始めたとき、既刊の関連書物のどれにもがっかりしたという。「間違いが多すぎる。それで、自分で原典を読むことにしたんです」

私は北京大学構内の派出所に洪峰を訪ねた。所長の洪峰はここで二四時間勤務し、休日を長城ハイクにあてるという。洪峰は四十五歳、背が高くたくましいが、以前調査中に転んでけがをした右ひじの痛みを抱えている。北京大学の図書館でよく調べ物をするが、教授たちと自分の研究を話し合ったことは一度もない。「考古学や歴史学の学者たちは、長城にはまったく関心がありません」

調査するうちに洪峰は、北京の北西で長城が二五キロほどにわたって途切れているのを発見した。ここは急峻な山地だから防壁は必要なかったという近代の学説は意味がないと洪峰は考えた。もっと険しい山岳地帯にも要塞は建てられているからだ。そこで洪峰が『明実録』を調べてみると、明代の人びとは祖先の墓の北側のこの地域に龍脈（龍の静脈）が走っていると考えていたことがわかった。龍脈は風水にとってきわめて重要な稜線だ。そこで明代の人びとはこれを避け、北方寄りの地帯にわざわざ入り組んだ防壁を建てたのだった。

洪峰はこうした発見をウェブサイト（www.thegreatwall.com.cn）で発表した。中国の長城研究者たちの活発な交流の場であるこのサイトは、ソフトウェア・エンジニアの張俊《チャンチュン》が一九九九年五月八日に立ち上げた。ベオグラードの中国大使館がＮＡＴＯ軍に爆撃された（ＮＡＴＯはこれを誤爆としている）日である。サイトのウェブ会員は北京で定期的に食事会を開くが、あるときそんな会合に参加した私は、なぜこの日を選んでサイトを立ち上げたのかと張俊に訊いてみた。張俊は慎重に言葉を選んでこう答えた。「なんといっても、長城は中国の防衛のために造られたのですからね」

このサイトの会員は五〇〇〇人にのぼる。多くは愛国心から、あるいは趣味として長城のことを知りたい人たちだが、本格的な研究者もいる。デイヴィッド・スピンドラーは二〇〇〇年に会員になった。ハンドルネームは、中国語の教師がつけてくれた名前を少し変えた「阿倫《アールン》」。この名前で会員同士メールのやりとりはするが、スピンドラーはイベントに参加することもなく、外国人だと明かしたこともない。去年の春からは、長城の一部の建築史について長編記事を二本、ウェブサイトに掲載している。いずれは英語で著作を発表するつもりだとスピンドラーは言う。だが、まずは手始めに中国語で記事を書いた。なにしろ、こんな専門的なテーマに興味のある人はこのウェブサイトでしか見つからないからだ（記事の一つは「猪嘴寨《チューツイチャイ》の建設開始日について」というタイトルだ）。

スピンドラーに頼まれていたので、私がほかの会員に彼の本名を明かしたことはないが、阿倫はじきに会員たちの話題になった。警官の洪峰はこの記事を褒めちぎり、筆者は中国人だと思い込んでいた。「文章はうまくないが、内容に深みがある。筆者は大学院生のようだが、自分については何も語らず、私も確かめようとは思わない」

スピンドラーは自分が外国人であることをいずれは明かそうと思っていたが、気になるのはサイトのナショナリズムであった。それに、北京大学で論文を発表したときの経験を思い出す。「指導教授に『外国人に対しては大目に見ることがよくある』って言われたんだ。『私は自分の経験のためにここで学んでいるんです。学位が取れないなら、それでもかまいません』と冷静に言い返せばよかった」とスピンドラーは悔しがる。「論文は内容だけで評価してもらいたいな。書いたのは誰か、中国人か外国人かなんて、問題にならないはずだ」

スピンドラーは記事が正当に評価されないことを心配して偽名で投稿したのだが、これは矛盾しているように思われる。だが、彼のすることはたいてい矛盾している。スピンドラーはとても慎重なのに、研究のためには経済的安定も恋愛も身の安全も、すべてを犠牲にする覚悟だ。長城に関する自分の知識に絶対の自信があり、はっきりとそれを説明できるし、長城についてよくある誤解を取り除きたいと思っている。それでいて満足のいく資料が集まらない限り執筆はしないという。彼の研究は、まるでこだわりの集積のようだ。地球上でもっとも野心的な建造物についての、一人の男のひたむきな研究だ。だが、この研究を貫いているのは、あくまでも合理的であろうとする姿勢である。スピンドラーは、長城は軍事目的のために建てられたもので、自分の研究方法は考え得る限り最善のものだと信じている。万里の長城が何かの（とくに中国文化のような複雑なものの）象徴として使われるのは残念だと言う。おおかたの中国人にとって万里の長城は国の栄光を表すものだ。一方、外国人はこれを排外主義の証拠だと見なす。スピンドラーはどちらの見方も役に立たないと考える。長城は「中国がしてきたことの一つの表れであり、防衛の一手段にすぎない」のだと言う。

私の知る限り、スピンドラーといちばん近い考え方の人は洪峰だ。「窮詩書《チオンシーシュー》」というそのハンドルネームは「書物を最後まで究める」という意味だ。「中国人のなかには長城を民族の誇りだと言う人もいますが、これは大げさですよ。昔の人はピラミッドのような記念物を建てようとしたわけではなく、ただ、攻撃に備えて防壁を造ったんです」

その年も押し詰まったある日、私はスピンドラーの三四〇回目の研究旅行に同行した。以前、北京北方の密雲に行ったとき、高い尾根の近くに石積みの塔を見つけたような気がすると言う。私たちはゆっくりと尾根まで登ってみたが、何も見つからなかった。だが、スピンドラーはこれでやるべき仕事の一つを片づけたわけだ。

藪を切り開きながら歩くのを楽しいと思ったことはないが、それでも私はこの一年でフィールドワークのリズムを味わえるようになっていた。どんな旅でも、歩きやすい道、危ない道、手に負えない茨、すばらしい眺めが経験できた。そして周りがどんな景色でも、私の前にはスピンドラーがいて、茂みの上をひょいひょいと進んでいく帽子が見えた。

下山する途中、罠にかかって死んだノロジカを見かけた。輪縄にかかり、もがくうちに首が絞まったと見える。少し進むと、ほとんど崩れ去った長い胸壁に行き当たったので、その上を歩く。と、ブーツの先が穴に引っかかった。私はつまずき、低い岩棚からおよそ三メートル下へと頭から突っ込んだ。なぜか私は長城に体当たりしたのだった（何もかもあっという間の出来事だった）。叩きつけられて止まったとき、私は長城の縁越しに辺りを見回していた。

「大丈夫か」駆けつけたスピンドラーが言った。私はゆっくり起き上がったが、歩こうとすると左膝が痛い。助けを呼ぼうにも、ここは町から何キロも離れている。気温も氷点下だ。進み続けるほかなかった。

できるだけスピンドラーに身体を支えてもらいながら下山した。三時間かかったが、その一瞬一瞬が忘れられない。翌朝、病院でレントゲンを撮ってもらうと、膝蓋骨が数カ所で折れていて、六週間は松葉杖が必要とのことだった。私が長城を訪れたのは、これが最後になった。

事故の翌日、スピンドラーが私のアパートに見舞いに来てくれた。何か必要なものはないかと訊くその様子から、申し訳ないという気持ちが伝わってきた。記録をざっと調べてみたら、長城ハイクをした述べ約一二五〇人のなかで、けがをしたのはきみが二人目だと言う。いや、正確な人数は一二四五人だったと、その後教えてくれた。

スピンドラーは二月にもう一度見舞ってくれた。もうすぐ、調査のため台湾へ行くという。台北の国立故宮博物院で明時代の地図を調べるそうだ。英語の本はまだ一行も書いていないが、中国語の論文に取り組んでいると言っていた。将来のことも前よりは真剣に考えているようだ。この一年くらいで執筆を始めたい、それが終わったら国内のほかの場所にある長城遺跡を調べるつもりだ。博士課程に進むのも悪くない。いや、それよりも在野にとどまり、講演や執筆で食べていこうか。それにしても「学界から認められるには外国語をいくつか勉強しなくちゃならない」とスピンドラーは言う。「日本語を知らないと話にならない。モンゴル語もだ。いろんな言葉ができないとだめだ。次はロシア語を習おう。できればドイツ語も。満洲語も知っていれば便利だろうな。チベット語だってそうだ。でも、取りかかるのはずっと先だ」

私は松葉杖にすがりながら玄関でスピンドラーを見送った。翌朝早い飛行機に乗るという。倹約のためにマカオで七時間乗り継ぎのある便で行くそうだ。マカオでは空港の外に出られないけどね、本でも読んで過ごすよ、と言っていた。北京での長城巡りはあと何日予定しているのと私が訊くと、「八六日」という答えが即座に返ってきた。

海辺のサミット

警官とのトラブルは林彪《りんぴょう》の屋敷跡で始まった。怪しげな場所ではなかった。屋敷は空っぽだし、表向きここ北戴河《ペイタイフウ》では何事も起きていない。だが、政府がここに移ってきたことは衆知の事実だ。北戴河は北京から東へ二八〇キロ、渤海《ポーハイ》湾に面した避暑地だ。高官たちはここに来て休暇をとる。いや、仕事をしに来ることもある。毎年、夏になると共産党幹部がここに集まり、秘密会議を開いて国の方針を決めるのだ。会議について中国のマスコミは閉幕するまでいっさい報道しないが、ＶＩＰたちが来ている兆候はあちこちに見えた。お偉方の別荘が並ぶ海灘路《ハイタンルー》は通行禁止だ。町角のいたるところに警官が立っている。ときおり、黒塗りのベンツが走り抜けていく。先導のパトカーがけたたましくサイレンを鳴らす。夏のスコールさながら、車列が通り過ぎると辺りはひっそりと静まり返る。

あの年、幹部会議は例年どおり八月ではなく、七月の末に始まった。これには重大な意味があるという人たちもいた。北戴河についてはほとんど何も公表されないため、人びとはどんな小さな変化からも重大な意味を読み取ろうとした。国を率いる江沢民は、党総書記、軍のトップ、国家首席という三つの役職のうち、少なくとも一つを手放すと見られていたが、本人も守旧派のほかのメンバーも引退に抵抗しているらしい。専門家によれば、北戴河の今年の会合は政権交代に向けた最初の戦場になるそうだ。共産主義体制下の中国は、いまだかつて秩序ある政権移行を経験したことがない。半世紀というもの、権力の委譲にはクーデターや闘争が必ずついてまわった。

林彪の屋敷は連峰山《リエンフォンシャン》公園でいちばん高い丘の上に、さながら中国における権力の危うさを示す記念塔のようにそびえ立っている。一九六〇年代の文化大革命時代、国防部長だった林彪は毛沢東の後継者に指名されていた。屋敷はその地位にふさわしい立派な建物で、室内温水プールがあったことで有名だ。一九七一年九月、林彪はクーデターを画策した疑いをかけられ、国外脱出を図る。必死の思いで北戴河から車で逃げ出し（車列は銃撃された）、近くの山海関《シャンハイクワン》空港で軍用機に乗り、ソ連へ向かったとされる。だが、この飛行機はモンゴルで墜落した。事件の詳細はいまだに謎に包まれている。死後何年も、林彪は中国史上最悪の裏切り者で、変人だったとされた。毛沢東の侍医、李志綏《リーチースイ》によれば林彪は風や光や水を怖がっていた。水を飲もうとしなかったので、脱水を恐れた妻は蒸しパンを湯に浸して食べさせたという。でも、それならなぜ温水プールがあったのか。またこの医者によれば、林彪はベッドの上で便器にしゃがみ、テントのような毛布をかぶらなければ用を足せなかったそうだ。林彪の屋敷跡はぜひ見ていってください、と北戴河で知り合いになった人たちはみな言った。

灰色の広大な屋敷は荒れていた。連峰山公園は公共施設だが、この建物は高さが二メートル以上もある塀に囲まれていて、内部は立ち入り禁止になっていた。窓枠の赤い塗料がはげ落ち、屋根瓦は日に焼けて砂色だ。避雷針が二本、周囲の松の木の上から頭を出している。やがて、中国人ツアー客の一団が通りかかった。ガイドはあの温水プールの話を持ち出している。

丘を下る途中、私は木陰で一休みし、ノートに数行走り書きをした。すると二十代前半の若者が近づいてきて、何を書いているのかと訊く。

「日記ですよ」

「見せてください」男がたたみかけるように言う。その口調と男の様子に私はピンときた。「なんでもないですよ。ちょっと休んでいただけです。もう行きます」

男がバッジを取り出す前に、私は一五、六メートルも歩いただろうか。私服警官だった。

「そのノートを見せてください」

「ここは公共の公園でしょう。私は何も悪いことしてませんよ。ビザだってちゃんと持ってます」

私はパスポートを出して見せてから、出口に向かった。自分に腹が立った。当局が神経をとがらせているあんなところでなぜメモを取ってしまったのか。それまで公園で警官にとがめられたことは一度もなかった。団体ツアーを見かけたので油断したのだ。警官は携帯電話で話しながら、後をつけてくる。私は下を向いて歩き続け、門を出た。左のほうで、人が駆け寄ってくる足音がした。見ると軍服の兵士が三人、行く手を阻んでいる。駐車場で私たちは向き合った。二十歳そこそこのやせこけた兵士たちは外国人に対応する事態に緊張しているようだった。駐車場の向こう端からも兵士が三人駆け寄り、私の退路を断った。もう一人、別の私服警官もやってきた。

「手帳を提示してもらう必要があります」

「お断りします。見なくちゃならない理由なんかないでしょう」。実際、手帳には機密情報など何もない。だが、午前中に会った中国人の連絡先が書いてあった。その人たちだって、何もやましいことにかかわってはいない。だが、警察が捜し出して質問攻めにすれば、怖い思いをするに違いない。

一〇分もたたないうちに地元政府の外交部の役人が三人、黒塗り、黒い窓ガラスの中国製アウディに乗って駆けつけた。責任者が身分証をさっと見せる。私はパスポートを渡した。役人は「J」と分類された私のジャーナリストビザ（つまり私が外国記者登録証を持つジャーナリストだったこと）に気づいた。「ここは公開されている公園ですし、違法行為は何もしていませんよ」と私は言った。

「逮捕ではありません。ちょっと待っていただきたいだけです」

「所持品検査をするんなら、逮捕してからにしてください。いま大使館に電話します。アメリカ国民が逮捕されたと伝えますよ」

こう言って私は携帯電話を取り出した。はったりだった。大使館の人なんて誰も知らないし、アメリカ国務省が私のメモ帳を優先事項として扱うとは到底思えない。役人たちは数メートル離れたところでこそこそ話し合いをした。何人かが電話をかけている。数分後、責任者が近づいて言った。

「あなた次第ですよ。たいしたことじゃありません。こちらはメモ帳を見せてもらいたいだけです。あの人たちに見せますか、それとも拒否しますか」

私はメモ帳は自分で持っているつもりだと答えた。

「では、今すぐここを退去してください」

私は一度も振り向かずに立ち去った。あの連中とはまた会うことになるだろう。

北戴河はのどかな町のようだった。静かな灰色の海は北国の穏やかな日の光を浴び、街路のわきにはヤナギやスモモの木が並び立つ。海岸線に沿って西へ進むと、浜辺がお役所仕事的に分割されているることがわかる。こちらの区画は人民解放軍兵士の休暇用、あちらは国務院用、別の区画は外交部専用といった具合だ。なおも進むと、一ドル払えば誰でも利用できるビーチに出る。そこを過ぎると無料ビーチの喧騒が耳に入ってくる。写真売りやジュース売り、日よけ付きの竹製ビーチチェアを貸し出す人たちが声を張り上げている。スカート水着の女性たちが恐る恐る水に入っていく。男性陣は競泳用のような水泳パンツをはき、ウエストバンドにタバコの箱を押し込んでいる。公共のビーチを一キロ半ほど行くと、突然ロープが張られ、制服の警備員が巡回する境界線に出る。

この先は政府高官専用ビーチだ。私はよく朝のうちにここに来て、ぶらぶら歩きながら何か事件は起きていないかと確かめたものだが、ビーチはいつもがらがらだった。お偉方が来ている兆候が初めて現れたのは七月の最後の週、国務院総理の李鵬が滞在先の北戴河でマルタ共和国の国会議長と会見したという記事が各紙に載ったときだ。だが、李鵬の北戴河滞在が恒例の避暑地会議のためかどうかについてはどの記事もいっさい触れず、中国とマルタの二国間関係がかつてないほど強固になったと報じただけであった。

外国人が北戴河に初めてビーチハウスを建て、避暑地として利用し始めたのは、ほぼ一世紀前のことだ。一九四九年に政権を握った共産党は、ここを直営のリゾート地にした。当初の目的は政府高官も国営企業のヒラ従業員も、等しく楽しめる場をつくることだった。これは革命の基本理念に合致していた。党幹部と労働者の隔たりは最小限に縮まるはずだった。模範的労働者を北戴河旅行に招待するという報奨制度が、何十年も続いた。旋盤工や掘削工が一週間、太陽の光を浴びるのだ。今日、北戴河を訪れる年間二〇〇〇万人ほどの観光客はおおかたが個人旅行者だが、海辺には公営保養所が点在する。「天津教職員用療養院」「鉄道幹部用保養所」など、それぞれいかにも前時代的な名前の施設である。

私が一週間の予定で滞在していたのは「中国炭鉱労働者療養院」だ。プロレタリアの英雄である鉱山労働者のための療養所を兼ねた宿泊施設として、一九五〇年にオープンした。それから五〇年たった今も、鉱山労働者はここを利用する。毎朝、男性の一団が療養院から出てきて海をじっと見つめる姿が見えた。多くは内陸奥地の炭鉱町からやってきた人たちだ。ここには大腿骨頭壊死症の専門病院があり、鉱山関係者以外にも、金を払って治療を受けている人たちがいた。黒竜江省の税務署員、大慶《ターチン》の油田作業員たち、『人民日報』上海支局の女性記者らだ。元郵便局員だったという男性は、林彪率いる第三九軍団の兵士として朝鮮戦争に従軍したという。一九五〇年、鴨緑江《ヤアリユイチアン》の近くで所属の軍団は甚大な被害を被ったが、マッカーサーの部隊に断固立ち向かった。朝鮮戦争で戦った中国人がよく口にする言葉を、この男性も言っていた。「アメリカ人は苦痛に耐えられないんだ。中国人ほど我慢強くない」

夕方になると患者たちは病院の玄関前の日陰に集まり、松葉杖をあちこちに立てかけてから腰を下ろし、海風に当たりながらおしゃべりをする。私はそれを聞くのが楽しみだった。とりとめのないおしゃべりは、スモモの木の上から聞こえてくるセミの鳴き声のようにリズミカルだ。ときおり、政治も話題に上る。あるとき、この町で開かれている会議について訊いてみた。税務署の職員は答えた。

「何か決まれば新聞に出るからね、それまでは自分たちには関係ないよ」

療養院に着いたその日、私はセルゲイという七十二歳のロシア系の男と知り合いになった。脳卒中で倒れ、治療中だという。左半身が麻痺し、車椅子に乗っている（左手を添え板に固定しているのは、握りこぶしが開かなくなるのを避けるためだ）。家族に連れられて一九三八年にシベリアから逃げてきて以来、一度も中国の外に出たことはない。完璧な中国語を話し、五二年前から共産党員であった。なぜロシアを離れたのかと訊くと、「いろいろあったんだ」と言ったきり口をつぐんでしまった。

数日後、別の患者が同じことを尋ねると、今度は進んで答えた。セルゲイの話によると、一九二〇年代から三〇年代、日本がシベリアに秘密工作員を送り込んだため、スターリンはすべてのアジア人をこの地域から追放せよと命じた。セルゲイの両親はロシア人の貧農だったが、シベリアに商売に来ていた中国人と親しくなっていた。外国人排斥運動のさなかの一九三八年、この中国人は一緒に南へ逃げようとセルゲイ一家を誘ったのだった。シベリアがひどい状態に陥っていたからだ。「スターリンはいいこともしたが、間違いも犯したんだ」とセルゲイは説明する。

「毛沢東もよ」と『人民日報』記者が同意する。

「レーニンはスターリンよりましだった。ひどい間違いは犯さなかった」誰かが言う。

「レーニンってユダヤ人じゃなかったかい」別の誰かが尋ねた。

「いや、ロシア人さ。ユダヤ人じゃない」

「ロシアの女はさ、若いときはきれいだが、そのうちすごく太るのはどうしてだろう」

「レーニンはユダヤ人だと思ってたよ」

「食べ方の問題さ」

「飯のあとじゃなくて、前にスープを飲むんだ」

「ロシアの女が太るのは、気にしないからだよ」ときっぱり言うセルゲイは身長一八二センチ、木の枝のようにがりがりだ。奥さんは中国人で、セルゲイと出会う前の朝鮮戦争中、前線の兵士を慰問する舞踏団にいたという。戦闘中に起きた爆発で片方の耳が聞こえなくなった。セルゲイによれば「ロシアの女は太っても全然気にしない」そうだ。

私服警官とのやりとりのあと、私は近くの麵料理の店で昼食を食べた。食事に時間をかけてほとぼりが冷めるのを待とうとしたのだが、ふと見ると、通りの向こう側で若い男がこちらをうかがっている。私が店から出ると、男は立ち上がって電話をかける。タクシーに乗って尾行を巻こうかとも考えたが、それも無駄だろう。ホテル到着時にフロントで宿帳に記入したから、私がジャーナリストだということはもう知れ渡っている。それに中国のホテルは外国人の宿泊客があれば地元警察に届けることになっていた。公園で会った警官は、私の宿泊先を知っているに違いない。

私はタクシーを呼び止め、ホテルに帰った。「中国炭鉱労働者用療養院」は緑多い広大な用地に二十数棟の建物を擁する施設で、私はVIP用ゲストハウスに泊まっていた。ここは数年前にオープンした外国人向けの宿泊施設で、スイートルームの料金は朝食付き一泊四〇ドルだ。滞在中、私は一度も西洋人宿泊客に出会っていない。洞窟のようなこの建物は空っぽと言ってよかった。前庭には雑草だらけの芝生が広がり、ところどころに古い大理石のヤギ像が立っている。ヤギは雨風や潮風にさらされてくすんで灰色だ。その近くに男が立っているのに気づいた。男は私を見ると携帯に向かって何か言い、先にロビーへ入っていった。

私の部屋は二階だ。階段を上がるとき、振り返って男を見た。髪はクルーカット、黒の化繊のズボンをはいている。こちらを見ながら携帯に向かって低い声で話しかけていた。

私は部屋で待った。中国のどの都市でも、問題が起きるとすぐさま外交部の役人がやってきて、私に出て行けと言うのだった。厳密に言えば、外国人ジャーナリストはどこへ行くにも事前の届け出が求められていた。だが、今どきそんな規則に従う者はいない。私もたいていは問題なくどこへでも行けた。まれにだが、何かのはずみで私が警察の注意を引くと、反応は素早い。ドアをノックする音が聞こえ、硬い笑顔を浮かべた役人に申し渡されるのだ——届け出を済ませてから、あらためて来てください。今日のところは北京にお帰りいただきます。

私が泊まっていた二部屋のスイートルームはカビ臭いが、照明は申し分ない。それにバルコニー付きだった。電話機の横にある「サービス案内」には室内備品を破損した場合の賠償額が細かく記されている。灰皿一個一二セント、カップ六一セント、タオル一枚一ドル八二セント。カーペットを傷めたら一平方メートルにつき六ドル五セント払わなければならない。鏡は一枚一二ドル一一セント、いちばん高価な備品は六〇ドル五三セントの便器だった。

三〇分もノックの音を待っているうちに、いつの間にか眠ってしまった。メモ帳をめぐる警官とのやりとりでくたくただったのだ。一時間もたっただろうか、目覚めたときは頭がぼんやりしていたが、やがて思い出した。そう、枕が三ドル六三セント、シーツが四ドル八四セントだった。どういうわけかベッドの値段は書いてない。階下へ下りていくと、クルーカットの男はまだロビーにいて、竹製の扇子を使って涼んでいたが、私を見た途端、凍りついたようにぴたりと動きを止めた。扇子を顔の真ん前に広げたままだった。

指導者の後継人事は、北戴河ではあまり話題に上らなかった。教育のある人たちと話していると、副首相の胡錦濤の名が挙がることもある。実際、もし江沢民が引退すれば、もっとも有力な後継候補は胡錦濤だと、おおかたの専門家は考えていた。だが、北戴河の人びとはめったにそんな話をしない。用心したり、神経質になったりしていたわけではなく、ただ自分には関係がない、指導者の交代で暮らし向きが変わることはないと感じていたのだ。実際に政治の話をするときは、たとえ話を使うことが多い。そのほうがわかりやすいからだろう。セルゲイは政権委譲を家庭内の世代交代になぞらえた。「老いた父親が長男に家督を譲るようなもんだ。弟たちがとやかく言う問題じゃない。大失敗でもすれば別だが、采配を振るうのは長男だ」。セルゲイは党の下級幹部で（西部の町ウルムチ市人民代表大会の代表を三年間務めた）、中国はロシアがペレストロイカ時代に犯した過ちを繰り返してはならないと信じていた。「ゴルバチョフは急ぎ過ぎた。経済をまず立て直し、それから政治に手をつけるべきだったんだ」

セルゲイを除いてもっとも社交的だったのは姚勇軍《ヤオヨンチュン》と鄒雲軍《ツオウユンチュン》だ。二人とも腰を痛めて東北部の大慶から治療に来ていた。一九六〇年代に中国工業化のモデル都市ともてはやされた大慶では、民間経済への移行がすんなりと進まず、国営石油会社による大規模な一時解雇や、一部労働者によるストが起きていた。二人の勤め先ではまだ波風は立っていないそうだ。二人とも月給二〇〇〇ドルと高給取りで、仕事にも満足しているという。姚勇軍はすぐに笑う小太りの三十二歳。伝統中国医学と注射と超音波を組み合わせた二カ月間の療養ももうすぐ終わるところだ。大腿骨頭壊死症の原因にはホルモンの失調、過度の飲酒、トラウマの三つがあるが、自分の病気は最初の二つが原因だと言っていた。

鄒雲軍の場合は、その三つすべてが当てはまるという。鄒は三十九歳の油田作業員だ。髪を短く刈り込み、生え際から眉間にかけて「！」記号のような形をした傷跡がある。雲軍とは「天の軍勢」を意味し、父親の軍隊経験からつけられた名前だ。父親も朝鮮戦争の退役軍人で、鴨緑江の近くで戦ったのだという。鄒雲軍はよく上半身裸で療養院を歩き回っていた。ゴールドチェーンのネックレスとフェイクのローレックスをつけ、しょっちゅう看護師たちをからかう。看護師たちはそれが楽しそうだった。

ある日の午後、鄒雲軍と日陰にいると、看護師が来て「翌朝八時に治療があります」と告げた。

「そんな、朝っぱらからかい」と鄒はにやにやしながら答える。「八時って、おれがトイレに行く時間なんだ」

看護師は片手で口元を覆いながらくすくす笑う。「それなら九時にしましょう。九時よ」

「一〇時にしてよ」

看護師は笑い転げながら走り去ってしまった。鄒雲軍に政治について訊いてみたことがある。中国の指導者のなかで、彼がいちばん尊敬しているのは毛沢東と唐の大宗帝とチンギス・ハーンだ。

「でもチンギス・ハーンはモンゴル人でしょ」

「モンゴル族は中国五七民族の一つだよ」と鄒は答え、モスクワまで中国帝国を広げたチンギス・ハーンは偉いんだと言った。自分たちの英雄が中国人だったと聞いて、それに同意するモンゴル人はいないだろうが、これは中国ではごく一般的な見方だった。江沢民はどう？と私は訊いた。

「まあまだね」と、鄒は肩をすくめる。「昔の大物たちとは比べものにならないや」

鄒雲軍や患者たちは私服警官に気づかないようだった。VIP用ゲストハウスのロビーには警官が少なくとも一人は必ずいた。正門前には四人が待機していた。私が療養院の敷地内を歩くと、常に誰かが同じ方向に動き、私を見張っている。私が敷地の外に出ようものなら、携帯電話を一斉に使い始める。中国でこんな目に遭うのは初めてだった。当局が誰かを退去させたいなら、単にそう告げればいいのだ。だが、この町では私が警官の視界内にとどまる限り、自由に歩かせようとしている。ある朝、私はついに門の前にいる二人の警官に近づいた。

無関心なふりをした二人のうち、一人は最初の日にロビーで見かけたクルーカットのがっしりした四十歳代の男だ。いつも薄汚れた褐色のTシャツを着ている。相棒は今日もおしゃれをしていた。シャツはフェイクのアイゾッド、靴はプレイボーイのロゴ入りローファーだ。肌が荒れていた。私はこのプレイボーイ氏に、どこから来たのかと訊いてみた。

「長春から」

東北部の都市だ。北戴河には治療に来たと言うので、どこが悪いんですかと尋ねると、

「別にどこも……」と答え、慌てて「休暇で来たんだ」と付け加える。

「ああ、治療じゃないんですね」

「ええ、まあね。休暇ですよ」と言ってから、北戴河の天気はすばらしいとか、ビーチがきれいだとか、ぎこちない会話を続ける。やがて、もう行かなくちゃと言い、プレイボーイとクルーカットの二人組はこちらの様子をこそこそうかがいながら立ち去っていった。実際これは、中国人と話していてこちらが何一つ質問されなかったという、実に珍しい経験だった。

この町の人々は政治に疎いと、北戴河ではつい思ってしまう。毎年、夏になると国の指導者たちが集まるここは、中華人民共和国の歴史上もっとも重要な決断がなされた町だ。林彪の生涯の最終ドラマはこの町で展開し、共産党最高指導部はクーデターの脅威にさらされたのだった。だが、そんなことはどれも、町の人びとにとってはどうでもいいことのようだ。林彪の屋敷は塀で囲まれ、温水プールの件を除けば、人の口の端に上ることもない。江沢民にも胡錦濤にも、間近に迫った指導者交代にも、誰もまったく興味を示さない。

だが、指導者たちについて、一般人はほとんど何も知らされていないのも中国の現実だ。胡錦濤は

地味な人だ。前途有望な政治家は目立ってはいけない——これは共産党の伝統だ。胡錦濤は五十九歳、内陸部で業績を積み上げてきた。インタビューに応じたことはない。政治的にもっとも活躍したのは、一九八八年、チベット自治区共産党委員会書記に任命されたあとである。民族問題で揺れるチベットで前任者が解任されたばかりという、微妙な時期だった。胡錦濤の初めての重要な仕事は、パンチェン・ラマ十世の葬儀で弔辞を述べたことだ。パンチェン・ラマとはダライ・ラマに次ぐ高位の僧で、チベットでは十世の死をめぐり中国政府による暗殺説も飛び交っていた。状況はきわめて緊迫しており、中国の忠実な愛国者として故人をたたえる鄧小平の言葉を引用した弔辞も、事態改善の役には立たなかった。その後一カ月もたたないうちに、チベットに戒厳令が敷かれた。警官隊との激しい衝突で数十人ものチベット人が命を落とし、戒厳令はその後二年間も解除されなかった。その間、胡錦濤はとりたてて残酷だったり、巧みな手腕を発揮したりしたわけではない。ただ北京の命令に粛々と従い、嵐を切り抜けたのだった。

江沢民もまた、生き残りの巧者として知られる。一九八九年、天安門事件の間も、上海市党書記として同市の平穏をおおむね維持することができたし、国家主席としてはアジア金融危機を乗り切った。だが、江沢民はカリスマ性を欠き、人びとの心を惹きつけたためしがない。前世代の指導者たちとは異なり、江沢民は戦時の英雄でも農民でもなかった。江沢民は権力をほかの政治局員たちと分かち合っているように見える。分厚い古風な眼鏡をかけた江沢民は、毛沢東や鄧小平ら、崇拝される前任者たちの言葉を繰り返そうとするが、その努力はわざとらしく、ぎこちない。江沢民の思想上の貢献は、「三つの代表」として知られることになった開発に関する二万字に及ぶスピーチである。何百万人もの中国人が学校や職場でこの文書を勉強したが、その意味するところを説明できる人はほとんどいない。スピーチの大部分は類語反復の演習であった。「生産および上部構造の関係は、それらの性質に関係なく、生産力の発展とともに発達を遂げ……とくに将来において物事はいかに発展するかという問題に対する答えは、将来における実践がもたらすべきである」。スピーチの文体は、何かを否定するときだけ明確になる。「われわれは、複数政党制や三権分立といった西洋の政治思想に、断固として抵抗しなければならない」

同様に、江沢民や胡錦濤を描くときは否定形を用いるともっともわかりやすい。この二人は毛沢東ではないし、ミハイル・ゴルバチョフでもなかった。中国はもはや、一人の気まぐれで統治される国ではない。だが、まだ法によって統治されてはいない。中国は、個人崇拝を脱することができた唯一の共産主義国家である。江沢民や胡錦濤といった指導者のもっとも目立つ特徴は、個性のなさであろう。北戴河での会合が終わって間もなく、江沢民が指導者としての三つの要職のすべてから退くという発表があった。中国共産党の指導者が自らの意思で身を引いたのはこれが初めてだった。胡錦濤が実権を握って最初の年に、北戴河で秘密会合を開く慣行に終止符が打たれた。海辺のサミットは一昔前、個々の指導者が大きな力を持ち、粛清やクーデターの脅威が常に感じられた時代の遺物であった。今日、中国はより組織化されている。全体主義に取って代わったのは、一党独裁下における経済の高度な自由化であった。市民が消極的に見えるとしたら、それは、彼らがこれまではるかにひどいことを見てきたからだ。今は、ようやく政治以外のことを考えられるようになってほっとしているのだろう。

姚勇軍は治療の最終日に電話をくれて、私を退院祝いの飲み会に誘ってくれた。行こうかどうしようか、私は迷った。油田作業員はごく普通の人たちだ。警察とトラブルになっている私と付き合えば、迷惑がかかるのではないか。療養院で私は、公共スペース以外では患者たちと話をしないようにしていた。考えた末、私は事情を打ち明けるのがいちばんいいと思った。彼はどう反応するだろう。

ところが、姚勇軍を探して療養院を歩き回っていると、あのプレイボーイ氏が現れて患者たちの近くの席に腰を下ろすではないか。別の方角からクルーカット氏もやってきて近くに立った。患者たちは誰もこの二人に気づいていない。普段どおりのおしゃべりが続いた。このところ私は、自分だけの不思議な世界に入り込んでしまったようだ。私はほとんどいつも私服警官に意識を集中しているのに、周囲の物事はいつもどおりに運ぶのだ。

姚勇軍が足を引きずりながらそばに来て、にこにこしながら私の手を握る。ほかの二人の患者は車を寄せ、みんな待ってるから早く早くと言う。私はしぶしぶ乗り込んだ。車が出るとき、クルーカット氏が携帯を取り出すのが見えた。外国人と松葉づえの三人を探すなんて、たわいない仕事に違いない。

私たちはレストランの二階の個室を借り切った。みんなで七人だ。壁ぎわに松葉杖がきちんと立てかけてある。暑い日で、男たちは次々にシャツを脱ぎ、酒盛りに備えた。ウェイトレスが生ぬるいビールと鉢に入れたアイスキューブを持ってきた。グラスにアイスキューブを放り込むとビールがシューッと泡立つ。私はその様子がたまらなく好きだ。これも中国で暮らしたここ数年で学んだことの一つだった。テーブルに着いていた一人が地王《ティーワン》ブランドのワインを一本注文した。近くのブドウ園で作られるワインだ。氷を入れてもワインはビールのようには泡立たない。

鉱山作業員の一人は大双九《ターシュアンチウ》を吸っていた。「蔣介石もこれを吸ってたんだ」と鄒雲軍が教えてくれた。

「毛主席が吸ってたタバコを知ってるかい」姚が訊く。

私は、おそらく中央政府が占める北京の一区画の名前をとったタバコだろうと見当をつけて「中南《チヨンナン》海《ハイ》」と答えた。

「中華《チヨンホア》だよ」姚が訂正する。「中国のことだ」

「鄧小平は熊猫《シオンマオ》（パンダ）だった」

「周恩来は早くから禁煙したそうだ」

江沢民は何を吸うの、と私は訊いた。

「タバコは吸わないんだ。今じゃあ、お偉いさんも健康志向さ」

ここで鄒雲軍は話題をがらりと変えた。「中国人の女と外国の女、違いはあるかい」

しばらくして私はプレイボーイとクルーカットの両氏がちゃんと仕事をしているか確かめに、一階に下りてみたが、どちらもいなかった。テーブルに戻ると、姚勇軍に北戴河は気に入ったかと訊かれた。すでに私たちは何回も乾杯を重ねながら一時間以上も飲み続けている。姚の顔は真っ赤だ。私は言葉を選んで話し始めた。

「実はね、ちょっと警察と問題を起こしてる。ジャーナリストをしてる関係でね。こんなこと初めてなんだけど、警察に尾行されてるんだ。さっき療養院を出たときも入口に私服が二人で見張ってた」

「知ってるよ」と姚。

「え？ 警察のこと知ってた？」

姚勇軍はうなずく。そのまなざしは平穏そのもので、一瞬私は言葉に詰まった。

「迷惑かけたら悪いなあ……」私は口ごもった。

「迷惑なんかじゃないよ。おれたちは気にしてない。どうしようもないことだ。知らんぷりしてりゃいいんだよ」

そう言って彼は、おれの町に乾杯、と言った。姚勇軍の故郷はシベリアに行く途中の町、大慶だ。部屋の中はしーんと静まり返った。話し声もセミの声もしない。聞こえるのはただ、大慶の油田に乾杯と掲げたグラスの中で氷が触れ合う音だけだった。

新興都市の娘

地元の教員養成大学を卒業してから、なぜ故郷の町を出たのか、エミリーは自分でもはっきり説明できなかった。「心の中に何かがあった」のだと言う。「幸せな暮らしに満足しないと、吃苦《チークー》するよと母に言われました。苦労するってことです」。どのみち、エミリーは田舎教師としての暮らしに甘んじてはいなかったろう。「たしかに教職は女性にとってはいい仕事よ。結婚相手もすぐ見つかる。教師を妻にしたい男はたくさんいる」とエミリーは振り返る。「穏やかな暮らしができたかもしれない。でも、それじゃ、のんびりしすぎて死んだも同然よ」

私がエミリーと初めて会ったのは一九九六年、四川省に近い長江沿いの小都市、涪陵《フーリン》で教員養成大学の英語教師をしていたときだ。当時からエミリーは一風変わった学生だった。中学校の教師になりたいという学生たちに、ある日私はこんな仮定の質問をぶつけてみた。「それなりの苦労もあるが、まあまあ普通の生活をして長生きするのと、ものすごく幸せだが二〇年しか生きられないのと、どっちを選ぶ?」

学生のほとんどは第一の道を選んだ。多くは四川省の農家の出身で、家が貧しいので二〇年しか生きられないのは困るという学生もいた。だが、エミリーは短命を選んだ。十九歳でクラスの最年少だったエミリーはこんな作文を書いた。

私はずいぶん長いこと、本当に幸せだと感じたことがないように思います。つまらないのは環境のせいだ、とくにこの大学の重苦しい雰囲気のせいだ、と思います。でも、私が文句を言っているのに、ほかの学生は楽しくやっています。だから、問題はきっと私自身にあるのでしょう。

当時エミリーが書いた作文はどれも、その独特の人柄をよく表していた。エミリーはクラスメートの意見に反対し、共産党の公式見解を敬遠し、自分の考えを表明した。数学教授であった父親については、文化大革命時代に政治的に追放され、鉱山で働いたと書いている。姉が就職口を求めて、家から一〇〇〇キロ以上も離れた深圳へ出稼ぎに行ったことも書いた。あるとき、アメリカの団体宛てにビジネスレターを書く課題が与えられると、エミリーはナッシュヴィルのカントリー・ミュージック協会宛てに書くことにした。カントリー・ミュージックとはどんなものか知りたいから、と言っていた。また、黒人の友だちはいるかと私に訊いたことがある。テレビの画面でしか黒人を見たことがないからだった。学生たちが『夏の世の夢』の英語劇を上演したとき、エミリーはタイテーニア役を務めた。演技は上手だった。ただし、どんな役柄も、ちょっとした笑いを浮かべながら演じる癖があった。まるで、はるか遠くから自分自身を見つめているようだった。エミリーは頬骨が高くふっくらした顔立ちだ。唇もふっくらと厚く、目は中国の古典画の美人のように細く優美だ。自分の容姿についてエミリーは、十代の初めは美人だと言われたが、昨今では西洋人のように大きな目が好まれると言っていた。エミリーは化粧をしない。服装も地味だ。ほかの多くの若い女性と違って、髪を染めてもいない。エミリーというのは、エミリー・ブロンテにちなんで自分で選んだ英語名であった。

卒業生たちはたいてい故郷に帰って政府に割り当てられた教職に就いたが、エミリーは雲南省の省都、昆明へ行き、そこで仕事を探した。ボーイフレンドと一緒だった。彼は髪の毛がごわごわで目つきも険しく、いかつい顔をした短気な青年で、どうせなら上海まで出たいと言っていた。のちにエミリーは「彼と別れると決めたわけじゃなかったけど、上海には行きたくなかった」と打ち明けている。二人は上海ではなく、深圳に行った。一九九七年十一月のことだ。だが、その後数カ月で破局を迎える。深圳でエミリーは一カ月もたたないうちに働き口を見つけた。輸出用宝飾品メーカーの秘書の仕事で、月給は八七〇元、およそ一〇五ドルだ。四川省で教員をしている元クラスメートたちの月給は、せいぜい四〇ドルだろう。

卒業生が私に電話をしてくるのは珍しいことではなかった。巣立った生徒たちは折り目節目に、たいていは、昇給があった、マンションを買ったなど、お金のことや新しく手に入れたものを報告してくれた。このたび携帯電話を使い始めましたので、と電話をしてきて話をしばらく続けてから、さりげなく「そういえば婚約もしたんです」と報告した人もいた。エミリーは就職して五カ月後に昇給報告の電話をくれた。月給一二〇ドルになったという。

ぼくと同じくらい稼ぐんだね、と私が言うとエミリーは笑った。だが、声の調子がちょっとおかしい。どうかしたの、と訊いてみた。

「会社の代理店をやってる人が香港にいるんだけど」と、ぽつりぽつりと答え始める。「その人、よく深圳に来るんです。年配の人だけど、私のこと好きみたい」

「どういう意味?」

「私、太ってるから」こう言ってエミリーは恥ずかしそうに笑った。彼女の体重が増えたことは聞いていた。太ったので、さらにきれいになったはずだ。

「きみにガールフレンドになれってことかな」

「たぶん」エミリーの声は消え入りそうだ。

「その人、結婚してるの」

「離婚してる。台湾にまだ小さい子どもたちがいるって。でも、たいていは香港で仕事をしているんです」

「深圳にはよく来るの」

「月に二度」

「それで困ってるわけ?」

「必ず私と二人きりになろうとするから。私さえよければ、香港で仕事探してくれるって。給料は香港のほうがずっといいんです」

「それはまずいと思うよ」私は言葉を選びながら言った。「仕事が欲しくても、その人に頼まないほうがいい。頼めば将来きっと困ることになるよ。その人に近寄らないようにしなくちゃ」

「そうですよね。彼が来るときは、同僚に私と一緒にいてと頼んでみます」

「手に余るようなら、仕事を辞めればいい」

「そうですね。どうせたいした仕事じゃないし。そのときが来たら辞めます」

当時、深圳の町は長さ一〇〇キロの金網フェンスで囲まれていた。高さおよそ三メートル、ところどころ上部に鉄条網を張ったフェンスだ。北側から深圳に入る場合、フェンスの途中に設けられた検問所を通り、最新の自動車道に出て緑深い丘陵地帯を抜ける。町の中心部に近づくにつれて、だんだんと新築の高層ビルが増えてくる。深南《シエンナン》と紅嶺《ホンリン》という二本の道路の交差点にある巨大な広告版は、この町の（少なくとも精神的な意味での）本質を表している。深圳のスカイランを背にした鄧小平の写真が掲げられているのだ。共産党の基本方針を一〇〇年の間変わることなく守り抜こうという標語も添えられている。地元の人も観光客も、よくここで記念写真を撮る。一九九七年二月に鄧小平が死去したとき、深圳では数千もの人びとが自発的にこの広告版の前に集まり、花や追悼の辞を供え、深圳の歌である「春の物語」を歌った。

一九七九年の春のある日
老いた一人の男が南の沿岸に丸い印をつけた
すると夢ではないか、一つまた一つと町が生まれ
奇跡ではないか、うずたかい黄金の山々が現れる

ほかの都市には歴史があるが、深圳の起源には——奇跡的な誕生や慈悲深い神の働きといった——神話の趣がある。毛沢東が死去して二年後の一九七八年、鄧小平は「改革開放」を掲げて実権掌握を明確に示したのだった。資本主義スタイルのこの新機軸によって、およそ三〇年間続いた共産主義経済は終局を迎えた。鄧小平は北京や上海など、失敗すれば政治的な破滅を招く主要都市で急激な変革

を試そうとはしなかった。その代わりに発展途上の地を実験場にしたのだ。こうした地域はのちに経済特区と呼ばれるようになる。税制や投資面での優遇措置のシステムを通じて、政府は外国企業の特区への進出を奨励しようとした。八〇年、漁業と農業に頼る南部国境の静かな町、深圳がめでたく特区に選ばれた。深圳は「改革実験室」となり、「外界への窓」と呼ばれるようになった。ほどなくIBM、コンパック、ペプシ、デュポンなどのアメリカ企業をはじめ、主だった国際企業が続々とこの町に工場を建てた。

一九九〇年、政府は深圳証券取引所を開設した。中国で初めての本格的な証券取引所であった（続いて上海証券取引所が、同じ年の後半に開設された）。ここ二〇年というもの、深圳は年平均三〇パーセント超の成長を遂げ、市民はほかのどんな都市にもまさる生活水準を享受している。これほど緑あふれる町は珍しい。町の中心部のそこここに公園が設けられ、街路の両側にはバニヤンやヤシの木が植えられ、手入れの行き届いた緑地帯も多い。自転車はあまり走っていない。人びとは懐に余裕があり、バスやタクシーを利用できるのだ。車の流れは順調だった。市の中心を横切るのは、九車線の深南大通だ。両側には深圳でもっともよく知られた建物が並ぶ。ぴかぴか光る青緑色のガラスの塊は深圳証券取引所、尖塔が二つある六九階建ての高層ビルは地王大廈《ティーワンターシア》。それに隣接し、七階までの吹き抜けがある高層マンションは、この町でもっとも斬新な建物だ。

勢いに乗った深圳は、その経済的冒険よりもさらに壮大な社会実験の場となる。一九八〇年に三〇万だった人口は、二〇〇一年には四〇〇万以上に膨れ上がった。住民の大部分は二十九歳未満だ。計画出産政策〔一人っ子政策〕の結果、都市人口の高齢化が目立ち始めた国としては、驚くべき数値である。工場はどこでも低賃金の未熟練労働者を必要としていたから、新住民の大部分は女性であった。信頼できる公式統計は存在しないが、地元の人たちは「男一人に女七人」とよく言っていた。誇張かもしれないが、深圳の風潮をよく表している。若い女性ならいくらでも仕事の機会がある深圳は「女の楽園」とも呼ばれた。だが、この新興都市の裏側を見れば、これが適切な表現だとは到底言えないだろう。規制の緩い工場で働く人たちが職場の事故でけがをし、手足を失うことがよくある町として、深圳は知られていた。また、市場経済の発展の第一段階で、性産業が爆発的に成長した。この現象が深圳中心部ほど際立った町はほかにない。夜の深圳を歩くと「街の天使」と呼ばれる若い娼婦が必ず声をかけてくる。

中国が政治不安に直面するたびに、深圳は不安と緊張に包まれる。住民は自分たちが政府の格別の保護を受けていることを知っていて、経済特別区としての地位が取り消されるかもしれないと始終心配していた。一九九七年、鄧小平の死にあたって、あの大広告板に深圳市民が手向けた花や線香は、政変に対する市民の恐怖心の表れであった。八〇年代半ば、経済特区で一連の密輸疑惑が生じたとき、保守派は深圳を標的に絞り込み、外国投資の規制緩和は、腐敗と新植民地主義を招くものだと非難した。

やがて、こうした懸念の声を反映して、政府は深圳の周囲にフェンスを巡らすことにした。実に中国的な解決法である。その昔、敵を食い止めるために建てられた万里の長城のように、深圳のフェンスも資本主義的改革を抑え込むためだった。市内に入る中国人は、出入国検査場を通り、戸籍のある省の認可を受けた通行証と身分証を提示しなければならない。だが、一九八四年に完成したこのフェンスは意外な結果をもたらした。地代が安く、取り締まりも緩いフェンスの外側の地域に、経済特区内の労働集約型工場が移り始めたのだ。やがて深圳は、住民たちが「関内」「関外」と呼ぶ二つの世界に分断される。衛星都市がフェンスの外側に姿を現した。ごみごみした無計画の町々だ。安普請の工場や工員寮が立ち並ぶこの地域では、賃金が安く、労働者たちは残業手当を期待して働くことが多かった。市内では週五日だが、ここでは週六日働くのが普通だ。フェンスの外側では労働災害や寮の火事がしょっちゅう起きた。

エミリーは深圳の衛星都市の一つ、龍華《ロンホア》の工場で初めての職を見つけた。秘書として在庫を管理し、注文を記録し、英語の通訳もする仕事だ。工場は輸出用アクセサリーを作っていた——錫の合金や真鍮の部品やプラスチックのビーズに色を塗り、ラッカーをかけてジップロック袋に入れ、香港や東南アジアやサンフランシスコへと、ときにはシカゴまで送り出すのだった。

南の町からエミリーはあれこれとりとめのない物語を聞かせてくれた。二、三週間おきに電話か手紙をもらうと、私は頭の中でエミリーがいる町のイメージを膨らませる。物語は突然中断することもある。香港のビジネスマンに言い寄られた話もそうだ。だが、長続きする物語もあった。巡回販売員からマルチ商法企業に引き抜かれた姉のことはよく話に出た。エミリーはこの姉に連れられて新人講習会に参加したことがある。「あそこにいた販売員はたいていレベルの低い人たちだったけど、話し方だけは上手だった。あんなことしてお金を稼ぎたくないけど、教養と自信はつくと思う」。中国南部一帯に広がり、政府が取り締まりに乗り出したこの商法が詐欺であることを、姉は知っていたという。自分が講習会に出たのはまったくの好奇心からだったと言っていた。やがて彼女は「恋人探し電話サービス」の企業に雇われた。この町で孤独を感じている人と電話で話す仕事だ。どうしてそんな電話サービスがあるの、と私が訊くと、「本物の愛は深圳では見つからないって言う人もいるんです。みんな金儲けに忙しくて、人生を楽しむどころじゃないって」。

それだからこそ、エミリーは朱云峰《チューユンフォン》という名の青年に不意打ちを食らったのかもしれない。朱云峰は金型工の技術を持っていたが、アクセサリー工場には購買担当者として入社した。肉体労働からいっとき離れたかったという。前の職場で二人の仲間と金属部品を持ち上げようとして取り落としてしまった。重量を計り間違えていたのだった。朱云峰はすぐに手を離したが、ほかの二人は間に合わず、指を何本か切断することになった。補償は約束されたし、朱云峰が事故の責任を問われたわけではない。深圳のフェンスの外側では、こんな事故は珍しくもなかった。だが、朱云峰はけがをした二人のそばで働くのがつらく、工場を辞めることにしたのだった。

一九九八年三月、入社してきた朱云峰にエミリーはあまり関心を払わなかった。朱云峰は中背で、硬く黒い髪をし、金型の仕事をしてきただけに肩幅が広い。ハンサムではなく、口数も少ない。工場の女性は誰も朱云峰のことを感じがいいとは言わなかった。だが、しばらくするとエミリーは朱云峰を意識し始める。歩き方が、その自信ありげな足取りがいいと思った。

二カ月後、エミリーのデスクの引き出しにちょっとしたギフトが届き始めた。小さな人形や羊の置物などだ。誰から来たのか、エミリーは問わないことにした。

九月のある日、同僚たち数人と外出したエミリーは、いつの間にか朱云峰と二人だけで公園を歩いていた。どうして仲間たちと離れ離れになったのだろう。エミリーは急に怖くなった。ことの展開が速すぎる。自分は二十二歳で、彼は二十六歳だ。

「一緒に歩きたくなんかないわ」とエミリーは言った。

「どうして?」

「誰とも歩きたくなんかないの」

二人はUターンして工場へ戻った。あの瞬間、うまくいくかもしれないと思ったと朱云峰は数カ月後に打ち明けた。エミリーはまだ、ノーと言おうと決めていないことがわかったからだ。

そのアクセサリー工場には五〇人が働いていた。関外にある工場の常で、社長は台湾人だ。中国本土は大嫌いだ、低賃金で人を雇えるからここに来たんだなどと、平気で従業員に言う男だった。雇われているほうも、社長が好きではない。なにしろ、時給たったの一二セントで働いている人も多いのだ。残業をしなければまともな収入は得られない。深圳にいる台湾人事業家のご多分に漏れず、従業員たちからは「ケチ」とか「スケベ」と呼ばれてはいたが、この社長はましなほうだった。フェンスの外側にあるたいていの工場に比べて、労働環境もさほど劣悪ではなかったし、日曜日は休みだった。ウィークデーも仕事が終われば外出は自由だが、社長のその日の気分で一一時か一二時には帰寮しなければならない。

エミリーの寮は六階建てビルの最上階の二つのフロアを占めている。六人の相部屋だ。ここは生産の場と、倉庫と従業員寮が一カ所に集中する工場だった。この形態が中国では違法だということを従業員たちは知っていた。また、一階に保管されている生産資材が非常に燃えやすいことも、ビルの電気系配線がお粗末なことも知っていた。この建物はいつか炎上するかもな、と修理に来た電気工が何気なく言っていたからだ。それを聞いてエミリーは、避難ルートを考えるようになった。夜中に火事が起きたら六階のバルコニーに飛び出て、そこから隣のビルの屋根に飛び移ろう。それが計画の限界で、違法建築を当局に通報するなどとは考えもしなかった。ほかの従業員もそうだ。みんな故郷を遠く離れており、フェンスの外側ではこんなことはざらだとよく知っていたのだ。

十月のある土曜日、朱云峰は道路を渡ろうとしていたエミリーの手をとった。エミリーは心臓が飛び出すかと思った。朱云峰はしっかり手を握っている。二人は通りへ足を踏み出した。

「ドキドキしちゃう。こんなのだめよ」道路を渡り切ったところでエミリーは言った。

「何がだめなの。こんなの、初めてか?」

「ううん。でも怖い」

「これからはこうなるんだ。慣れておいたほうがいい」


そんな思い出話をエミリーは初めて深圳を訪れた私には笑いながら語ってくれた。エミリーは笑うとき、口元を手で覆い、目をつぶる。中国の女性はよくこんなふうに笑うが、なぜかエミリーのしぐさはわざとらしいところがまったくなかった。

久しぶりに会うエミリーは学生時代とあまり変わっていなかった。私が到着したあの朝、エミリーがシンプルなブルーのドレスを着ていたのを覚えている。私たちは深圳のダウンタウンを歩き回った。証券取引所、市内でもっとも高いビル、地王大厦も見た。鄧小平の広告板の前でエミリーの写真を撮った。最後に北へ向かう路線バスに乗り込む。高層ビルやマンションが並ぶ区域を抜けた。中心部から一キロ離れるごとに町はみすぼらしくなる。丘陵地帯を越えると、延々と続く低い金網フェンスが見えてきた。検問所に看板が立っている――ミッションヒル・ゴルフクラブ。中国初の七二ホール・コース誕生!

フェンスの外側に、建てかけのコンクリートビル群が広がる。基礎穴のわきに泥が山と盛られ、作業員用の仮設宿舎のそばにブルドーザーやダンプトラックが止めてある。なおも北へ進むと、次々に工場町が現れた。塀に囲まれた工員寮があり、くすんだ煙突が林立する。工場入り口の看板を見れば、中で何を作っているかがわかる。靴、家具、おもちゃ、コンピュータ部品などだ。さらに三〇キロほど進んで龍華に到着した。ここは、台湾人事業家グループが、ほんの数軒のアクセサリー工場から興した町だ。無秩序に広がるこの町の建物は、まるで吹き寄せられたように密集している。エミリーが働く工場は隣の建物からほんの数十センチほどしか離れていない。だからエミリーは、もし火事が起きたら隣のビルへ飛び移れると思ったのだ。

その日は、目抜き通りの屋外レストランで夕食となった。気持ちのよい夜だった。中国の夜はすてきだ。新興都市の負の部分が夜の闇に隠れるからだ。深圳の衛星都市はとくにそうだ。日中、この町の大半の人たちは組み立てラインで過ごす。町は閑散とし、見捨てられた感じがする。夕方、工場から人びとがどっと出てくると町の雰囲気は一変する。工場の制服のままの人もいるが、たいていは着替えをして小ざっぱりとした身なりだ。同性同士でグループになり、屋外レストランやビリヤード場に集まってくる。男子は大声でしゃべりながら、女子は笑いながら通り過ぎる。だが、家族連れを、ましてや子どもを見かけることはめったにない。高齢者はいない。ここに深圳の自由度が表れていた。この町には伝統というものがなく、過去の感覚もない。誰もがはるか遠方からここに来たのだった。

エミリーは弟の学費の足しにと、給料の一部を実家に送金していた。それだからだろう、エミリーにはどこか大人っぽい雰囲気があった。二十三歳のエミリーは、女ばかりの職場の最年長者だ。私と食事をしながら、エミリーは台湾人の社長たちのことを面白おかしく話してくれた。あきれた連中ばかりだという。金銭的にも道義的にも信じられないほどいい加減で、まさに国境の向こう側に広がる社会の象徴だった。社長の同業者の中国系アメリカ人ときたら、サンフランシスコから到着するなりエミリーの目の前で妻宛てにラブレターをファックスし、その足で町に出て女を買った。エミリーの工場のボスは若い女性工員たちをいやらしい目で見るし、別の台湾人で近所の工場を経営していた事業家は四川省出の二人の愛人に入れ揚げて会社を倒産させてしまった。エミリーは「社長たちはみんな同じ、どっかで失敗してきた人たち。うちの社長だって何年も前、台湾で会社を倒産させたんですよ」とばかにしていた。深圳は涪陵よりも政治的締めつけが緩いんじゃないかと言うと、エミリーはそうですねと答えながら、でも労働慣行の厳しさはどこも同じだと言った。

「ここでは政府じゃなくて、社長たちがなんでも決めるんです。どっちが決めても同じかもしれないけど」

こう言ってからエミリーは、近くの町の悪名高いバッグ工場の話をしてくれた。台湾人が経営するこの工場は、週六日は門を施錠していた。従業員は日曜日以外、工場構内から出られない。

「そんなの違法じゃないか」

「そうやってる工場はたくさんありますよ。役人にコネがある工場ばかりなんです」

エミリーの友だちがこのバッグ工場で働いていた。その人の話によると、台湾人社長のもと、みんな真夜中まで働かせられ、疲れてくると怒鳴られたという。苦情を申し立てた従業員はクビにされ、最後の給与の支払いを請求すると殴られた。エミリーは自分も何かしなければと思い、社長に手紙を送り付けた。「来年の今ごろは社長の追悼式だ」と書いたという。

「イラストもつけました」とエミリーは英語で言い添えたが、説明したくても単語を思い出せないらしい。皿を押しやり、テーブルの上にさっと輪郭線を描いた。頭と胴体だ。

「骸骨を描いたのかい」

「そうそう、骸骨。でも名前は書かなかった。『不満を抱く従業員より』って書いたんです」

私は返す言葉に詰まった。涪陵の英作文の授業で、殺しの脅迫状まで教えたつもりはない。しばらくして私は訊いた。「それで、手紙は効き目があったの?」

「あったと思う。みんなの話では社長はすごく気にしたらしく、ちょっとはましになったそうです」

「社長のこと、なんで警察に相談しなかったの」

「無駄ですよ、そんなことしたって。社長たちはみんなコネがあるから。深圳ではなんでも自分で解決しなくちゃならないんです」

食事を終えると、エミリーは私を見つめて「面白いもの見たいですか?」と言った。

案内してくれたところは、町の中心に近い狭い路地だ。道路下の暗がりに細い水路があり、水がゆっくり流れていた。歩道の縁に、数十人がタバコをふかしながら立っている。街灯はないが、男性ばかりだとわかる。この人たち何してるの、とエミリーに訊いた。

「女探しですよ」。見ていると、女が一人現れた。周囲を見回しながらぶらぶら歩いてくる。一人の男がそばに寄って話しかけた。二人は数秒間言葉を交わしたが、男はすぐに闇の中に戻っていった。女は歩き続ける。「私が帰っちゃって、先生がここで一人になったらどんなことになるかしら」とエミリーは言う。

「いや、ここはもういい。さあ、行こう」

その夜、私は朱云峰のワンルームアパートに泊まった。朱云峰は最近エミリーのいる会社を辞め、新しい仕事を始めたので一人住まいができるようになったのだ。性病専門クリニックをでかでかと宣伝するチラシがやたら目につく地区に、朱云峰のアパートはあった。そんなチラシを両側に見ながら階段を四階まで上る。建物はまだ建てかけで、塗装されていない壁は漆喰がはがれ始め、水道設備も未完成のままだ。お湯はまだ出ない。たぶん、この先もずっと出ないだろう。深圳のフェンスの外側では、建設途中で放置されたこんな建物がざらにあった。なにしろ仕事が多すぎるのだ。新しい工場、新しいアパートを次々に建てなければならない業者は、おおかたの骨組みが整うと次の仕事に取りかかる。実際、ここでは完成品はなんであれ、輸出に回されてしまうのかもしれない。

朱云峰の部屋には籐マットを敷いた質素な木製ベッドが二台。家具といえばそれだけだった。壁には何一つない。魔法瓶と二、三冊の本以外はほとんど何も持っていない朱云峰は、今の職場で、家庭用品の鋳型作りにかかわる仕事をしているそうだ。

朱云峰にはどこかエミリーを安心させるところがある。彼はハンサムじゃない、とエミリーはずばりと言ったことがあるが、本当だ。顔にはひどいニキビのあとがある。だが、エミリーはそこに惹かれたのだった。ハンサムな男は信用できないというのが彼女の持論だった。

その後一年の間に、エミリーの手紙や電話の内容はだんだん暗くなっていった。頭痛がする、仕事が退屈だ、社長にはもう我慢できない。姉は福建省の男と結婚して引っ越してしまった。同僚が辞めては新人が入ってきた。エミリーはいまだに職場で最年長だ。今や新入りの女性たちを社長の誘惑から守る役目も担うようになった。クリスマスには私に職場のサンプル製品を送ってくれた。ピンクやパープルのビーズ・ブレスレットで、アメリカにいるお姉さんや妹さんたちに差し上げてくださいと言っていた。

私がエミリーやクラスメートたちのことを書いた記事を送ると、こんな返事が来た。「先生が考えるほど自分が立派かどうか、あまり自信がありません。たしかに私は一人でいるのが好きです。でもそれは、一つには他人と一緒になれないからです。ほかの人の喜びや悲しみや心配事を分かち合うなんて、私にはできません。できたらいいなとは思いますけど」。仕事のことを書いてきたこともある。「ときどき頭痛がするし、ミスはしょっちゅう……何か面白くて社会全体のためになる仕事はないですか」

私は英語を使う仕事を探したらどうかと勧めてみたが、そんな助言はあまり役に立たないことを知っていた。エミリーの不幸はどこかとらえどころがなかった。私は、生徒のなかでもトップクラスの何人かが（そのほとんどは女子だが）同じような悩みを抱えているのを見てきた。英語部でもっとも優秀な一年生に、友だち付き合いの少ないおとなしい女の子がいた。授業が終わるとよく外国人教師のもとにやってきて英語の練習をする熱心な生徒だった。ところが、その子は夏休みに帰省中、橋から飛び降り、自ら命を絶ったという。その死について、それ以上は何もわからない。親しかった生徒は一人もいなかった。中国で自殺者は男性よりも女性が多い。実際、女性の自殺率は世界平均の約五倍、世界でもっとも高い率だ。自殺者の多くは中流の都市住民になろうとしていた地方出身者である。この転身の過程で、深圳のような町では生活の物質的な側面はレベルアップするようだが、それでも人は心のどこかに傷を負うのだ。

深圳の経済革新の一つに「人材マーケット」がある。つまり職業紹介センターで、政府が仕事を割り当てる共産主義システムに取って代わるものだった。人材マーケットでは独立心が奨励されるものの、女性の容姿に関しては昔ながらの考え方がまかり通っていた。面接先では身長が足りないとよく言われると、エミリーはこぼしていた。彼女は一五三センチだが、人材マーケットでは身長が最低でも一六〇センチある女性を求める求人が多い。とくに受付係、秘書、一流レストランのウェイトレスなどの職種にこの傾向が強い。またエミリーは、自分は目が小さく口が大きいので、「五官端正」の――目、耳、口、鼻、舌の五官が整っている――女性が求められる仕事に就くのは難しいとも言っていた。アクセサリー工場で働き始めてから書いた最初の手紙で、エミリーは同僚の容姿を詳しく紹介している。

いちばんきれいで仕事もできて、いちばん背が低く、みんなに好かれているのが李佳《リーチア》。華慧《ホアホイ》は昔風の美人で、男の人からよくプライベートの電話がかかってきます。でも、辛辣なことを言うのであまり好きではありません。リリーと呼ばれるもう一人の秘書は、私より二日早く入社したそうです。頭は悪いし、無責任な感じがするので、職場では好かれていません。いちばん太っている邢皓《シンハオ》は、減量のことしか頭にないみたいです。

深圳の人材センターに来る女性たちは、昔風の美的観念のせいで不愉快な思いをすることがあるかもしれないが、それでもほかの町では手にすることができないある程度の自由を享受していた。たとえば、深圳では婚前の同棲は珍しいことではなかった。離婚もそれほど悪いことではないと受け止められていた。結婚を急がない女性も多い。私は市内をあちこち歩きながら『経済特区への窓』と題する女性誌を買った。「一夜の恋」「私はレディじゃない」「ボスの罠《わな》」「なぜ中絶を?・」といった見出しが躍る記事ばかり載っていた。

エミリーが自分の悩みを打ち明けるとき、決まって話題に出すラジオ番組がある。『夜は寂しくない（夜空不寂寞《イエコンブーチーモー》）』と題する視聴者参加型の番組だ。司会者の胡暁梅《フーシアオメイ》は深圳の若い女性たちに崇拝されていた。一九九二年、二十歳で内陸の炭鉱地帯から深圳に出てきた胡暁梅は、ミネラルウォーター工場で月給七〇ドルの仕事に就いた。ある夜、ふとした思いつきで、聴いていたラジオ番組に電話を入れた。ほかのリスナーのように相談を持ちかけたわけではなく、ただラジオ司会者になりたいと、長年の夢を語っただけである。だが、胡暁梅は話がうまかった。そして、最後に自分の勤め先とその電話番号を公表した。

「次の週、手紙が山ほど届き始めました。受けた電話も一〇〇本を超えました」深圳でインタビューしたとき、胡暁梅は当時をこう語った。「でも、ミネラルウォーター工場の電話番号を勝手に使ったのはけしからんというわけで、クビになっちゃいました。さあ、仕事がありません。それで、もらった手紙を全部まとめてラジオ局に持って行ったんです」

こう言ってから胡暁梅はちょっと間をとり、カプリ・メンソール・スーパースリムを深々と吸い込んだ。インタビューは深圳の繁華街にあるレストランの個室で行なわれた。胡暁梅は長い黒髪の小柄な美人で、食べながらタバコが吸えるタイプの中国人だ。メンソールの煙を細く吐き出しながら話を続ける。「若すぎるって言われました。やっと二十歳でしたし、経験もまったくありませんでしたから。でも一人のスタッフの決断で、私にやらせてみることになったんです。自分はまだ若く知らないことばかりだけど、おおかたのリスナーもそうだから気持ちが通じると思いますと、その人に自分を売り込んだんです」

一〇年後、平日には毎晩一〇〇万人が胡暁梅の番組を聴いていた。リスナーの多くは深圳のフェンスの外側の工場で働く若い女性たちだ。中国ではメディアはすべて国営で、深圳のラジオ局も例外ではなかったが、胡暁梅は頭の固いお偉方が顔をしかめるような意見もずばり口にした。たとえば、若い人たちには結婚前の同棲をためらうなと助言した。私がインタビューしたとき、胡暁梅は二作目の著作を執筆中で、テレビにもよく出演していた。正規の学校教育こそ受けていないが、洗練された雰囲気があった。好きな作家は誰かと訊くと、レイモンド・カーヴァーの作品を挙げた（「ほんの些細なことからいろんなことがわかるんです」）。私が深圳で知り合いになったおおかたの女性たちと同じく、胡暁梅も世故に長け、自力で何事もこなし、自信満々だった。長いこと付き合っていた彼と別れたが、その理由の一つは「胡暁梅のボーイフレンドとして知られるのを彼が嫌がった」からだった。

エミリーの工場で働く女性たちはみな、胡暁梅の番組を真剣に聴き、朝になると、前の晩に相談を寄せた人たち（不倫中の妻、不倫相手との関係を断ちたい人、あるいは同棲を始めようかと迷っている女性）について同僚たちと話し合うのであった。エミリーは胡暁梅が相談の一つ一つに丁寧に答えていると感心していた。「胡暁梅は画一的なことは言わないわ。相談者それぞれの状況をよく考えて答えてくれます」

胡暁梅の助言は心強いが、それでもエミリーは深圳が与えてくれる自由になかなか順応できないでいた。結婚前の同棲についても、別に悪いことではないが、誰にも言わないほうがいいと思っている。胡暁梅もリスナーに同じことを言っていた。こうした決意は絶対に口外すべきでないという意見に、エミリーはまったく同感だった。「他人の見る目が違ってくるから。あとで別れたりしたらなおさらよ。こういうことは黙っているに限るんです」。またエミリーは、深圳は国内のどこよりもセックスが自由だと言ったことがある。それはいいこと？　それとも悪いこと？　と私が訊くと、ちょっと考えてからこう答えた。「昔よりはいい。でも、ある一線は越えちゃやだめだと思う」

「一線ってなんの線？」

「伝統的な道徳に関係あること」

どういう意味かと私がなおも尋ねると、エミリーは顎に手を当ててじっと考え込み、やがて「伝統的な道徳よ」と言ったが、それが何かは説明できなかった。

ある日、私は深圳を舞台にした人気小説『あなたの知ったことではない（我的生活与你无関）』をエミリーにプレゼントした。一九九八年に出版されたこの本は、深圳に出稼ぎに来た若い女性を描く。主人公は秘書から身を転じ、羽振りのよい香港人実業家の愛人になり、豪勢な暮らしを楽しむ。著者は、繆永《ミアオヨン》という二十九歳の女性だ。はるか西部の甘粛省に育ち、教員養成大学を卒業してから深圳に出てきた。秘書として働くかたわら小説を書き、デビュー作『あなたの知ったことではない』がベストセラーになり、金持ちになった。ドラッグやギャンブルや行きずりのセックスを描くこの本は、発禁処分を受けた。すると売上は急増した。中国では、発禁措置はよくこんな結果になる。海賊版がよく売れたのだ。深圳の繁華街のいたるところで露天商が海賊版を売っていた。証券取引所の前で、この本を『わが闘争』の中国語訳と並べて売っている男を見かけたことがある。

「つまり、私は社会全体のことを言っているのです」。繆永は私の質問に答えて、著作の題名についてこう答えた。「自分の生き方は自分で決める。他人に責任を取ってもらうわけにはいかないと言いたいんです」。また、この小説の大きな推進力は物質主義だという。「すべてはお金に関係していますす。誰にとってもいちばん大切なのはお金。深圳ではすべてが交換なのです。愛もセックスも感情も、すべてお金と交換できます」

繆永とのインタビューは、彼女が住む豪華な高層マンションに近い、しゃれたカフェで行なわれた。繆永は食事の間ずっとカプリ・メンソール・スーパースリムを立て続けに吸いながら、自分の作品はヘンリー・ミラーの小説（「彼の本も中国では発禁です」）に影響を受けたと語っていた。発禁処分やら海賊版やらの問題はあっても、繆永は本を書いて大金を手にした。この小説をテレビの連続番組に仕立てたからだ。検閲に引っかからないようにと、原作のもっとも刺激的な部分は省略した。おまけにタイトルは明るい感じのものに変えた。今後、小説を書くときは、背景が深圳だということを曖昧にしておくつもりだという。繆永は自分の本がこの実験都市の評判を汚したから、当局は発禁処分にしたのだと信じていた。

繆永の本の著者略歴欄は血液型の紹介で始まる。時代の先端を行く中国の若者たちは、血液型で性格がある程度決まるのだと信じていて、繆永も例外ではなかった。二十九歳になった繆永は、最近初めて車を買った。作品のテレビシリーズには『ここに冬はない（这里没有冬天）』という無難なタイトルをつけた。繆永の血液型はO型だ。繆永は深圳のもっとも興味深い側面は個人主義だと考えている。「以前の中国は共同体を非常に重んじ、集団主義的な考え方がすべてを決めていました。でも、いま深圳のような町では、どんな人間になりたいか自分で決めることができます」

自分で工夫してやっていくこと――これが深圳の基本原則である。炭鉱町から出稼ぎに来てラジオタレントになった女性や、文筆家として財をなした甘粛省出身の秘書など、自分を作り変えたことで名を上げた人たちがこの町には多い。英語などの個人レッスンは人気があった。人びとは工場の世界から這い上がりたいのだ。その近道もたくさんあった。近くのウォルマートの前では、露天商たちが一〇〇ドルもしない偽の学士号証書や成績証明書を売っていた。違法ではあるが、てっとり早く金儲けができる道を選ぶ人もいる。私が取材した四川省出身のある女性は売春していたが、八カ月でこの仕事はおしまいにすると決めていた。月に七四〇ドル稼げるからすぐに金がたまる。そうしたら、今していることを誰にも知られないうちに、村に帰って小さな店でも始められるだろう。深圳に出てきたときはバージンだった。二十歳になった今は、以前の暮らしを取り戻すことで頭がいっぱいだ。私が取材したもう一人の女性は「三陪小姐《サンペイシアオチエ》」であった。ナイトクラブで食事、酒、歌の三つのサービスを提供するのが仕事だ。その範囲が曖昧なことはよく知られていて、「三陪小姐」の多くは進んで追加サービスを提供した。セックスの代償に金を受け取ったことはないとその女性はきっぱり言うが、以前に働いていた製靴工場のことを懐かしそうに語る。当時は月給一〇〇ドルで同僚たちと工員寮に住んでいた。「あのころは私、もっと開けっ広げだった」。今では一晩に三五ドル稼ぎ、昼間はずっと寝ている。あのころの友だちとは連絡が途絶えてしまった。休みの日はよく酒に酔い、ナイトクラブで踊る。飲むのも外出するのも、いつも一人だった。

繆永の小説を読んだエミリーは、そこに描かれている世界は自分に関係ないと感じた。主人公の女性には心がない。金のことしか関心がないのだ。そして、男から男へと渡り歩く。「そんなの、だめ。人生のその部分はきちんとしなくちゃ」

この小説のような新しい倫理観はどこから生まれたと思うか、と私が訊くと、エミリーは肩をすくめてこう言った。「西欧から来たと言う人が多いわ。改革開放のあとに。たぶんそのとおりだと思います」

「この小説は結局、何を言いたいんだろう」

「深圳は心のない新しい町だということ。本ではみんな不安を抱えて落ち着きを失っています」

一年間ほどデートを重ねたエミリーと朱云峰は同棲を始めた。深圳のフェンスからおよそ四〇キロ離れた小さな工場町で三部屋のアパートを借りたのだ。朱云峰が働いている家庭用品工場の近くだった。二人のアパートは周辺のほかの建物に比べればまだ出来具合がよく、階段こそひびが入っていたものの、ほかに問題はなかった。キッチンの設備も申し分ない。これはエミリーが深圳に出てきて以来、初めて住む家らしい家だった。

アパートにはもう一組、四川省出身のカップルが住んでいた。二組のカップルは、ベッドルームはそれぞれ別だがリビングは共有し、そこにカラーテレビとビデオデッキ、それにローテーブルとソファベッドを置いていた。気の合う四人は仲よくやっている。ベッドルームの一つに、ラミネート加工されたポスターが貼ってある。トップレスの外国人カップルが抱き合っているシーンだ。中国ではこんなポスターをよく見かける。中国の人びとにとってはロマンティックなポスターであり、無害であった。というのも、このカップルが中国人ではないからだろう。

故郷の涪陵にいたら、エミリーは結婚前に男と同棲するようなことは絶対にしなかっただろう。両親にはアパートのことを話していないが、ある日母親と電話で話していると、朱云峰と一緒に暮らしているのかと訊かれた。「ちょっと、すぐには返事ができなかった」とエミリーは打ち明ける。「私が黙っているので、母はわかったみたいです」。それ以後、母も娘も二度とこの話には触れなかった。

エミリーは、平日の夜はアクセサリー工場の工員寮に泊まり、週末になると新しいアパートで過ごした。朱云峰は管理部門に昇進し、月に三六〇ドルも稼いでいる。エミリーは月給二四〇ドルの今の仕事が嫌になっていた。ときどき残業を命じられるし、寮に泊まらなければならないのも不自由だった。

ある夜、平日だったがエミリーは門限を守らず、朱云峰のところで過ごした。次の日、社長に呼ばれた。

「昨夜は何時に帰寮したのか、と訊かれたわ」とエミリーは思い出す。「そんなふうにくだくだ言う人なんです。昨夜は帰ったのか、帰らなかったのか、ズバリとは訊かない。何時に帰寮したんだ、だって！　それで、今朝帰りましたって言ってやった。言い訳も説明もしなかったから、社長も次になんと言うか、怒ったらいいのか、笑ったらいいのかわからなくなったみたい。私のことをじっと見て、それから部屋から出て行っちゃいました」

数週間後、エミリーの工場で働くもう一人の若い女性が寮の門限破りを始めた。

それから間もなく社長は、作業ラインにいるきれいな一人を選び、自分の個人秘書にした。湖南省出身の十八歳の子だ。エミリーはかなりの時間をかけてこの子に社長のことを話して聞かせた。ある日、社長はエミリーを問い詰めた。おれのことで、おまえらどんな陰口をたたいているんだ、と文句を言ってから、本題に入る。

「おまえ、おれがスケベだと言いふらしてるな」

「はい」

社長は笑ってごまかそうとした。だが、エミリーを煙たがっているのは明らかだった。エミリーは暇な時間に職探しを始め、数週間後に幼稚園の教師の仕事を見つけた。職場は今度もフェンスの外側になるが、そこには台湾人の社長もいなければ、工員寮も残業もなかった。月給は今までいた工場とほぼ同額だ。それに、英語を教えることができる。

エミリーが辞めたいと申し出ると、社長は説教を垂れようとした。

「おまえは変わった。おとなしくてよく言うことを聞く子だったんだが。ボーイフレンドができてから変わってしまった」

「私、変わってなんかいません。社長のことがよくわかっただけです」


深圳で過ごす最後の夜、エミリーと私は外に出てラジオを聴いた。仕事から遅く帰ってきた朱云峰の機嫌が悪かったので、アパートにいないほうがいいとエミリーは考えたのだ。晴れた暖かい夜で、工員寮の明かりの上空で星が瞬いていた。

その日、工場で朱云峰の監督下で働いていた若い工員がけがをした。朱云峰は事故のことを多くは語らず、ただ、一人になりたがっていた。工場では新しい製品ラインの注文に応じようと、残業が続いている。時間的制約と不慣れな生産設備——この二つが重なると事故が起きやすくなる。この場合、新たな製品とは魔法瓶であった。

エミリーと一緒に近くの丘に登ると、そこから町が見下ろせた。深圳のフェンスの外側に広がる典型的な工場町だ。丘を切り崩してできたほこりっぽい斜面に店やアパートがぎっしり建ち、二本の大通りに沿って工場と工員寮が扇状に広がっている。製靴工場に衣料品工場、それにコンピュータ部品工場もある。ここは最近の火事で最上階が焼けただれ、建物の白いタイル壁には黒い煙の筋が残っていた。けが人は出なかったとエミリーは言っていたが、通りの少し先の別の工場では二、三年前大きな火事があり、何人も犠牲者が出たという。クリスマスの飾りやガーデン用の家具を作っている工場だった。

　エミリーは間もなく教師の仕事に就くことになっていて、少し不安がっていた。自分の英語は大丈夫だろうか。工場にいた何年もの間に英語力は衰えてしまった。それに、子どもたちはちゃんと言うことを聞くだろうか。だが、エミリーは幼稚園を気に入っていて、新しい仕事の話をするときは笑顔になった。髪をショートカットにし、前髪はプラスチックのバレットで留めてある。首元を飾るのは朱云峰から贈られた翡翠のネックレスだ。エミリーの干支《えと》の龍をかたどったシンプルなデザインだった。

　私たちは丘のてっぺんに座って『夜は寂しくない』を聴いた。しばらくの間、二人とも無言だった。ラジオの音量調節の具合が悪く、司会の胡暁梅の声は耳触りな音になって夜気へ吸い込まれていく。もう一一時を回っていたが、遠くに工場の寮が、明かりのついた窓の巨大な塊となって見える。番組では、その日最初に電話を入れた人が泣き出していた。ボーイフレンドにひどい仕打ちをしたので、捨てられたと言う。それはためになる経験をしましたね、この次はちゃんと関係を続けられるでしょう、と胡暁梅は答える。二番目の電話は男性からで、遠くの町で働いている高校時代のガールフレンドがそばにいないので寂しいとぼやいていた。やさしい気持ちを抱いたとしても、それが恋愛感情だとは限りませんよと胡暁梅は答えた。次の電話では、女性が二十三歳になったからといって結婚を急ぐ必要はありませんと助言した。

　丘の下の町では、工員寮の窓の明かりが一つまた一つと消えていく。その日、けがをした工員はどうしているだろうかと、私はふと考え、それから最近のエミリーの言葉を思い出した。深圳で初めて経験する個人の自由に、出稼ぎの人たちはどう対応しているのかについて話したときのことだ。みんな自分の力で何とかやっていけるようになるが、それってすごいことだとエミリーは言った。同じことを前にも言ったことがあるが、そのときエミリーは、ときには孤独が怖くなるとも付け加えた。みんなそれぞれ自力で生きているのだ。「以前はみんな集団で暮らしていた。集団が分解して家族ごとになり、今や家族が分解していろんな人になっていく。最後は一人っきりになっちゃう」とエミリーは言う。数日前には深圳の変化（若者の自立や共産党支配に代わる工場主による支配など）は激しすぎるとも考えていた。「完璧な社会主義がなんらかのかたちで実現できれば、それがいちばんいい。でもそれは無理。あれはただのきれいな夢だったんです」

私たちはまだ丘の斜面に座っていた。深圳を出たいのかと私が訊くと、エミリーはすぐさま首を横に振る。さらに私は訊いた。都市の圧力はそこに住む人びとをどんなふうに変えていくと思う？

「もっといろんなことができるようになり、独創的にもなって、いろんなアイディアが生まれると思います。みんながいつも同じ意見を持つなんてこともなくなります」

「そうすると中国はどう変わっていくと思う？」

エミリーは黙ってしまった。遠くに見える工員寮の明かりはほとんど消えている。私は、自分自身でもそんな質問に答えられないのだが、それでも人びとが自助を学べば、国のシステムは自然に変化すると思いたかった。とはいえ、私は深圳の断片化を目の当たりにしている。町はフェンスに囲まれ、工場は施錠され、故郷から遠く離れた人びとはそれぞれ自分の力で生きている。こんな状況から一つのまとまりがどうやって生まれるのだろう。

エミリーに目をやると、彼女にとってこんな質問はあまり意味がないことに気がついた。なにしろ、深圳に出てきたエミリーは就職し、仕事を辞め、別の仕事を見つけた。恋愛もし、門限破りもした。工場主に脅迫状を送りつけ、社長に立ち向かった。二十四歳のエミリーは立派にやっている。

三峡ダムに沈む

二〇〇三年六月七日

夕方六時一三分、私は水ぎわにれんがを一個、縦に置いた。周《チョウ》の一家はすでに、テレビと机、テーブル二台と椅子五脚を道路のわきのカボチャ畑に運び終えている。巫山《ウーシャン》市の新しい地図にこの湖は滴翠湖《ティーツイフー》と記されているが、地図は湖がまだ存在しないうちに発行されたものだし、水の色も翡翠《ひすい》のような色というよりは濁った茶色だ。湖自体は実は長江の引き入れ口で、ここ三峡ダムの背後でこの数週間というもの水位を上げ続けている。周吉恩《チョウチーエン》は竹を組んだ粗末な家にふたたび下りて行き、今度は木製の戸棚を背負って出てきた。周吉恩は笑顔のすばらしい小柄な男だ。美しい妻と二人の幼い娘がいる。つい最近まで家族は龍門《ロンメン》村に住んでいた。この村は新しい地図には載っていない。周吉恩の友だちが次の荷を運び出した。そのなかに電池式の置時計がある。私の腕時計と同じく、六時三五分を指していた。あのれんがを見ると水位は五センチほど上がっていた。

川の水位の上昇は、時計の短針の動きに似ている――ほとんど気づかないほどかすかな動きだ。水の流れは見えず、音も聞こえない。だが一時間ごとに、水位は一五センチずつ上がっていく。水を川の奥深くから持ち上げるようなこの動きは、縮みゆく岸辺にいるあらゆる生物を脅かす。カブトムシやアリやムカデが群れになって、水ぎわから四方八方に逃げて行く。水があのれんがを取り囲むと、まだ乾いている先端めがけて虫の群れが殺到する。龍門村のおおかたの住民は去年、村を出て行った。政府が南の広東省へと移転させたのだ。だが、周一家のように、最後の春までここで畑仕事をしたいと居残った人たちもわずかだがいた。みんな洪水は覚悟していた。だが、これほど早くやってくるとは思ってもみなかった。周家の長女、周淑栄《チヨウシューロン》は二日前に第一学年を終業したばかりだ。その母親の欧云珍《オウユンチエン》は昨日、畑に最後まで残っていた空芯菜を採り入れた。その畑は今や水の底だ。残っているのはカボチャとナスとトウガラシだけだった

周のカボチャ畑の一〇メートル上方では、近所に住む黄宗明《ホアンツオンミン》が釣り船を造っていた。水がここまで来るには「もう二、三日かかる」と黄は言う。農家の人たちは、時間のことを話すときアバウトになる。こんなときでさえそうだ。増水は着実に、予定より二日半早く進んでいるというのに。政府の発表によれば、最終的に水位は六〇メートル以上も上昇するという。

周家は丘の中腹の三部屋のアパートを借りていて、今日は家財道具をそちらへ運んでいるのだった。村の外に出る一本道に水が忍び寄り、二、三センチの深さになっていた。午後七時八分、あのれんがは半分ほど水に浸った。周淑栄は（傘や膨らませた浮輪、それに筆箱と教科書が入ったウサギのキャラクター柄のバックパックなど）自分の持ち物を運び終わっていて、大人たちが家具を次々と運び出すなか、カボチャ畑に置かれたテーブルに向かい、静かに書き方の宿題に取り組んでいる。

静かな春の雨
みんな桃の花を見にやってくる

七時二〇分、若い男がバイクで来て、増水する川から逃げ出した黒サソリを何匹か捕まえた。「こんなの普段じゃなかなか見つからない。サソリは毒があるが薬にもなるんだ。湖南省じゃあ、一ポンド一〇〇元で売ってるよ」

七時五五分、二人組の引っ越し業者がトラックで到着したとき、あのれんがは見えなくなっていた。トラックは、ほんのわずかに残った道路の乾いたところに駐車する。その左前輪に水が迫ったのは八時七分。人びとは家具をトラックに積み込み始めた。辺りは暗くなってくる。「早くして！」と妻が叫ぶ。「急がないとトラックが出られなくなっちゃうよ」。かたわらでは娘の周淑栄が五歳の妹と並んで、ピクリとも動かず、瞬きもせず、腕を両わきに垂らしたまま立っている。子どもは大人の不安を感じ取ると、みんなこんなふうに立ちすくむのだ。八時二三分、水は左後輪に達した。最後に運び出したのはテレビだ。フロントシートの子どもたちのそばにそっと置く。八時三四分、運転手がエンジンをかける。トラックが動き始めたとき、水はホイールキャップの上部に達した。みんなが行ってしまったあとも妻は一人残った。暗い中で最後のトウガラシを採り入れるためだ。

翌日、私は午後の日差しを浴びながら小屋の跡を訪ねた。滴翠湖に家族は何を置いていったのだろう。片方だけの男物ブーツ、つぶれた懐中電灯、壊れた卓球ラケットの一部、英語で「レディース・ソックス」と書かれた空箱、それに幼い子どもの筆跡が残る算数の答案用紙だ。六二点と、用紙の左上に赤字ではっきりと書かれていた。

一九九六年から九八年にかけて、私は長江沿いの涪陵《フーリン》という町で大学生に英語を教えていた。巫山の三〇〇キロほど上流にある小さな町だ。毎年、冬になると長江は縮んだ。これは決まりきった季節的変化の一つだった。雨が少なく、西方の山々から雪解け水の流入が止まる冬になると、「白鶴梁《バイフウリアン》」と呼ばれる一塊の砂岩が川面に姿を現す。白いこの岩は流れと並行していて、まるで船体の低い長い船が川の真ん中に停泊しているように見える。岩肌には何千もの文字が彫ってあった。何世紀にもわたって、地元の役人が下がった水位を記録してきたのだ。一九九八年一月に私がここを訪れたとき、水位は西暦七六三年の最古の記録から五センチ下がっていた。刻まれた記録から明らかになるのは、この地域ではほかのいかなる権威にも増して長江の流れのサイクルが重要であったことだ。一〇八六年に完成した刻文には、北宋の皇帝、神宗帝の治世の元豊九年に白鶴梁が現れたと記録されている。実は神宗帝はその前年に死亡しており、元豊の年号は使われなくなっていたのだが、皇帝の死と新しい皇帝の即位のニュースは、まだ長江に届いていなかったのだ。

私が住んでいたころの涪陵はまだ辺鄙な町で、交通信号も高速道路も鉄道もなかった。市内中を探しても、エスカレーターは一台しかない。町の人がそれに乗るには大いなる集中力が必要だった。唯一のファストフード店には「カリフォルニア・ビーフ・ヌードル・キングＵＳＡ」という奇妙な名前がついていた。この地域は貧しかったが、巫山に向かって長江を下ると、さらに貧しい地域に行き当たる。巫山は三峡の要《かなめ》にあった。三峡とは、高い山々と険しい崖に囲まれた渓谷が約二〇〇キロにもわたって続く地域で、絶景と急流と農作の難しさで知られている。

英作文の授業をした教室の窓からは長江が見えた。政府支給の教科書には「討論」の単元があり、

「三峡ダムは有益である」と題する論文が載っていた。ダム建設がもたらす便益（洪水対策、電力供給、河川交通の改善）は、絶景が失われ、人びとが移転を迫られ、文化遺産が水底に沈められるなどの障害を補って余りあるものだという論旨であった。政府は三峡ダムプロジェクトへの大っぴらな批判を厳しく制限していたから、「討論」の単元ではあまりすることがなかった。だから教室で私は、アメリカ式ビジネスレターの書き方に力を入れた。

三峡にダムを造る計画は、かれこれ一世紀にわたって浮かんでは消えた。初めて提唱したのは孫文、一九一九年のことだ。孫文の死後、計画は独裁者や革命家、占領国や開発業者らに継承された。蔣介石はこのプロジェクトに積極的だった。毛沢東もだ。一九四〇年代の占領時代、日本人は現地調査を行なった。アメリカ連邦政府の土地改良局は技術者を派遣して国民党を助け、ソ連の技術者たちは共産党に助言を与えた。ところが建設工事が正式に始まった一九九四年には、世界の大部分の地域では大規模ダム建設の時代が終わっていた。アメリカ政府も世界銀行も、環境への影響を懸念してプロジェクトの支援を断った。このダムの主な目的の一つは、定期的に中部一帯を襲う洪水の対策であったが、そのためには支流に多くの小規模ダムを造るほうが効果的だと反対派は主張した。長江が運んでくる重い砕屑物《シルト》がたまれば、ダムの効率が下がるのではないかと技術者たちは心配した。社会的損失も大きかった。一〇〇万人以上が移住を余儀なくされ、低地の市や町は高台で再建されることになった。このダムは、完成すれば世界最大となる。高さは六〇階建てのビルに相当し、横幅はフーヴァー・ダムの五倍もある。総工費は公式には二一〇億ドルであった。そのおよそ半分は、国内各地で課税される電気税で賄われることになる。

しかし、涪陵でこうした情報を耳にすることはいっさいなかった。私が涪陵を去った一九九八年の夏、ダム計画の存在を目に見えるかたちで示す唯一のものといえば、低地のビルの外壁に記された高度表示であった。鮮やかな赤いペンキで「一七七M」とある。貯水池が将来ここまで到達するという意味だ。この数値は、白鶴梁に刻まれた一〇八六年の数値をきっかり四〇メートル上回っていた。その後五年間というもの、私は何回も三峡を訪れた。長江沿いに赤ペンキの表示がだんだん増えていった。一三五や一七五という表示が多かった。貯水は段階的に行なわれる。まずは二〇〇三年に、その後、〇九年にはさらに高所まで水が来るという。一四五、一四六、一七二などの表示もあった。ときおり一四一・九、一四三・二、一四六・七などと、奇妙に細かな数値が表示されていることもある。こうした表示を見て、私はあの白鶴梁を思い出した。浸水に備えて渓谷全体に印がつけられ、数値が記されていった。

川沿いの低地には、昔ながらの町や村がほとんどそのまま残っている。ほかの地域は建設ブームにわいているが、水没が確実な地域に新しいものを建てる人はいない。灰色のれんがと黒瓦の静物写真のようなこの景色を見ると、一瞬、昔の世界をのぞき見ているような気がする。その上方には緑の空き地や耕地が広がっていて、ところどころに例の赤ペンキの表示が見える。そして、これから生まれる貯水池よりずっと高いところに、セメントと白瓦の新しい町が建ち始めていた。こうした横縞の帯は地層に似ているが、この帯は過去だけでなく未来をも示していた。すべては一目で見える。筋状に黒っぽく見える川岸の集落、やがて貯水池に沈む緑の耕地、そして未来に向けた白い家々である。

新しい町は明確な段階を経て生まれる。初めは男しかいない。作業員と、ブルドーザーやダンプの運転手たちだ。間もなく店舗が現れるが、そこで売られるのは道具や窓、照明器具や浴室用器具などばかりで、飲食物や衣料品はない。豊都《ツォントウ》県の新しい町を歩いていたときのことだが、街路は建設中で、その両側に並ぶ店舗はどれもこれもドアを売っていた。電気が通じるずっと前から、ランプやソケットが店に並ぶ。道路は未舗装でトイレは穴を掘っただけなのに、店にはモダンなバスルーム用品がすべてそろっていることもある。新しい町に女性の姿が見えたら、それはよい兆しである。インフラ整備の段階が終わり、町の建設は次のステップに進んだのだ。そして子どもを見かければ、それは新しい町が生まれたということだ。

破壊の過程は不規則だ。二〇〇二年、政府は古い町の取り壊しに着手した。住民の多くは、もらった補償金で新しい町にマンションを買うことができた。だが、推計で一〇万もの村々が別の地方に、たいていは村ごとまとまって移転させられた。村の全住民が船に乗せられ、川を下って別の省に運ばれ、政府からわずかばかりの土地を割り当てられた例もある。村人すべてを列車で南の広東省まで送り届けた警官から話を聞いたことがある。二日間、車中で過ごし、広州駅で待ち構えていたバスに村民を乗せ、またすぐ回れ右をして列車に乗り、帰路についたと言っていた。

取り壊しも最終段階に入ると、飲食物や衣料品しか店に並ばなくなる。また、高齢者を多く見かけるようになる。住み慣れた土地を離れたくない、あるいは移転に手を貸してくれる子どもや身内がいない人たちだ。若いのにまだ居残っているのは、最後の瞬間まで金儲けのチャンスを探っている連中だ。スクラップ業者は建物から金属くずをはぎ取り、農家は消えゆく運命の畑から最後の収穫物を採り入れる。瓦礫の真ったただ中に野菜の畝が並ぶことがある。戦場の菜園と呼ぼうか。大昌《ターチャン》という村を訪れたときは、ちょうど家並みごとの解体工事が始まったところだった。取り壊されて木の骨組みしか残っていない家の前で、中年の男が一人座って穀物酒を飲んでいた。まだ朝の一〇時だというのに、もうかなり酔っていて、「もうどうしようもないんだ、おれ」とつぶやいていた。

落ちこぼれ（渓谷の進化から外れた人たち）はこんなふうになることがある。たいていは、共産党の従来の職場単位に属さない人や零細農家、あるいはよそに戸籍があるために補償を受けられない人たちだ。二〇〇二年九月、巫山の町を訪れた。おおかたの建物が取り壊されていたが、美容パーラーが数件残っていて、窓の青いガラス越しに気長に客待ちする娼婦たちの姿が見えた。九カ月後にはこの女たち、首まで水に浸かってここに座っているんだろうかと、ふと思った。大溪《ターシー》という寒村を訪れたときのことだが、一人の老人が書類を山ほど取り出しては石炭投資に失敗した話をしてくれた。移転資金、約一万二〇〇〇ドルが消えてしまったという。大昌は、明・清時代の建築物がこの辺りではもっとも完全なかたちで残っているところだ。黄俊《ホアンチュン》という名の二十代初めの若者が案内役を務めてくれた。古い波止場では、ガジュマルの巨木の下で一対の獅子の石像が川へ下りる階段を守っていた。獅子の顔は欠け、傷だらけだ。長い間人びとが腰を下ろしてきたその背中は、つるつるに磨滅していた。この風景もまたやがて水底に沈むのだろう。

「文革時代、この獅子像は紅衛兵によって川へ捨てられてしまいました。当時は何もかも混乱していて、それからこれがどうなったか誰も知らなかった。何年もたってから、ある老人が川に沈んだ獅子像を夢に見て、みんなに呼びかけ川底をさらってみると、獅子像が出てきたんです。一九八二年でした。不思議な話ですが、本当に起きたことです」

二〇〇三年六月八日

午前九時四〇分、長江には人影がほとんどない。観光船はこのところ何週間も欠航していた。初めはＳＡＲＳ（重症急性呼吸器症候群）が流行し、最近では貯水池への注水が始まったためだ。今朝、水位は一時間に一五センチずつ上昇している。私は数人の友だちと船外機付きの小型ボートに乗り込み、それまで下流だった方向をめざした。それにしても、この川はもはや鼓動していない。巫峡《ウーシア》の崖の間で死んだように滞留しているのだ。川の屈曲部で空が開け、風がわずかに波を起こすと、流れはやっと息を吹き返す。

八カ月前、私は古い小道をたどりながらこのルートを歩いていた。崖の石灰岩に人の歩いた跡が残り、道ができていたのだ。川面から六〇メートル以上はある高いところだった。友だちと二人連れで野営しながら進み、峡谷の中ほどで神女川《シエンニュイ》という支流に出た。南の山岳地帯から流れてくる神女川は、船が通るには浅すぎる川だ。上流へ進むにつれて谷は険しくなる。岩から岩へと跳び移りながら進み、ついに深い渓谷に出た。崖のはるか上方からシダが垂れ下がっている。無人のこの地にあの赤ペンキの表示板はない。私たちは一筋の陽光を浴びてそこに立っていた——新しい貯水池ができると、崖のどの辺りまで水に浸かるのかと考えながら。

今朝、私は船頭に神女川へ向かってくれと頼んでおいた。ボートは巫峡を通って東へ進む。私は崖の上のあの小道を目で探したが、ほとんどがもう水に浸かっていた。神女川の河口は広々として静かだ。川岸近くに木の枝が数本浮いている。だが、上流に進むにつれて水の流れは速まり、漂流物は姿を消し、川の色が変わる。まず濃い緑色に、それから青緑になるのだ。茎の長いシダがまだ水流に引き抜かれずに残り、流れに浸っていた。ボートは急な屈曲部を、一つまた一つと勢いよく進む。この渓谷には狭い川の流れにできる水路の特徴がまだ残っていて、荒々しい急な蛇行が続く。ここを快走ボートで通り抜けるなんて夢のようだ。ボートも水も、本当にここにあるのか。ここは生まれてたった一日の谷ではないか。水の色が変わって青くなり、早瀬の音がモーター音をかき消す。私たちは誰も、ぶつかるまで岩に気づかなかった。

何かがこすれる大きな音がしてボートは揺れ、止まった。みんな船べりにつかまる。エンジンが止まった。一瞬、私たちは言葉もなく、ただ座っていた。船頭が船の損傷を調べる。船が後ろに押し流されると、早瀬の音が急に大きく聞こえてきた。と、巨礫が目に入った。その頂上部分が、水面下三、四〇センチのところにはっきり見える。明日になれば、ここも深く沈んでしまうから船も通れるだろう、と誰かが言っていた。水中のそれは背を丸めて浅瀬に隠れる動物のように、滑らかで丸みを帯びている。私は獅子の石像と老人のエピソードを思い出した。

その日の午後二時五〇分、私は滴翠湖をふたたび訪れた。昨日は道路を歩けたのに、今日はボートで行かなければならない。以前、周の隣に住んでいた漁師の家の子が私についてきた。九歳の男の子で、名前を黄珀《ホアンボー》という。瓦礫の中に六二点と書かれた算数テストの答案を見つけたこの子は、拾い上げてきちんとたたみ、ポケットに入れた。

「それ、どうするの」

「あの子に会ったら渡すんだ」

「欲しくないんじゃないかな」

私がそう言うと、子どもはいたずらっぽい笑いを浮かべながらポケットをまさぐっていた。

父親の黄宗明は、釣り船の建造を予定よりも一日早く仕上げていた。船体は全長一二メートル、香椿《チャンチン》の木材でできている。板材を自分たちで削り、重い鉄の鋲で留めた手作りの船であった。作業には何人もの親類の手と二〇日以上の日数が必要だった。石灰と麻とキリ油を混ぜたコーキング材で船体の隙間をふさいだのはつい最近のことだ。今朝は、船体全体に油剤をもうひと塗りしたという。天然の密封剤のキリ油は塗料用シンナーとしても有用で、一九三〇年代は中国のもっとも貴重な輸出品であった。キリ油を塗ると、木材は赤みを帯びて光り、自然でシンプルな美しさを醸し出す。この釣り船は盤木で支えられていて、水には一度も入ったことがない。進水はいつかになるのかと黄宗明に訊いた。

「水がここまで来るときだよ」と答える黄は上半身裸だ。やせ型だが、筋肉はよく動くロープのようで、えらが張った顔だ。その前に航行テストをしないと心配じゃないですか、と私が言うと、あれこれ言われた船大工よろしく、ちょっと嫌な顔をした。黄宗明はきちんと仕事をする人で、自分が造った船は必ず浮くと知っているのだ。

私が黄の一家と知り合いになったのはその前年の九月のことだ。当時、龍門村はまだ地図に載っていたし、地域の標準によればかなり裕福な村だった。村人は巫山で長江に合流する大宁《ターニン》河で漁をし、肥沃な氾濫原で農作ができた。村人の大半が広東省へ移住したとき、黄宗明は弟の宗国《ツオンクオ》と宗徳《ツオントウ》とともにとどまった。政府は龍門村の移住を組織したのだが、一人残らず転居したかは確認できないでいる。戸籍登録制度があるとはいえ、今日の中国で誰かがある場所に住もうといったん決めたら、住み続ける方法はたいていは見つかるものだ。

移転して行った人たちは、広東省では農地が足りないと愚痴をこぼしているんだ、と九月に会ったとき黄宗国は言っていた。それに、広東語がわからないので苦労しているようだ。黄一家は世帯ごとに支給される移転費用に不満を抱いていた。一人当たり約一万元だという。私たちは黄の簡素なれんが造りの家の中で話をしていた。電気と水道は少し前から止まってしまい、辺りは気味が悪いほど静かだ。二週間もしたら解体作業班がやってきますよ、と黄は言う。

あの九月以降、宗国と宗明は滴翠湖のはるか上の高台に二階建ての家を建てた。建築費は支払い済みで、家もほとんど完成しているが、宗明の引っ越しはまだ先になるという。夏の間は水辺の近くにとどまりたいのだ。いま暮らしているのは、グラスファイバーのボートカバーを屋根代わりにした掘っ立て小屋だ。家族は妻の陳嗣荒《チエンスーホアン》と黄珀、それに十二歳になる長女の黄丹《ホアンタン》だ。いま三十五歳の宗明は十歳のときから漁に出ていた。だから、農地を求めて高地から龍門村に移住してきた隣家の周たちと違って、水についてはのんびりしたものだ。川が増水すれば、丘を一〇メートルほど上ったところに小屋を動かせばいいだけの話だ。だが、それはぎりぎり最後の瞬間にやればいい。午後五時一五分、水は小屋まであと二・五メートルのところまで迫っていた。水はいつ新しい船に届くだろうね、と私が訊くと、宗明は「たぶん、明日の昼ごろだ」と答えた。

新しい巫山の町は、旧い巫山のちょうど真上の斜面に建てられた。ここには並行して二本の大通りが走っている。平湖路《ピンフールー》と広東路《クアントンルー》だ。平湖路の名は一九五六年、長江を泳いだ毛沢東がダム建設を夢見て詠んだ詩に由来する。

西の上流に石壁築きて
巫山の雲雨断ち切らん
高き山峡に平なる湖をつくり出さん

長江一帯の人びとにとってはなじみ深い詩である。三峡ダムは、国民福祉や国家の功績として語られることが多い。一九九七年、ダム建設に備えるために長江の流れが変えられたとき、江沢民主席は「人びとを組織化し大仕事を成し遂げるのに社会主義が勝っていることが、ふたたび明確に証明された」と宣言した。青石《チンシー》という村を訪れたとき、ある飲食店で貼り紙を見つけた。新年を祝ってかける対聯《トゥイリエン》のようなその紙には、立派な毛筆でこんな二行連句が書いてあった。

故郷に別れを告げる高潔な人びと
　新たなる人生へ旅立つ
粗末な家を捨てて国のために尽くし
　新たなる家を建てる

広東路は、一九七八年に改革開放政策が実行されて以来、最初に高成長を遂げた広東省にちなんで名づけられた。広東からの資金が三峡ダム開発計画の一部を支えたのだ。実際、新しい町では南部にちなんだ名前がよく用いられる。たとえば、巫山には深圳希望中等学校がある。深圳とは広東省の発展を牽引した経済特区であり、巫山でその名を見かけるのはアパラチアの丘陵地帯で「シリコンバレー高校」に出会うようなものだ。新しい巫山の町は、それ自体が遠方の地からもたらされた繁栄を映し出しているようだ。町の中央広場には巨大なテレビスクリーンがあり、夜になると人が大勢集まってカンフー映画を見る。広東路にはプラスチック製のヤシの木が並び、日が暮れるとイルミネーションで照らし出される。偽のスターバックス店がある。横文字の名前がついた店も多い——ウェルオフ・レストラン、ゴールド・ヘアカット、カレント・バスルーム。サニティ（正気）という名のファッションブティックもあった。

新しい町でダム批判はめったに聞こえない。ダムの恩恵をあまり受けない農村部でさえ、批判は穏やかで個人的なものになりがちであった。共産党の腐敗した地元幹部のせいで、十分な移転補償が受けられなかったという声は多い。しかし、批判がダム建設構想そのものに及ぶことはほとんどない。あるとき私は黄宗明に、子どもたちが大人になったらどんな仕事をしてほしいかと訊いたことがある。なんでもいいさ、と黄は答えた——教育を役立てて、漁師にさえならなければね。また黄宗明は、ダムは電力を生むので国家のためになるとも考えていた。巫山のあるタクシー運転手によれば、町は半世紀のうちに一足飛びに発展した。「ダムがなければ、ここまで成長するのにもう五〇年はかかったはずですよ」

ところが、話を続けているうちにこの運転手は、町はこの先五〇年はもたないと言い出した。地滑りのせいだ。新しい巫山は中心部に五〇万人が集中する垂直な町だ。それまで人が定住したことのない急な斜面に高いビルが建った。浸食防止のためのコンクリート構造物に支えられている地区も多い。タクシー運転手は浄壇路《チンタンルー》という、すでに地滑りが起きた地区に案内してくれた。一棟のマンションは住民が立ち退き、無人になっていた。街路には泥の山が積まれている。五〇年先が心配じゃないですかと運転手に訊いた。「いや、心配してもねえ。そのころ自分はもう八十歳になってるから」

長江沿いの町に住んだ数年の間、いつも感心したのは人びとの抜け目のなさだった。みんな、周りにどんな変化が起きてもすぐに対応できた。市場経済への革命的変化にも楽々と対応した。商品に需要があると見るや、商店はすぐに在庫をそろえる。移転の過程の両極地においてさえ、人びとはいたるところで盛んに商売をして歩いた。実際、死にゆく村と生まれたばかりの町を結ぶ唯一の手段、それが商売だった。浴室の備品であれインスタント麺であれ、需要のある商品を売る方法を人びとは必ず見つけた。だが、長期展望を持つ人はほとんどいない。川の水位が上がれば上のほうに移る。水が畑に寄せてくるぎりぎりまで収穫しないでおく。人びとが未来を語るとすれば、それは明日のことだ。

こうした近視眼的思考について、ウィスコンシン大学マディソン校の地理学者、姜鴻《チアンホン》と意見を交わしたことがある。中国生まれの姜鴻は、北部砂漠地帯の社会を研究していた。この地を耕作地に変えようと、歴代政権はさまざまな政策を実施している。環境上問題のある政策も多かった。何が農耕に最適かをよく知る地元住民はたいてい政府の方針に抵抗してきたのだが、最近はこうした抵抗に変化が見られると姜鴻は語る。一つには市場経済改革が、現状を変えようとする意欲をかき立てたからだ。それまでの政府の開発計画といえば、たとえば鉄鋼生産でアメリカやイギリスを追い越そうという一九五〇年代末の政策のように、抽象的な目標を掲げたものが多かった。スローガンが農民の意欲をかき立てるのも、ほんのいっときだろう。だが今では、もっとよいテレビや冷蔵庫をみんなが欲しがっているのだ。

政治的安定の欠如も、人びとが長期計画を立てない理由の一つであろう。姜鴻はこう分析する。
「一九四九年以降、政策はネコの目のように変わり、何が起きるか予測もつかない時代が続きました。八〇年代、人びとは改革を好機と見て、このときとばかりしっかりととらえました。長続きしないかもしれないからです」

長江のほとりを旅していつも感じるのは、ダムはまさに完璧なタイミングで造られたということだ。ダム建造は共産党指導者たちの夢であったが、孤立と政治的混乱が続いた毛沢東時代に成就できるはずはなく、実現は市場経済の時代を待たねばならなかった。だが、もし改革がずっと前に始まっていて、地元住民が状況をよく理解していたら（つまり今すぐにも欲しいもの以外に目を向けることができていたら）、ダム計画に疑問を呈し、おそらくは反対していただろう。共産主義と社会主義の珍しい組み合わせによって中国が特異な発展を遂げたこの時期を、いつの日か人びとは振り返り、当時のもっとも永続的な記念碑は国土の中央に広がる巨大な水たまりだと言うだろう。

二〇〇三年六月九日

午前九時三〇分、黄宗明が穀物酒をちょっと一杯引っかけたところで、滴翠湖の水は釣り船を支えている木枠の端に到達した。家財道具のほとんどはこれから丘の上まで運ばなければならない。沖のほうで一匹のヘビが水を渡っていた。もたげた頭は潜望鏡のようだ。

黄宗明とその甥は別の釣り船のコーキングを巫山の住民から頼まれていたので、引っ越しを取り仕切るのは妻の陳嗣荒の役目になった。陳嗣荒は二〇〇八年北京オリンピックのTシャツに偽物のバーバリーのズボンといういでたちだ。九時四六分、水は木枠のもう一方の端に到達した。わずかばかりの家財が積み込まれる――電気ドリル、かごにまとめた釣り道具一式、宏声《ホンション》タバコが一カートン、それに船尾には予備の材木が積んである。住んでいた小屋は二、三センチほど水に浸かっていた。陳嗣荒と子どもたちは水の中を歩いて家財を運んだ。黄珀は隙を見ては姉めがけて水を跳ねかけている。

一〇時四七分、黄珀は邪魔だからどいていなさいと言われ、仕事から解放されたので着物を脱ぎ捨てて、泳ぎに行った。

一〇時五九分、一艘のサンパン（平底船）が通りかかる。船頭が「売り物の船ないかあ」と大声で訊く。

「こんな大変なときにさ、船売ってるわけないだろ」陳嗣荒が言い返す。

一一時四〇分、支えの木枠の四隅がすべて水に浸かった。一六分後、もう一艘、別のサンパンが通りかかる。この船は石炭を売っていた。黄宗国が女たちを手伝って小屋の覆いを取り外すと引っ越しは完了だ。真っ裸の黄珀は新しい船の船首で大の字になっていた。

午後一時三四分、通りすがりの船の後流で揺すられた釣り舟は大きくかしぎ、ギーッと音をたてながらついに木枠から解き放たれた。浮かんでいる。

奇石

一一〇号線沿いに奇石の看板が次々に見えてきた。最初に現れたのは河北省だ。荒涼とした風景の中、色といえば道路わきに立つ広告用幟《のぼり》旗の赤だけだ。大きく「奇石《チーシー》」と書いてある。文字どおりには「不思議な石」という意味だが、ここで使われている形容詞は「驚くべき」とか「珍しい」とも訳すことができる。幟旗はどれも風に吹かれてぼろぼろに裂けていた。私たちは北西へ、春の嵐のただ中へと向かっていた。今は雨が降っているだけだが、これからどんな天気が待ち受けているか、対向車を見ればわかる。たいていは内モンゴルから南下してくる大型の「解放《チエファン》」トラックだが、積み荷は氷に覆われていた。向かい風を受けながら高原を走ってきたのだ。凍った積み荷を右側にかしがせて走るその姿は、荒波に揉まれる帆船のようだ。

私はレンタカーのジープ・チェロキーを運転していた。マイク・ゲーティグが一緒に乗っている。うまくいけばチベット高原までたどり着けるかもしれなかった。ゲーティグとは平和部隊《ピースコー》で仲よくなった。二人とも任期を終えてから別々の仕事を見つけて中国にとどまっている。私はフリーランスのライターになり、ゲーティグは南西部でバーを開業した。私たちはときどきどこかで落ち合って旧交を温める。奇石の幟旗を何本も通り過ぎるまで、どちらも口を開かなかった。

「なんだろう、この旗」と、ゲーティグがついにつぶやく。

「さあね。この道は通ったことないんだ」

幟旗はどれも店の前に立っていた。セメントと白いタイルでできた小さな店ばかりだ。旗は一キロ進むごとに増えていくようだ。「奇石」とは中国では、かたちが何かに似ている石のことをいう。珍しいかたちの自然の岩が独特の景観をつくり出し、観光名所になることも多い。安徽省の景勝地、黄《ホアン》山《シャン》の「仙人下棋（象棋《シアンチー》をさす仙人）」や「犀牛望月（月見をするサイ）」と呼ばれる岩が有名だ。収集家が買うのは小さめの岩だ。岩を削って何かのかたちにすることもあれば、岩に含まれる鉱物が、何かに奇妙に似ていることもある。私は奇石にはまったく興味がなかった。それにしても、湖北省のこのさびれた地に、なぜこんなにたくさん奇石があるのか。不思議なことだ。買う人はいるのか。幟旗を二〇本ほど通り過ぎたところで、私はついに車を止めた。

店に入ると、おかしな陳列に気づく。商品を載せたテーブルをぐるりと並べ、一カ所に隙間を少し開けて出入口にしている。そのそばに店の主人がにこやかな顔で立っていた。私はテーブルを押し分けて中へ入った。ゲーティグが続く。と、背後でものすごい音がした。

振り返るとゲーティグが凍りついている。コンクリートの床に濃淡さまざまな緑色のかけらが散らばっていた。「どうした？」と私が訊くと、店主がゲーティグのジャケットの裾をつかんで叫んだ。

「この人がひっくり返したんです。ほら、上着が引っかかって」

ゲーティグと私は散らばったかけらをじっと見つめる。しばらくして私は訊いた。

「これ、なんですか」

「翡翠《ひすい》ですよ。翡翠の船」

そう言われて、ようやくかたちがわかった。折れた帆の一部や壊れた索具が見える。幸運を呼ぶとして、中国のビジネスマンがよくオフィスに飾る模型船の一種だ。材料は工場で作る安物の人工翡翠のようだったが、船そのものは砕け散っていた。かけらは五〇片を下らないだろう。

「大丈夫です」と店主は明るい表情だ。「どうぞゆっくりご覧ください。お気に召すもの、何か見つかるかもしれません」

私たち二人はテーブルにぐるりと囲まれて立ち尽くした。囲いに入れられた動物といった恰好だ。ゲーティグの手は震えていた。私もこめかみの辺りで血が脈打っているのが自分でわかった。「ほんとにひっくり返したのかい」私は英語でささやいた。

「さあ。何にも感じなかったよ。よくわからない。後ろで何かが落ちたんだ」

商品を壊されたのにもかかわらずこれほど冷静でいられる商人に、中国ではお目にかかったことがない。隣の部屋から男がもう一人、箒《ほうき》を手に現れた。船の破片をきれいに集め、床に積み上げたまま出て行く。男たちが一人、また一人と現れる。ドアの付近に三人が立った。詐欺だなこれは、と思った。店主が花瓶を壊しておいて顧客に弁償させる骨董屋の話も聞いたことがある。だが、ここは北京から遠く離れているし、この県の名前さえ私たちは知らないのだ。ゲーティグはとてもおとなしい——何か困ったことが起きると、いつもそうだ。二人とも妙案とてなかったので、とりあえず奇石ショッピングをすることにした。

ゲーティグと私が平和部隊に入ったのは一九九六年。当時は、ボランティアなんていささか時代遅れだと見なされていた。冷戦のさなかの一九六一年、ジョン・F・ケネディ大統領が創設して以来、平和部隊の性格はときの政治状況に応じて幾多の変転を遂げている。発足当初の平和部隊は高く評価され、開発途上世界でのアメリカの役割について真剣に考える理想主義的な若者たちを惹きつけた。のちに、ヴェトナム戦争後、アメリカがその外交政策に対する不信の波にさらされると、平和部隊もまた苦難に直面する。ところが九・一一同時テロ以降、平和部隊の意義はまた見直されている。今日の平和部隊の隊員たちはみな、戦時における個人の責任とは何かを真剣に考え抜いてきたに違いない。

だが、一九九〇年代の半ば、私たち隊員の肩にのしかかる国家の重大事など、何もなかった。外国で二年間ボランティアをすると決めた人びとの動機はさまざまだ。私が知り合いになった隊員たちは、多少なりとも理想主義の傾向があったが、たいていは控えめで、そんな話をするのはちょっと気づまりだと感じていた。ゲーティグの話では、入隊試験のとき面接官から自分の「社会への貢献度」を五段階で自己評価してくださいと言われ、「三」と答えたそうだ。面接官はしばらく黙っていたが、やがて質問してきた。きみ、薬物依存者支援センターで働いたことあるでしょう。それに、今は教師をしているでしょう。それなら「貢献度は四ですよ」。ずっとあとになってゲーティグは、入隊理由の一つはミネソタのガールフレンドだったと私に打ち明けた。本気になり始めた彼女の存在が重くなったのだという。似たような話をほかの隊員からも打ち明けられたことがある。もっとも困難な仕事に没頭する――これが、もっとも簡単に別れる方法だった。

当時の私は、入隊志願の本当の理由を面接官に話したくなかった。私は書く時間が欲しかったのだ。学校へ通うのはうんざりしていたし、普通の仕事に就くなんて論外だった。外国語を勉強するのもいいなと思った。二、三年間、教師をするのもいいだろう。平和部隊の生活は束縛が少ないだろうと見当をつけ、これはいいぞと思った。それに、ボランティア活動だというから、両親も満足するに違いない。ミズーリ州にいる父と母はカトリックの信者で、ケネディを懐かしむ気持ちが強い。あとで知ったことだが、平和部隊は常に多くのカトリック信者を惹きつけてきた。とりわけ中西部で人気があった。平和部隊の私のグループは一三人、そのうち六人が中西部の出身で、三人はミネソタの人だった。中西部にしっかり根づいたリベラリズムの影響もあっただろうが、そこには逃避の要素も含まれていたと思う。同僚のなかにはそれまで一度も国外に出たことのない人たちもいたし、ミズーリ州から来た一人は生まれて初めて飛行機に乗ったと言っていた。

仲間たちのなかで、準備万端整えて中国に来た者は誰一人いない。中国に住んだこともなければ、言葉も基礎の基礎しか習っていない者ばかりだ。歴史の知識はほとんどゼロだ。最初に学んだことといえば、共産党が私たちを疑いの目で見ているということだった。文革時代、平和部隊はCIAとつながっていると政府から非難されたという。大っぴらにそんなことを言う人はもういなかったが、中国政府の内部にはアメリカ人ボランティアの受け入れに慎重な一派があった。平和部隊の教師たちが中国で教え始めたのは、ようやく一九九三年になってからである。私は第三次グループの一員だった。

私たちは念入りに監視されていたに違いない。中国の治安当局がどう考えたのか知りたいと思うことがよくある。私たちの無知さ加減に戸惑ったのか、あるいはそのために疑念を深めたのか。これら隊員同士の共通点とは何か、アメリカ政府はなぜこの人たちを選び送り込んできたのかと、関係者は頭をひねったに違いない。隊員のなかには突拍子もない連中がいた。私の一年先輩で、みんなから「大佐《キャプテン》」と呼ばれた年かさの男がいた。沿岸警備隊を退役してから平和部隊に参加したという。ラッシュ・リンボー〔米保守派のラジオパーソナリティ〕の熱烈なファンで、研修を受けるとき、レーガン大統領の顔写真をデザインしたTシャツを着て現れた。中国の大学キャンパスでこれほど目立つシャツもない。ついに平和部隊の指導員が「きみ、そのシャツは着換えたほうがいいんじゃないか」と注意すると、「きみ、合衆国憲法を読み直したほうがいいんじゃないか」と応じたという（これはすべて四川省の省都、成都《チョントゥ》での出来事だ）。大佐はある日、若い学生たちを前に黒板の真ん中に一本の線を引き、一方に「アダム・スミス」、もう一方に「カール・マルクス」と書いた。「さあ、今日のレッスンは簡単だぞ」大佐は宣言する。「こっちはうまくいく、こっちはうまくいかない、それだけだ」。結局、平和部隊は大佐をクビにした。成都の路上で口論に及び、タクシーのサイドミラーを壊したからだった（口論が起きたのはキング牧師の記念日だったが、こんな細かな事実はおそらく中国公安当局の記録から漏れているだろう）。

しばらくたつうちに私たちは、自分が誰に、どうして派遣されたのかを忘れそうになった。隊員たちはたいてい小さな都市の小さな大学で教えていて、平和部隊と直接連絡することもほとんどなかったからだ。たまに、上のほうから教課内容について依頼が来た。たとえば「グリーン・イングリッシュ」だ。これは世界的な取り組みだった。ボランティア教師たちは授業のテーマに環境問題を取り上げるようにと、平和部隊からお達しを受けたのだ。同僚の一人は、小さな一歩としてゴミのポイ捨ての是非を生徒に討論させた。意見は真っ二つに割れた。中国ではたくさんの人がゴミ拾いに雇われていると指摘する学生が多かった。ゴミがなくなればこの人たちは職を失う。そうしたら、どうやって食べていくのか。この討論の結末ははっきりしていない。ただ、これで「グリーン・イングリッシュ」の試みが事実上おしまいになったことだけは確かだった。

平和部隊の経験を経て、人は変わった。ただし、必ずしも当人の期待どおりに変わったわけではない。これは根っからの理想主義者には向かない仕事だった。理想に燃えた多くの人が、挫折し不満を抱くようになった。生き残ったのは現実主義者だ。賢い人たちは、中国語の言い回しを覚える、熱心な生徒たちに詩を教えるなどの日々の小さな目標を立てた。長期的な計画を立てても、たいていは途中であきらめることになったのだ。大切なのは柔軟性であり、ユーモアのセンスだった。平和部隊のパンフレットには笑える話など一つも載っていない。開発途上国（そのなかには、救ってやるべき国と恐れ警戒すべき国がある）に対するアメリカの典型的な態度もまじめそのものだった。この点では共産党も同じである。党のプロパガンダにはユーモアのかけらも見られない。ところが、中国の人びとはびっくりするほど屈託がなかった。すぐにおかしなことを見つけて笑うのだ。私も笑い種《ぐさ》になった。私の鼻のかたちや着ているものや中国語の話し方は、よく笑われた。アメリカ人としての誇りをかたくなに守りたい人なら、さぞ居心地の悪い思いをしたことだろう。ときどき思うのだが、平和部隊は仕事を逆さまに進める難民機関とも呼べるのではないか。なにしろ、西も東もわからない私たちのようなアメリカ中西部人を大勢、国外へ移住させたのだから。それに平和部隊は、アメリカ人にその顕著な国民的特性を捨て去ることを教える唯一の政府機関であった。うぬぼれ、野心、性急さ、物事をコントロールしたがる傾向、貯め込みたいという欲求、教えを広めようとする衝動などはすべて、平和部隊の仕事をするうちにいつの間にかどこかへいってしまうのだ。

奇石の店には食べ物のかたちをした石がいくつか売られていた。これは中国人が好きなモチーフだ。石のキャベツもあれば石のベーコンもある。ほかの石はさまざまな鉱物のすばらしいパターンが浮き出るように磨き上げられていたが、緊張していた私にはどれも同じように見えた。私はでたらめに一つを選び、値段を訊いた。

「二〇〇〇元」と店主。二五〇ドルくらいだ。私がぎくりとするのを見て男は急いで付け加えた。

「おまけしますよ」

「あのさ、ここには壊れるものなんかないよ」とゲーティグがささやいた。

確かにそうだ。何もかも実に奇妙だ。そもそも、なぜあんなところに翡翠の船があったのか。どうか連中がゲーティグの巨体におじけづきますように、と苦し紛れに私は願った。なにしろゲーティグは身長一八五センチで、がっしりした体格、髪は五分刈りだ。それにいかにもドイツ系の人らしく、鼻筋がすーっと通っている。中国人にとっては印象的な風貌だ。人柄はといえば、私の知る限りゲーティグほど穏やかな人はほかにいない。私たちはおとなしく出口の方へと向かった。男たちはまだ辺りに突っ立っている。「悪いけど、買いたいものはありません」と私は言った。

すると店主は緑色の破片の山を指さし、低い声でささやく。「これは？どうしてくれるんです？」

私たちはちょっと相談して五〇元から始めることにした。ゲーティグが財布から札を抜き出す――およそ六ドルだ。店主は無言で金を受け取った。私は駐車場へ向かう間、後ろから手が伸びて肩をつかまれるんじゃないかと冷や冷やし通しだった。チェロキーのエンジンをかける。タイヤがきしむ。急ターンして一一〇号線へ戻る。張家口《チャンチアコウ》の町に着いたとき、私はまだ震えていた。昼食に立ち寄ったパーキングエリアで、私はお茶をがぶ飲みして気持ちを静めた。私たちがアメリカ人だというので、ウエイトレスは大喜びだった。

「うちの店長はアメリカに行ったことあるんです。ちょっと呼んできますよ」

店長は髪を真っ黒に染めた中年女性だった。私たちのテーブルに近づくと仰々しく名刺を取り出す。表は中国語、裏は英語の名刺だ。

アメリカ総合資源公司
金芳《チンファン》 柳《リユウ》
事業部次長
中国

金色の鷲の絵柄がエンボス加工されている。アメリカ合衆国大統領の紋章に（肝心の鷲を除けば）そっくりなデザインだった。張家口の鷲はずっとふくよかで、羽根も首もアメリカの鷲よりかなり太めだ。脚ときたら、まるでチキンドラムみたいだ。背負っている盾と矢を下ろしたとしても、これでは飛べるかどうか怪しいものだ。名刺の隅に「名誉会長　ジェラルド・R・フォード大統領」と小さく書いてある。

「おたく、なんの会社ですか」私は訊いた。

「ここ張家口でレストランをやってます」と女性は答える。娘はヴァージニア州ローンオークにいて、別のレストランを開いているという。

私は名刺の隅を指して訊いた。「この人、誰か知ってますか」

「福特《フートウ》でしょ」と金さんは中国語の読み方で得意そうに答えた。「以前、アメリカの大統領をしていた人です」

「このレストランと何か関係あるんですか」

「ああ、それ肩書きだけですよ」金さんは軽く手を振って答えた。張家口のちっぽけなレストランのことなんか、福特氏に知らせる必要もないでしょ、と言わんばかりだ。それから、私たちの飲食代を割り引いてくれたうえ、またいつでもご来店くださいと言った。

その夜は集寧《チーニン》で一泊することにした。気温は摂氏零下一〇度を下回り、雨は雪になっている。私は最初に見つけたホテルに車を寄せた。烏蘭察布《ウーランチャブ》というモンゴル系の名前のホテルだった。ロビーは広大で、片隅にボウリング場があった。ボールがピンにぶつかる音に囲まれながら、フロントで手続きを済ませるうちに、この先どんな旅が待っているかおおよその見当がついてきた。

ゲーティグと一緒に旅行するリスクは十分に計算済みであった。ゲーティグは何事にも動じないが、心地よさや安全性についての基準が低い。つまり、基本的に判断力がないのだ。だから、一緒にいるとよく面白いことに遭遇する。平和部隊で知り合った中西部の「難民」たちのなかでも、ゲーティグはいちばん遠いところから来た。この先、故郷に落ち着くこともなさそうだった。出発を前にして私たちの班がサンフランシスコに集まったとき、荷物がいちばん少ないのもゲーティグだった。手持ちの金ときたら一〇〇ドルに満たなかった。それが蓄えのすべてだった。

ゲーティグはミネソタ州南西部の出身だ。シングルマザーに育てられた。母親は十九歳になる前に二人の子持ちになり、それからはバーテンダー、事務職、ホリデーインのウェイトレスなど、できることはなんでもして働いた。やがてパン袋の口止めバンドを作る工場で生産ラインの仕事に就いた。ミネソタ州の人口一万人の町、ウォージントンでのことだ。一家はトレーラーハウスや賃貸アパートを転々とした。あるときは一年ほど農家に住んだこともある。母親の友だちが借りていた家だが、その人がバイク事故で亡くなってしまったからだった。母親はバイクに夢中で、一家の暮らしの中心にバイクがあった。夏になると中西部のあちこちで開かれるハーレーダビッドソンのツーリングや競技会を家族で見に行った。「モンキー・イン・ザ・ツリー」というイベントに母親の友だちが出場するのを見たこともある。これは男女二人乗りの競技だ。後部シートの女性が低く張られたロープに飛び移り、そこにぶら下がっている間に、男性が障害物コースを一巡して戻り、女性が無事に道路に飛び降りるという趣向だ。後部シートの女性がホットドッグに食らいつき、かじった大きさを競う競技もあった。こうしたイベントの話をゲーティグから初めて聞いたとき、そんな奇妙な競技は中国でも見たことないなと思った。バイクなんか大嫌いだ、とゲーティグは言っていた。

家族のなかでただ一人読書好きだったゲーティグは、第一一学年〔日本の高校二年〕で高校を終えた。ミネソタ州では高校を早く卒業すれば、一年間の大学授業料を州から給付される奨学制度があったからだ。ゲーティグはミネソタ大学モリス校で英語を専攻し、その後、ミネソタ州立大学マンケートー校の大学院に進み、修士課程の半ばで、子どものころにCMで見たことのある平和部隊に志願した。ただで海外に行くにはこれしかないと思ったのだ。

中国でゲーティグは四川省南部の小都市、楽山《ルウシャン》で英語を教える仕事を割り当てられた。ほかの二人のボランティアとともに、ゲーティグは授業のかたわら劇を企画し、学生版『白雪姫』の公演にこぎ着けた。これは広報に利用できると、大学当局はすぐに気づき、巡業公演が始まることになる。ほかの二人のボランティアはこのプロジェクトから抜けていったが、ゲーティグはやる気満々だった。バスで省内各地の小さな町々を回り、一日三回、中学校で『白雪姫』を公演する巡業だ。劇の内容は、政治的理由から若干の修正を迫られた。原作と異なり、登場人物の一人の木こりが自己批判する場面が入ったのだ。大学当局がプロレタリアに好意的な視点を加えて劇を締めくくりたいと主張したためであった。劇のほかにもブラスバンドが「インターナショナル」を演奏し、学生がリチャード・マークスの「ライト・ヒア・ウェイティング」を歌うなど、多彩なプログラムだった。ゲーティグは青いギターを携えてステージに上り「カントリー・ロード」を弾き語りした。どこへ行ってもゲーティグはサイン攻めに遭った。町から町へとでこぼこ道を移動しながら、『白雪姫』の役者たちは声を張り上げて歌い、サトウキビの茎を生のままかじっては、食べかすをバスの床に吐き出すのだった。平和部隊の仕事のなかでもあれはいちばん長い一〇日間だった、とゲーティグは語っている。

ゲーティグは中国語の上達が速かった。平和部隊は到着直後の二カ月半の間に中国語の集中トレーニングをしてくれたし、それ以降は希望すれば個人教授を雇うこともできた。だが、ただ外を歩き回り、町の人に声をかけるのがいちばん手っとり早い上達法だった。ゲーティグの人柄からしても、これは最適の方法だ。ゲーティグは根気強く、好奇心にあふれ、疲れを知らない。それに、中国人に言わせれば、飲みっぷりも見事だった。四川の農村の人たちがよくやるように、ビール瓶のキャップを歯でこじ開けることさえできたのだ。

ある年の秋、ゲーティグは新疆ウイグル自治区へと旅に出た。荒野が広がる中国西端の地である。天山山脈ではたった一人でキャンプを続けた。道から逸れて岩をよじ登ったときのことだ。ヘビに指をかまれた。指が、次いで手が腫れてきた。省都のウルムチにたどり着くまでに四時間かかった。そのときすでに腫れは腕全体に広がり、痛みも激しかった。公衆電話から、四川省の省都、成都にいる平和部隊の医務官に電話をかけた。症状を聞いた医務官は、毒ヘビにかまれたようだ、細胞組織を分解する毒かもしれないからすぐに病院へ行けと命じた。

ゲーティグは通りがかりの人に病院はありませんかと尋ねた。すると一人の若い女性がお手伝いしましょうと申し出た。完璧な英語を話す。こんな田舎ではめったにないことだ。釣鐘型をした派手なオレンジ色の袖なしセーターを、上半身にゆるりと羽織っている。その時点でゲーティグは、どこか奇妙な女性だと感じたが、深く考える余裕はなかった。女性に連れて行かれた病院の医者は、指のかみ痕を切開した。漢方薬で治療するという。その薬箱にヘビの絵柄があったので、ゲーティグはこれで治るだろうと考えた。医者はすりこぎとすり鉢で錠剤をすりつぶし、できた粉末をかみ痕に直接すり込んだ。

腫れはどんどん広がり、腕の関節部分が紫色に変色してきた。毒で毛細血管が破れたのだ。夕方、ゲーティグはオレンジ色のセーターの女性がまったく常軌を逸していることに気づいた。自分の持ち物を病院へ運び込み、ゲーティグのそばを離れようとしない。自分は正式に雇われた通訳だと触れ回っていた。個人的なことについてはいっさい口をつぐんでいる。どうやって英語を学んだのか、想像もつかなかった。名前を訊くと「そうですねえ……お友だちという名前にしておきましょう」と答える。いくら訊いても同じ答えが返ってくる。気味が悪いので、ついにゲーティグは訊くのをやめた。女性はベッドのわきの椅子で一夜を過ごした。翌日になると、医者は指のかみ痕をもう三回切開し、さらに粉薬をすり込んだ。痛みは強烈だった。とはいえ、ゲーティグは看護師に頼んで、あのおかしな女性を追い出すことには成功した。腫れが引き始めたのは三日後だった。結局、一週間の入院になった。所持金が尽きたので、一五〇ドルばかりの入院費は、平和部隊から送ってもらうことになった。幸い、ゲーティグの手は完全に回復した。オレンジ色のセーターの女性とは、その後二度と会っていない。

鳥蘭察布ホテルをチェックアウトするとき、ボウリング場では客が一人でピンを倒していた。一一〇号線の入り口に近づくと地元当局が立てた看板が目に入る。フェンウェイ・パークのスコアボードのように、数字だけ入れ替えられる看板だ。

当区間における今月の事故件数　六五件
死亡者数　三一人

昨日の嵐はやんでいたが、ひどい寒さだ。高速道路は集寧からフフホトまで草原を突っ切っている。吹き荒れる風の中、辺り一帯は雪をかぶった低い丘が連なっているだけで、ほかに何もない。道路わきに「解放」トラックが何台も立ち往生していた。たぶん燃料タンクに水が入り、凍ってしまったのだろう。二〇キロほど走って丘を登り切ると、眼下に車の列が延びていた。トラック、セダン、ジープと、数百台もの車両が地平線のかなたまでつながっている。一台も動いていない。みんながてんでに鳴らすクラクションが風の中で響き渡っていた。こんな辺鄙なところで渋滞に遭うとは予想だにしなかった。

私たちはチェロキーを止めて、立ち往生している車まで歩いて事情を訊いた。渋滞は燃料パイプが凍結した数台のトラックから始まったという。通り抜けようとして後続車が次々と対向車線に入ったが、二車線道路では頑固な対向車に出遭うことがよくあるのだ。互いにクラクションを鳴らしながらのにらみ合いが始まった。車列はどんどん長くなり、しまいには両車線ともにっちもさっちもいかなくなった。わき道へ入った車も、数十メートル先で立ち往生してしまう。ローファーを履いた男たちが、タイヤの下の雪を素手でかき出そうとしては転んでいた。警官の姿は影もかたちもない。やがて運転手たちは車の下に入り込み、発煙筒を焚いて凍った燃料タンクを温め始めた。ある意味で美しい光景だ。真っ白の雪に覆われた草原、際限のない車の列、「解放」トラックの青く塗られた車体の下にオレンジ色の炎が見える。

「あそこの近くまで行ってさ、写真撮ったらいいよ」ゲーティグが勧める。

「きみが行けよ。あの連中に近づくのはごめんだ」

ついに私たちは、ここモンゴル平原の名もない地点で、「奇妙さ」と「愚かさ」を区別する曖昧な一線を越えたのだった。私たちは発煙筒をしばらく見つめてから、フフホトへ帰る道へと引き返した。町に到着した途端、チェロキーのスターターが故障してしまった。二人で押し掛けしてエンジンをスタートさせ、ようやく修理屋にたどり着いた。チェーンスモーカーの整備工は仕事の間ずっと国《クオ》賓《ピン》タバコを吸っている。だが、一一〇号線で見たあの光景に比べれば、その姿は独立記念日の花火のように安全そのものだった。

平和部隊の隊員にとっていちばん難しいのは帰国することだという。二年間の任期が終わりに近づくと、帰国にあたっての相談会が開かれる。就職活動のための資料が配られ、私たちがアメリカに帰ってから、「へえ、平和部隊ってまだあったんだ。知らなかったな」などという言葉を聞くとどう感じるかについて説明がある。隊員のなかには外交官試験を受ける人もいる。途中まで受かったが、小論の段階で放り出した人もいた。自分の世界観が映画『エアフォース・ワン』にいかに影響されたかを書いたのだそうだ。筆記試験は受かったが、面接で落ちた人もいる。その後もたくさんの隊員が外交官試験に挑んだのを知っているが、たいていの人はその過程で困惑する。現場で学んだことはまったく無意味だったように思えてくるのだ。

創設当初から平和部隊は対外援助活動の一種だとされてきたが、もう一つ別の目標もあった。外の世界を知るアメリカ人を育てることだ。平和部隊は国の政策に影響を与える機関としてつくられた。トップダウンの外政を批判した『醜いアメリカ人』が一九五八年に出版され、平和部隊が生まれる一つのきっかけとなったともいわれている。やがて私は、平和部隊には人を変える力があると、深く信じるようになった。私が知り合いになった隊員たちはみな、部隊での経験を通してすっかり変わっていった。だが、変わったために、たいていの人は政府の仕事を求めなくなった。そもそも入隊したのは個人主義的な傾向の強い人が多く、いわゆる出世志向の人はほとんどいない。そんな人たちがいったん国を出て、混乱の中で生きていくことを学ぶと、徹底的変革の可能性などというものがなかなか信じられなくなるのだ。平和部隊経験者の圧倒的多数は、イラクにおけるアメリカの冒険に反対したはずだ。ごく簡単な仕事をするにも、うまくいかないことが山ほどもち上がるものだと、平和部隊員なら知っているからだ。だが、そんな意見が国の政策に影響することは皆無に近い。というのも、平和部隊経験者は影響力を発揮できるような地位に就こうとしないからだ。

中国で私と一緒だった隊員たちは、たいていは教師になった。教職ボランティアとして参加した人が多かったこともあるが、身につけた技能が役立ったのだ――融通を利かせること、ユーモアのセンスを磨くこと、生徒が持ちかけるどんな問題にも取り組もうとする意欲を持ち続けることが大事だった。作家やジャーナリストに転じた人、大学院に進学した人などもいたが、なおもさまよい続けた人もいる。ゲーティグはその後数年の間、中国にとどまった。夏の間は平和部隊の新人トレーニングを担当し、ほかの時期にいろんなアルバイトをした。新聞記事を書き、通訳やリサーチャーとしても働いた。ときどき北京の私の家に一週間ほど泊まりに来ては、居間のソファで寝ていた。平和部隊にいったん入ると、客を迎えるという任務は一生涯解かれることがない。私のアパートに三、四人が泊まっていたこともある。みんな大柄な中西部出身者で、燕京《イエンチン》ビールを飲み、昔を思い出しては腹を抱えて笑うのだった。

ゲーティグは、南西部の昆明《クエンミン》市で中国人パートナーとバーを開いた。防空壕の一部を見つけて店にしたが、その賃貸契約には、中国が戦争に突入したらすぐに店を明け渡すという明確な条項が入っていた。店内にはビリヤード台が二台とステージがあった。開店後間もなく、店でひどいけんか騒ぎが起き、バーテンの一人がナイフで数回刺され、肺の一部を切除することになった。店はたいして繁盛していなかったが、ゲーティグとパートナーはなんとか金をかき集めて治療費を払ったという。店名は「スピーキージー〔アメリカ禁酒法時代のもぐりの酒場〕」だった。

私と一緒に中国北部をドライブした翌年、ゲーティグはついに帰国を決意した。三十歳で一文無しに近かった。ミネソタ州南西部に戻ったものの、そこに住み続ける気にはなれず、一カ月ほどしてから南部へ向かう長距離バスに乗った。ミシシッピ州スタークヴィルに住む平和部隊時代の友人たちが、ゲーティグを家に泊まらせ、ミシシッピ州立大の外国人学生に英語を教える仕事を世話してやった。年収は二万四〇〇〇ドルだった。その後、ゲーティグは教員免許を取ろうとしたが、それには法科大学院と同じくらい長い時間がかかるとわかったので、ＬＳＡＴ（法科大学院進学適性試験）関連の本を何冊か買い込み、独学で受験準備をし、抜群の成績でパスした。私が次にゲーティグと会ったときは、マンハッタンのリバーサイド・ドライブに住み、コロンビア大学法科大学院で勉強していた。空いた時間にヒューマンライツ・ウォッチのボランティアとして中国語の資料を分析しているという。やがて、同校『ジャーナル・オブ・エイジアン・ロー』誌の編集長を務めるまでになった。それでもなおゲーティグは、中国で見せていたのと同じ表情を浮かべていた。どこかぼんやりして戸惑い、困り果てたような表情だ。そして、これからどうなるか見当もつかないけど、もうしばらく頑張ってみるのも悪くないよ、と言っていた。

長距離ドライブの最後に私たちはチベット高原へと続く二一五号線に出た。二車線の道の両わきに、岩と土の荒れ地がどこまでも広がっている。単調な風景が途切れるのは、交通安全を訴える掲示板が現れるときだ。あるところでは、道路わきにひしゃげた車が掲げられていた。細いポールで地上三メートルほどの高さに組み立てた無残な展示で、全体のかたちは子どもの好きな棒付きキャンディのようだ。車はめちゃめちゃで、フロントはぺちゃんこ、ドアだったらしき鉄片がだらりとぶら下がっている。車の後部にはペンキで「四人死亡」と書かれていた。まるでメニューのようなスピード制限の表示もあった。

時速四〇キロは安全
時速八〇キロは危険
時速一〇〇キロは病院送り

きつい急坂が青海省の境界まで続いていた。のろのろ進む「解放」トラックを追い越す。トラックのエンジンはヒーヒーとあえぐような音をたてていた。私の高度計によれば標高は三六〇〇メートル近い。それから二五〇キロほど走ったが、その間ずっと、人が住んでいる兆しはまったく見えない。給油所も食堂も店もない。最初に通り過ぎた集落は取り壊されたばかりのようだった。屋根のはがれた建物の壁だけが、失われた帝国の寂寥感を漂わせながらこの台地に残っていた。

青海省でゲーティグの左目が痛み出した。最初は涙目になり、それから痛み出したという。ゲーティグは助手席に座り、拳でしきりに顔をこすっている。標高三六〇〇メートルの山道を通り抜けてから青海湖へと下った。中国最大の湖で、周囲三六〇キロもあり、サファイアのように青い。私たちはこの塩湖のほとりでキャンプすることにして、岸辺の細長い土地にテントを張った。中国国内で私が訪れたなかでも、ここはもっとも美しい場所の一つだというのに、今やゲーティグはほとんど何も見えなかった。

翌朝になってもゲーティグはテントの中で横たわったまま、うめき声を上げていた。コンタクトレンズは外したが、痛みはひどくなったと言い、省都の西寧《シーニン》まで行くのに何時間かかるだろうかと訊く。「ひどく痛いんだ。焼けるような痛みだ」

何かできることはあるかと、私は訊いた。

「西寧でどこか眼医者を探してくれよ」

これまで九〇〇〇キロも走り続けてきたが、これほど不吉な言葉は耳にしたことがないと私は思った。とはいえ、ゲーティグの目はやがて回復し、痛みがコンタクトレンズのせいだったことが、のちに判明する。昆明でゲーティグは、ジョンソン・アンド・ジョンソン社のコンタクトレンズを半値で売っている店があると聞きつけ、お買い得とばかり買いだめしたのだった。ところが、商品は偽物だった。私たちは新しいルールを学んだ——昆明では安売りのコンタクトを買ってはいけない。まったく、中国には学ぶべきことが多すぎる。毎日、新しい教訓を得るのだ——新疆で道から逸れてはいけない。湖北省の怪しげな地区で奇石の店に入ってはいけない。立ち往生したトラックの下で火を焚くような連中に近づいてはいけない。

湖のほとりを走っていると、また事故車の展示が見えた。だがゲーティグの目は涙があふれ、見ることができない。私たちは塩湖のほとりのやせ地を走り、ひしゃげた車の展示のそばを通り、世界の屋根から延びる長い下り道をドライブして青海省を通り抜けた。その間ずっとゲーティグはとめどなく涙を流していた。

大人になったら

陸《ルー》と張《チャン》と劉《リュウ》は、橋のたもとで私を待っていた。十歳、十二歳、十四歳の少年たちだ。三人とも四川省の同じ村の出身だ。家が貧しくて学費を払えないので学校をやめて南へ来たのだという。この三人とは三日前、深圳の繁華街で出会っていた。私にポルノディスクを売ろうとしたのだ。

三人は、初めのうちはある男に雇われていたという。男は子どもにポルノを売らせていたが、それは子どもなら捕まっても刑務所送りにならないからだ。三人は男から一人当たり月に三〇〇元、約三六ドルもらっていたが、ほどなくフリーランスになったという。初めは私も信じられなかった。こんなに幼い子どもたちが、自分たちでだけで違法な商売などできるわけがないと思った。だが深圳に一カ月ほど滞在した間、この子たちと定期的に会ったが、大人に監督されているような気配はまったくなかった。結局、私は子どもたちの話がおおかたのところ本当だと信じるようになった。三人は警察に捕まったことが二度あるが、そのたびに深圳経済特区を取り囲む金網のフェンスを乗り越えて市内に戻ってきたという。自分たちでアパートを借り、食事も作っているそうだ。三人で一台のベッドに寝た。ポルノディスクを一枚四元で買い、一〇元で売った。一ドルあまりだ。貯金をし、一人が少なくとも月に一〇〇〇元を家族に仕送りできるほどの収入を得ていた。

今日は三人をランチに招待すると約束していた。広東料理店を見つけて入るやいなや、子どもたちはアイスティーと鍋料理を注文する。こんな取り合わせを、私はこれまで味わったことがない。鍋が運ばれるや、少年たちはテーブルの上のあらゆる調味料をせっせと鍋に振り入れた。塩の固まりや味の素やトウガラシを放り込まれて、鍋の油がふつふつと泡立つ。二、三日前、ケンタッキー・フライドチキンの店に連れて行ったときも、三人は同じことをした。

アイスティーはものの二分で飲み干してしまう。

「ビール飲みたい」と陸が言う。陸は三人のなかでいちばん年下だが、それでもリーダー格だった。その年じゃビールはまだだめ、お茶にしようと私は言う。

三人はしばらくがつがつと食べていたが、やがて陸がウェイトレスを呼んだ。十歳の子が大人に向かってあれほど偉そうな口を利くのを、私は今まで見たことがない。

「ビールをくれ」と陸は言った。

「だめだよ。お茶だ」と私。

「ビールがいい」と陸。ウェイトレスは誰の言うことを聞けばいいのか迷っているようだ。

「ビールはだめだ」を私はきっぱり断った。

「鍋料理にはビールがなくちゃ。村ではそうするよ」と陸。

張が陸を指さして言う。「こいつの父ちゃん、酒には甘いんだ」

それはきっと本当だろうなと私は思った。だが、今はこの点にあまり立ち入りたくない。そこで、警察の目をどうやって逃れているのかと訊いた。劉と張は、髪は短くしておくに限るという。そうすれば、お巡りにひっつかまれずに済む。同じ理由から長袖は着ない。陸はほかの二人と同じくぴったりした半袖シャツを着ていたが、髪の毛は長めだ。きっちりセンターで分けていて、それが自慢のようだった。食事の途中で陸はトイレに立ったが、彼が私の視界から消えたのはこのときだけだ。髪をてかてかに撫でつけて席に戻ってくると、すぐに別のウェイトレスがテーブルに来て訊いた。

「青島《チンタオ》にしますか、燕京《イエンチン》にしますか」

「ビールはいらないよ」

「でも、注文受けたんです、たった今」

「この子の言うこと、聞いちゃだめだ」

子どもたちは鍋の中の野菜や肉をたいらげ、スープを飲み干した。いろんな具材を煮込んだスープは妙に鮮やかな色を帯びている。三人はまだ空腹のようだった。きみたち、大きくなったら何になりたいのと訊いてみた。

「運転手」と陸少年。

「ガードマン」と劉少年。

張少年はにっこり笑って言った。「おれ、家に帰るんだ」

カルテット

最初の事故は私のせいではなかった。あれはレンタカーのフォルクスワーゲン・ジェッタで三岔村《サンチャ》に行ったときのことだ。三岔は北京の北方の村で、そこに私の週末用のセカンドハウスがある。三岔では道路の突き当たりの空き地に駐車した。村の中で運転はできない。中国の村はほとんどどこもそうだが、誰も車を持っていない時代にできた三岔村でも家々は細い小道でつながっていた。

村に到着して一時間ほどたったころ、隣家に住む友人がやってきて車を動かしてほしいと言う。これから村人たちと一緒に、空き地でセメントを混ぜるのだそうだ。あの日は、私も妻のレスリーもコンピュータの前に張りついて書き物をしていた。

「なんならおれが動かしてやるよ」。名前を魏子淇《ウエイツーチー》というこの隣人は、運転教習を終え、免許を取ったばかりで鼻高々だった。運転できる人は数えるほどしかいないのだ。私はキーを渡し、コンピュータの前に座り直した。三〇分後、戻ってきた魏子淇は黙って玄関口に立っていた。うまくいったかいと私は訊いた。

「ちょっと、車に問題が起きてね」と口ごもる。魏子淇は微笑んではいたが、それは中国人がよく浮かべる堅苦しい困惑の笑みだった。そんな顔を目にすると、決まって心臓がドキドキしてくる。

「問題って?」

「来て、見てくれよ」

空き地では、村人が二、三人集まって車をじっと見つめていた。やはり、みんな笑みを浮かべている。見ると、完全に外れたフロントバンパーが道路に置いてあった。フロントグリルは大口を開けた恰好だ。まるで前歯が三本抜けて笑いが止まらない子どもみたいだ。みんな、なぜこんなに楽しそうな顔してるんだろう。

「おれ、ボンネットのこと忘れてた」と魏子淇が言う。

「忘れてたって、どういうこと?」

「おれ、前に出っ張りのある車に慣れてないんだ。教習所では解放《チエファン》トラックで練習しただけだから。あのトラックはフロントが平らなんだ」

私はジェッタを壁に沿って止めておいた。魏子淇はバックし、フロントが反対方向に動くのに気づかずに、急ハンドルを切ったらしい。

私は膝をついて屈み、バンパーを調べた。どうしようもないほど曲がっている。

「金、どのくらいかかるかな」魏子淇は気にしていた。

「さあねえ、わからない。こんなこと初めてだから」

魏子淇はワイヤーを持ってきて、バンパーをフロントに縛りつけた。修理費を払うと何度も申し出たが、私は気にするなと断った。あのレンタカー会社ならなんとかなる。次の日、私は車を返しに北京へ帰った。

車の運転は、私がとても真剣に取り組むことの一つだ。車を取り扱うことは一つの特権であり責任を伴うのだと、十六歳になったときに私は教えられた。ミズーリ州コロンビアで初めての運転技能試験を受けた日のことを考えると、今でも緊張する。試験を受けに、母の運転する車でウィルクス通り沿いのユナイテッド・メソジスト教会に行った。州のDMV〔車両管理局〕が教会の建物の一部を借り上げていて、実技試験は教会の駐車場で始まり、そこで終わった。十六歳の男子を試験するとなると、DMVはメソジスト派の信者よりもなお厳格になることが、ミズーリ州中部一帯ではよく知られていた。見通しの悪いところで注意を怠った、黄信号で止まらなかった、縦列駐車でちょっとミスした――そんなことで不合格にするらしい。見るからに自信ありげな男子は落ちる、という噂もあった。当然受かると思ってるやつは、DMVに鼻っ柱をへし折られるぞ、というわけだ。私は家のダッジ・キャラバンで受験した。最後に試験官から厳しい説教があった。「きみは運がいい。採点は甘かったんだ」に始まり、「では、病院に担ぎ込まれるなんてことがないように」で終わる説教だった。試験官によれば、私は本当にぎりぎりのところで合格したのだった。だが、受かりさえすればよかった。DMVに煉獄は存在しない。合格か不合格のどちらかだ。合格して、その後問題を起こさず、必要な書類さえ整えておけば、もう二度とミズーリ州の運転免許試験を受けることはない。

北京に移り住んでから、ミズーリ州で取った免許証が中国でも通用することがわかって驚いたものだ。当時の中国はモータリゼーションが始まったばかりで、北京市だけでも毎日一〇〇〇人近い人たちが新たに免許登録をしていた。中国人が運転免許を取得するには、身体検査と筆記試験に合格し、一カ月にわたる実技講習を受けたうえ、二回の運転試験に合格しなければならない。だが外国人の場合、自国の免許証を持っていれば手続きは簡単だ。私のときは外国人向け特別実技試験を一回受けるだけでよかった。試験官は四十代半ばの男性で、指にタバコのヤニの染みがついた木綿の白手袋をはめていた。私が車に乗り込むやいなや、試験官は紅塔山《ホンターシャン》タバコに火をつけた。車はワーゲン・サンタナ、当時、中国でもっとも人気のある乗用車だった。

試験場は町の北側の一区画にあり、そこだけ通行が遮断されていた。車もバイクも通行人もいない。北京でこんなに静かな道路に行き当たるのは初めてだ。静寂をもっとゆっくり味わいたかったのに、五〇メートルほど進んだところで早くも試験官がこう言った。「はーい、路肩に寄せて、エンジン切ってください」

車が静かになった。試験官はさらさらとペンを走らせ、書類に書き込んでいる。紅塔山タバコはまだほんの先っぽしか吸っていない。「これで終わりですか」と私は訊いた。

「終わりです」と答えた試験官は、私が中国語をどこで習ったのかと話しかけてきた。私たちはしばらくおしゃべりを続けたが、最後に試験官は「運転が上手ですね」と褒めてくれた。

その夏から私はキャピタル・モーターズというレンタカー会社をよく利用するようになった。レンタカー事業は新しいビジネスだった。車を借りて週末に旅行に出る人など、五年前の北京にはほとんどいなかったろう。今では、わが家に近いこの会社は五〇台もの車を保有している。ほとんどが中国製のジェッタやサンタナだ。私はたいていジェッタを使った。料金は一日二五ドルで、手続きには山ほどの書類が必要だった。いちばん念を入れるのは車の外観チェックだ。点検係が車のへこみや傷をいちいち図に書き入れていく。これにはかなりの時間がかかった。ジェッタは小型車だが、ちっぽけな車体のいたるところに、北京の交通事情を表す傷やへこみができていたからだ。損傷の記録が済むと点検係はエンジンキーを回し、燃料メーターを私と確認する。残量が半分のこともあれば、四分の三のこともある。係が計器をじっと見てから「残量八分の三」などと宣言することもある。残量をきっちり同じ量にして返却するのが私の義務だった。あるとき私は一つの提案をした。生まれたばかりのこのビジネスにちょっとした貢献がしたかったのだ。

「満タン貸し出し、満タン返しにしてはどうですか。アメリカじゃあ、どこでもそうしてますよ」

「中国じゃ無理でしょう」いつも私の手続きを担当してくれる王《ワン》さんは答えた。大柄な王さんの広い額には、薄くなりかかった髪の毛がふわりと垂れている。王さんはいつも愛想がいい。ほかの二人の従業員とキャピタル・モーターズの店内にでんと座り、三人でまるで競い合うようにタバコを吸っていた。店内は煙がもうもうと立ち込め、壁に貼った会社の評価表もよく見えない。

顧客満足度	九〇点
能率	九七点
言葉遣い	九八点
態度	九九点

「アメリカならともかく、ここではうまくいきっこないんです。中国人は空っぽのまま返してきますよ」

「そうしたら、ガソリン代を余分に請求すればいいじゃないですか。満タン返しを規則にして、従わない人には余分に払わせる。これを徹底すればいいでしょ」

「いやいや、中国人には通用しません」

「きっとうまくいきますよ」

「中国人のことをおわかりではないから、そうおっしゃるんです」王さんが笑いながら言うと、ほかの従業員がうなずいた。これは外国人がよく耳にする言葉で、この話はこれでおしまいという意味だった。中国人は羅針盤や絹や紙ばかりか、火薬や地震計まで発明した。十五世紀にはアフリカ大陸へ航海し、万里の長城も造った。この一〇年ほどでは途上国の歴史上、ほかに類を見ないほどの経済成長を遂げた。それに、レンタカーの燃料タンクにきっちり八分の三だけガソリンを入れて返却することもできる。それなのに満タン返しは到底無理だと言うのだ。私はこの提案をその後も何度か持ち出したが、ついにあきらめた。王さんのような穏やかな人と議論を続けるのは不可能だった。

私がバンパーの壊れたジェッタを返しに行ったとき、王さんは特別に愛想がよかった。新しい傷やへこみのついた車を返したことが、それまでにも何回かあった。一二〇〇万台もの（それもたいていは新米ドライバーが運転する）車が走る北京では仕方のないことだった。だが、大きな傷をつけたことは今まで一度もない。バンパーの壊れたジェッタを見た王さんは目を丸くした。「わあ、すごいですね。どうやってこんなふうに?」

「私じゃないんです」と私は言って、ボンネット付きの車に慣れていない魏子淇のことを説明した。王さんは困惑してしまったようだ。説明すればするほど、キツネにつままれたような顔になる。ついに私はボンネットの説明をやめて、弁償すると申し出た。

「心配いりません」と王さんはにっこり笑いながら言う。「いいんですよ、私ども、保険に入っていますから。事故記録を書くだけでいいんです。はんこはお持ちですか」

はんこは家にある、と私は答えた。このはんことは、職場単位で（私の場合は『ニューヨーカー』誌）登録しておく正式な印鑑のことだ。

「いいですよ、次回持ってきてください」と言いながら、王さんは引き出しから用紙の束を取り出した。どの紙も朱色の印鑑が押してあるだけで何も記入されていない。王さんはぱらぱらとめくって一枚取り出し、私に差し出した。「米中トラクター協会」の印が押してある。

「これ、なんですか」

「実はね、この人たちも事故を起こしたんですが、はんこを持ち合わせていなかったもんで、ほかの人ので間に合わせたんです。あとで、自分の印鑑を押したこの用紙を持ってきてくれましたがね。さあ、この用紙に事故の報告を書いてください。今度ご来店のとき、ご自分の印鑑を押した用紙を持ってきてくれれば、次の人が使えますから。おわかりですか」

私はわからなかった――王さんに同じ説明を三度も繰り返してもらって、ようやくのみ込めた。バンパーが壊れたのは私のせいではなかった。ある意味で（ボンネットのことを知らなかったのだから）魏子淇のせいでもなかった。それで結局、破損は「米中トラクター協会」の責任ということになった。「ただし、事故が村で起きたと書いてはだめですよ。事が面倒になりますから。わが社の駐車場で起きたことにしてください」

王さんは書類の見本を記入してくれた。私よりずっと字がうまい妻のレスリーがそれを見ながら報告書を清書し、私は米中トラクター協会の印鑑の横に署名した。次に店に行ったとき、王氏は保険が下りて費用はすべてカバーされたと言っていた。その後、印鑑を押した用紙のことは何も言わないので、私もそのまま触れずにいることにした。なにしろ、王さんは私のことを「お得意さま」と呼んでくれるのだ。

外国人として中国に住んでいると、重大なことに気づく瞬間を二度経験する。最初はこの国に到着し、自分の無知に直面するときだ。言葉、習慣、歴史、すべてを学ばなければならず、自分には到底できないと思う。ところが、少しわかるようになると、ほかのみんなも同じように感じているのだと気づく。変化があまりにも速すぎて、誰も自分の知識に自信を持てないのだ。工場の仕事を見つけるにはどうすればいいかを、誰が村人に教えるのか。かつて毛沢東主義を信じていた人は、起業の仕方を誰から学ぶのか。レンタカー会社の経営について多少なりとも知識のある人はいるのか。すべてが大急ぎで考案されるのだ。人びとは即興の名人だ。これが第二の気づきの瞬間で、最初のときよりもさらに怖い思いをする。自分の無知を自覚すれば心細くなる。だが、そんな気持ちを一三億人と共有しても、なんの気休めにもならない。

道路上ではとくに冷や汗をかくことが多い。中国ではまだ運転者の数は少なかった。私が中国で免許を取ったとき、人口一〇〇〇当たりの車の数は二八台で、これは一九一五年のアメリカとほぼ同じ割合だった。しかし、二〇〇四年の世界保健機関の報告によれば、世界の車両台数のわずか三パーセントしか走っていない中国で、交通事故で命を落とした人は全世界の交通事故死亡者数の二一パーセントに相当するという。中国は新米ドライバーの国だ。変化があまりに激しいこの国では、運転者の行動パターンは歩行者からそのまま受け継がれたものが多い。人びとは歩くときと同じように車を運転する。何台か群れになって前の車にぴたりとつける、方向指示器はなかなか使わない。高速道路で出口を通り過ぎたときは、路肩に寄せてギヤをリバースに入れ、出口までバックする。行列に慣れっこの中国人は、すぐ大胆に割り込もうとする。渋滞では大惨事を招きかねない衝動だ。同じ理由で料金所は危険地帯だ。バックミラーはめったに見ない。徒歩や自転車で移動していた時代にはそんな器具はなかったからだろう。ワイパーもヘッドライトも邪魔なものだと見なされている。

実際、中国要人が次々に海外訪問を始めた一九八〇年代半ばまで、北京ではヘッドライトの使用が禁止されていた。欧米各国はこうした訪問を熱心に奨励した。中国の指導者たちが民主主義の一端を目にすれば、いずれ路線を変えるだろうと期待したのだ。一九八三年、ニューヨークを訪れ、同市のコッチ市長と会談した北京市長の陳希同《チエンシートン》は、ある重大なことに気づいた――マンハッタンのドライバーたちは暗くなるとヘッドライトをつける。帰国した陳は北京のドライバーも同じようにしろと命じた。アメリカの民主主義に出会った陳市長がどんな結論を出したかは定かでない（のちに陳は汚職で刑務所送りとなった）が、交通安全の面では業績を残したのだった。とはいえ、ヘッドライトの使い方についてはいまだにいろいろな考え方があり、そのため免許取得の筆記試験ではこんな三択問題が出る。

問278　夜間、運転者は、
（a）ハイビームで走る。
（b）普通のライトをつける。
（c）ライトを消す。

最近、免許試験の練習問題を手にする機会があった。選択式の四二九題と○×式の二五六題が載っている。どれも本物の試験で出題されそうな問題だ。多くは路上の現実をよく映し出している（たとえば、「タクシー内に少量の爆発物を持ち込んでもいい」かどうかを問う○×式の問題があった）。しかし、ちゃんとした運転技術を教える役には立たないと思う。この問題集は規範的というよりも描写的である。つまり、運転の仕方を教えるのではなく、人びとがどんな運転をしているかを描いているのだ。

問77　ほかの車を追い越すときは、
（a）左側から追い越す。
（b）右側から追い越す。
（c）左右どちらでもよい。状況によって判断する。

問354　大きな水たまりがあり、そばに通行人がいるときは、
（a）アクセルを踏む。
（b）スピードを落とし、水が通行人にかからないようにする。
（c）スピードを変えず、まっすぐ水たまりを突き抜けて進む。

問80　追い越しをかけたいとき、前の車が左折したりUターンしたり、あるいは別の車を追い越そうとしている場合は、
（a）右側から追い越す。
（b）追い越しをしてはいけない。

（c）クラクションを鳴らし、アクセルを踏み、左側から追い越す。

クラクションにまつわる設問は多い。中国の車社会でクラクションは基本的には神経系のようなもので、ドライバーの反応を伝える。みんなよくクラクションを鳴らす。初めのうち、私にはどんなクラクションも同じように聞こえた。やがて違いを聞き分けられるようになり、意味がわかってくる。クラクションは中国語と同じくらい難しいともいえる。中国語を話すときは声調が重要だ。一つの音節でも、声調（平らに伸ばす、上げる、下げてから上げる、一気に下げるといった抑揚）によって意味が違うのだ。同様に、中国のクラクションは少なくとも一〇通りの意味を表すことができる。一本調子にブーと鳴らせば気をつけろということ、ブーブーと二回鳴らせばいら立ちを表す。特別の長いブーーーもある。これは渋滞にはまり、割り込む手立てもないドライバーが、おまえらみんな消えてしまえと言っているのだ。ほかの車がブーーーと返せば、消えてやるもんかという意味だ。ブッ、ブッ、ブブブと震えるようなクラクションもあるが、これは正真正銘のパニックを表す。あわや事故を免れた新米ドライバーが反省して鳴らすブーーもある。基本的な短いブーを鳴らすドライバーは、おれはまだ運転席にいるし、このクラクションはおれの神経系統の延長だと主張しているのだ。免許試験の問題にはほかの種類のクラクションも登場する。

問353　高齢者や子どものそばを通り抜けるときは、
（a）スピードを落とし、安全を確認しながら通る。
（b）同じ速度を保つ。

（c）クラクションを鳴らして高齢者や子どもの注意を促す。

問269 トンネルに入るときは、
（a）クラクションを鳴らして加速する。
（b）速度を落とし、ライトをつける。
（c）クラクションを鳴らし、同じ速度を保つ。

問355 住宅街を通るときは、
（a）普段どおりにクラクションを鳴らす。
（b）クラクションを頻繁に鳴らし、住人の注意を促す。
（c）住人に迷惑をかけないようにクラクションを控える。

二回目の事故も、私のせいで起きたのではない。田舎道を走っていたときだ。犬が家の裏から飛び出して、ジェッタにぶつかってきた。よくあることだ。人もそうだが、中国では犬も車に慣れていない。急ハンドルを切ったが間に合わなかった。犬はフロントにドスンと当たった。レスリーと車を返しに行くと、キャピタル・モーターズの店員三人は評価表の下でタバコを吸っていた。相変わらずすばらしい仕事ぶりだ。

顧客満足度　九〇点

能率　　　九七点
言葉遣い　九八点
態度　　　九九点

車を点検した王さんは、右の方向指示灯のプラスチックカバーが潰れていますね、と明るい声で指摘した――何にぶつかったんですか。

「犬がね……」

「犬がトラブルを？」

「いや、トラブルを被ったのは犬のほうだよ。死んじゃったんだ」

王さんはにっこり笑って訊いた。「その犬、食べました？」

冗談なのかどうか、よくわからない。王さんは犬を飼っている。事務所に連れてきて遊んでいるのを見たことがある。「いや、そんな種類の犬じゃなかった。ちっぽけな子犬でね」

「いやね、轢《ひ》いた犬をトランクに放り込んで家に持ち帰り、食ってしまう人もいるんですよ」王さんはそう言って、方向指示灯のカバーの交換費として一二ドル請求した。保険請求するほどの金額ではなかったから、今回は米中トラック協会の印鑑の出番はなかった。


中国で運転免許を取ろうと思えば、公認された講習を受け、受講料を負担し、少なくとも五八時間は練習しなければならない。このシステムからは高度の標準化が期待できるのだが、実態は多くが自動車教習所の指導員任せであった。「教練《チアオリエン》（コーチ）」と呼ばれる指導員の多くは、武道の師範さながら、独自の理論や指導方法を開発している。魏子淇の教官はボンネットのある車が嫌いで、そのうえ、どんな操作もまずギヤをセカンドに入れてから始めろと指導していた。そのほうが難しいから、ローギアでは教習生に怠け癖がつくというのだ。ウィンカーを使うなと指導員から教わった人もいた。ほかのドライバーの邪魔になるからだそうだ。妻のレスリーは、北京でマニュアル車を運転しようとして個人指導を頼んだ。どんな指導が受けられるか怪しいものだと私は思ったが、口を挟まないことにした——だめなら、ちゃんと教えられる人がここにいるじゃないか。初回の講習日、挨拶をして助手席に乗り込んだ指導員は、すぐにバックミラーを自分の方に向けた。

「それじゃ私、後ろが見えないんですけど」とレスリー。

「私が教えてあげますからね、心配しなくてもよろしい」と指導員。これではまるで、武道の目隠し稽古だ。大師匠への信頼こそ熟達の第一歩というわけか。

あるとき私は南東部の小都市、麗水《リーシュイ》市の公安運転教習所を訪れ、教習の様子を見学した。当時はまだ自家用車のある家は少なかった。過去六カ月間に車を購入した世帯の割合は一〇〇〇世帯につき二〇世帯だが、この割合は前年の二倍で、麗水市は工場町として急成長の途上にあった。教習所は混んでいた。授業は駐車、運転、路上の三段階を踏んで進められた。

ある日の午後、私は六人の教習生が初回レッスンを受けるところを見学させてもらった。湯《タン》教官と呼ばれる指導員が、まず赤いサンタナのボンネットを開く。はい、これがエンジンでこっちがラジエーター、バッテリーはこれと説明してから、湯教官は燃料タンクのキャップを外して見せた。次はドアだ。教習生たちはドアの開け閉めを練習した。それから湯教官はインストゥルメント・パネルの計器やペダル類を示す。教習生たちはサンタナを取り囲み、あちこちそっと手で触っている。群盲象を評すとはこのことか。一時間後、ようやく車内に入るお許しが出た。教習生は交代で運転席に座り、エンジンを切ったまま、ローから五段までギヤチェンジを次々に練習する。私は思わず顔をしかめてしまった。しばらく見ていたが、ついに口を挟む。「それって、車に悪くないですか」

「いや、そんなことはありませんよ」

「エンジンを切っているときはやらないほうが……」

「いや、大丈夫ですよ。いつもやってます」。昔から中国では、どんなタイプであれ教師とは一も二もなく尊敬される存在であった。私は口をつぐんでいることにしたが、黙っているのは並大抵の我慢ではなかった。次はクラッチ操作だ。パーキングブレーキをかけ、エンジンをスタートさせ、ギヤをローに入れ、アクセルを目いっぱい踏みながらクラッチを離す。エンジンはブレーキの力を受けてうめき声を上げ、ボンネットが激しく揺れる。講習の一日目が終わるころには、ボンネットは目玉焼きができるくらい熱くなっていた。教習生が一人ずつアクセルを踏むたびに、私は両手にびっしょり汗をかいた。父の声が聞こえたくらいだ。父は車の修理が好きで得意だ。めったに腹を立てない人だが、むやみに車を傷めるやつだけは我慢がならんといつも言っている。

講習二日目になるまで、誰も運転させてもらえなかった。教習生は男性四人、女性二人で、四十歳以上の人はいない。それぞれ三〇〇ドルの受講料を払っていた。一カ月の最低賃金が約七五ドルというこの町では、かなりの金額である。家に車のある人は一人だけだ。ほかはみな、いつかは車を買うつもりだと言い、四人の大学生は運転免許を持っていれば就職に有利だと考えていた。「運転は水泳と同じで、誰でもできるようにならなくちゃね。将来、中国ではみんなマイカーを持つようになるんだ」と王儼珩《ワンイエンホン》という学生は語る。情報技術専攻の大学四年生だ。家に（三台も）車があるのは、社会学専攻の十九歳の女子学生だ。父親がプラスチック製品の工場を持っていた。何を作る工場かと私が訊くと、女子学生はサンタナの窓のゴム製ライニングを手で触れて、「これもうちの製品なんです」と言った。

教習生たちは最初の一〇日間を駐車の練習に費やした。その間、三種類の操作を繰り返し練習する。まず九〇度のカーブを曲がり、駐車スポットに入れる。同じことをバックで行なう。それから縦列駐車だ。毎日ほぼ六時間というもの、教習生たちはこの三つの技術を繰り返し練習した。優れた武道師範と同様、湯教官は厳しかった。柱をかすった教習生には「何やっとるか！　おまえの頭、どこについとるか」と怒鳴る。「シフトレバーの持ち方が悪い。しっかり持て！」と、教習生の手を叩くこともある。振り向くなという厳しい規則もあった。バックするときに頼るべきはサイドミラーのみだ。

講習の次の段階は運転だ。ここではかなり難しい技術を習得しなければならない。黄色く塗られた停車ラインの二五センチ手前で停車する、あるいは急なジグザグの障害物コースを走るなどの技術が求められる。きわめつきは「一枚板ブリッジ」だ。タイヤよりやや幅広で、高さが三〇センチほどもあるコンクリート製の台の上に前後の二輪をきちんと乗せる練習だ。まず左側の二輪を、次に右側の二輪を台に乗せるには、完璧なハンドルさばきが求められる。タイヤが一本でも外れれば落第だ。教習生たちは一〇日間の講習の大半を、この「一枚板ブリッジ」の練習にあてていた。この技術がなぜそれほど大切なのか、指導員に訊いてみた。「難しいからですよ！」

「そう、難しいことはわかります。でも路上で役に立つ技術でしょうか」

「そうですね、穴の開いた橋を通るときとかね。ごく狭いところにタイヤを乗せるときは、この技術が必要になります」

こと運転に関しては、中国人は驚くべき想像力を発揮する。筆記試験には奇妙な状況を設定した問題が山ほどある。ばかばかしいほど可能性の低い状況ばかりだが、その詳細度から判断すると、問題文はいつか、どこかで実際に起きたことを参考にしたに違いない。

問279　踏切の線路上で車が故障したら、
（a）車を放置する。
（b）なんとか工夫して、すぐにその場から車を動かす。
（c）誰かに修理してもらうまで、車を当面はそのままにしておく。

講習は一週間半の路上教習で完結した。講習の最終日を迎えたあるグループを取材したときのことだ。指導員を助手席に乗せ、教習生たちは代わる代わるハンドルを握り二車線の田舎道を走る。そのとき、しなければならないことがいくつかある――ギヤを五速に入れ、次にローに入れ、Uターンし、模擬信号で止まる。教習生は、車線から出るとき、曲がるとき、路上で何かとすれ違うときは必ずクラクションを鳴らせと教えられた。車やトラクターやロバが引く荷馬車が通るたびに、また通行人が一人でもいればクラクションが鳴った。教習所の別の車と出会うこともあり、そんなときは二台が互いに懐かしそうにクラクションで挨拶する。昼食はみんなで近くの食堂に行った。指導員も含め、全員がビールを飲み、それからまた運転だ。教習生の話によると、その前の日はみんな酔ってしまい、午後の練習はキャンセルになったそうだ。

講習が全体として教えたのは決まりきった技術だけ。状況に応じた判断の重要性には触れなかった。教習生たちは一連の手順を学び、繰り返し練習して、のちに実際の運転に活用するのだ。これは中国の子どもたちが習う書き方と同じ学習方法だった。一画一画を何回も書写して覚え、それらを組み合わせた文字を、さらにまた何回も練習するのだ。中国では反復練習が教育の中心だ。中国人が技術革新よりも組み立て工場で大きな成功を収めてきた理由がここにある。

自動車運転をめぐって中国が抱える問題についても、同じ理由が考えられる。講習最終日の帰り道、教習生の一人に私のレンタカーをちょっと運転させてくれと頼まれた。練習のためと言われて、いいよと言ったのが大間違いだった。中国であのときの一〇キロほど怖い経験はしたことがない。ここで曲がっちゃだめだと怒鳴ったのが二回、ハンドルをもぎ取って衝突を避けたのが一回。この教習生はバックミラーをいっさい見ず、動くものが目に入ればまずクラクションを鳴らす。ウィンカーを出さないなんてことはたいした問題ではなかった。停車中のトラックとコンクリートの壁にあわやぶつかりそうになった。帰り着いたときは、あの一枚板ブリッジにキスしたいと思ったくらいだ。

私はよく、北京在住の外国人から「この国で運転しているなんて、すごいですね」と言われる。それで私は「いやあ、バスやタクシーに乗るのだってすごいことですよ。なにしろドライバーはみな、あの教習所の卒業生たちなんですから」と答える。路上では誰もが途方に暮れている。「迷える世代」とはまさにこの人たちのことだろう。自分でハンドルを握るほうが、まだしも安心できるというものだ。

第三の事故も、私のせいではまったくない。あのとき私は運転席に座ることさえできなかった。長城ハイキングの途中で左の膝蓋骨を傷めていたからだ。あのときのレンタカーはマニュアル車で、レスリーは中国人の指導員から目隠し稽古のような特訓をみっちり受けたというのに、まだ運転に自信がなかった。ある日、車で用足しに出かけるので一緒に来てと言う。私は痛めた脚を投げ出して後部座席に座り、レスリーがまごまごするたびにアドバイスしていた（「ほら、さっさと行って」）。雪が降る中の、ひどいドライブだった。二時間もあちこちの店を回った末、最後の用事を済ませたレスリーがキーを回した途端、車は突然動き出してまっすぐれんがの壁に向かった。

「クラッチ踏んで！」と私。

ギシギシッという音がはっきり聞こえたが、私たちはろくに点検もしなかった。とにかく早く家にたどり着きたかった。チベット仏教寺院の近くの交差点に差しかかる。ここで最後の左折をすれば、もう家だ。と、そのとき、車がバックでぶつかってきた――私たちのサイドに当て、そのまま離れていく。今度はクラッチをどうのと言っている暇はない。慌てて、動く片足で車外に出る。運よく渋滞していた。ぴょんぴょんと七回ほどホップしてその車まで行き、窓ガラスを叩いて叫んだ。「ぶつけましたね」

見上げたドライバーはびっくりしたに違いない。一本足の外国人が跳ねてきて、窓ガラスを叩いている。男は外に出てきて、気がつかなかったもんで、と謝った。二人で車を調べた。左後輪の上に新しいへこみがある。男は「一〇〇払いますよ」と言った。およそ一三ドルだ。

中国では小さな交通事故の場合、たいていは双方がその場で話し合い、現金を支払って解決する。このやり方は今や生活の一部となっていて、自転車をぶつけ合い、「弁償しろ、弁償しろ」と叫ぶ子どものゲームまであるのだ。

レスリーが携帯でキャピタル・モーターズと連絡をとった。私たちがまた事故を起こしたと聞いても、王さんはまったく動じず、「二〇〇と言ってください」と指示しただけだ。

「そんな、高すぎますよ。ちょっとした事故なんだから」と相手のドライバー。

「でも、私たちの車じゃないんでね」

「それじゃあ、警察に連絡することになりますよ」男は言うが、それはごめんだと思っているのは明らかだ。雪の中、道路の真ん中に立ち往生した二台の車の周りに、見物人が十数人集まってきた。中国では事故現場の群衆は見物人というよりも陪審員の役目をする。中年の女性が屈み込んで車を点検し、「一〇〇でいいよ」と宣言した。

「関係ないでしょ、運転さえできないくせに」とレスリーがぴしゃりと返す。

自分のことは棚に上げてと、実は内心思わないでもなかったが、私は黙っていた。でも、結局その女は口をつぐんだのだから、レスリーは正しかったのだろう。だが、ぶつけてきた相手はどうしても二〇〇は払わないと言う。「一五〇でもいいかしら」とレスリーが英語で私にささやいた。雪の中、松葉杖にすがって立つ男は、お粗末なレンタカーのへこみをめぐって長時間言い争うべからずと、老子の教えにありそうだ。その日のうちにレスリーは車を返しに行き、弁償金を渡した。王さんは、方向指示灯のカバーがまた壊れているのを見つけた。あのれんが壁にぶつかって壊れたのだった。王さんは「今度は何を殺したんですか」と楽しそうに訊く。以前、犬をはねて同じカバーを壊したときは一二ドル払ったのだが、今度の王さんの請求はたった三ドルだ。チベット仏教寺院前の事故後の交渉でよく頑張った私たちへの褒美だったのだろうか。

四つ目の事故は、完全に私に責任がある。あれは中国滞在最終日にレンタルしたジェッタだった。次の朝にはホノルルへ片道切符で発つことになっていたのだ。ジェッタを返しに行く途中、ひどい渋滞に巻き込まれた。クラクションが鳴り響いていた。「早く抜け出したい」を意味するクラクションだ。前方のタクシーが隙間を見つけて突き進んだのであとについていった。タクシーが止まった。私は止まれなかった。

双方とも車外に出た。見ると二台ともへこみができている。思わず顔をしかめた。「一〇〇だ」

「とんでもない！　最低でも二〇〇だ」男が怒鳴る。

突然、私はひどい疲労感に襲われた。中国に一〇年もいて、六年間も運転した。クラクションも嫌というほど聞いた。早く抜け出したかった。バンパーのへこみの修理は時間がかかるんだと、男は怒ってまくし立てていたが、もう私はどう答えたらいいかも思いつかず「一〇〇」と繰り返した。

人が集まってきた。タクシー運転手は見物人に訴え始めた――ひどいへこみだ。おれはこれで稼いでるんだ。修理には時間がかかる。見物人のなかから小柄な年配の女性が歩み出て、運転手の腕にそっと手を置いた。「お金、受け取りなさいよ」と静かに言う。運転手は女性を見下ろして（女性の身長は一五〇センチもなかったはずだ）黙ってしまった。私から金を受け取るときも、一言も口を利かなかった。

キャピタル・モーターズの王さんは、へこみを指で触りながら言った。「問題ありませんよ」

「でも、弁償させてくださいよ」

「お得意さまですからね。なかったことにしましょう」。私は王さんと握手をして、店を出た。王さんは受付デスクの向こうでタバコを吸っている。壁にはあの永遠の評価表が貼ってあった。

顧客満足度　九〇点
能率　九七点
言葉遣い　九八点
態度　九九点

ホーム&アウェイ

丸々としたその子は何度もやり損なった。持ち上げたボールを落としてしまうこと二回。三度目のテイクで、姚明《ヤオミン》にリングの上まで高々と抱き上げてもらうが、今度はボールの位置が低すぎた。子どもの名前は孫浩軒《スンハオシュアン》。体重二六キロの四歳児だ。丸い頬、黒い瞳をしたぽっちゃり型の幼稚園児を北京界隈でスカウトしていた広告会社に選ばれた子どもだった。そんな子はたくさんいた。中国の都市では、生活水準の向上と一人っ子政策が相まって、いわば質量保存の法則に則った現象が起きている。子どもの数は減ったが、一人ひとりの身体は大きくなったのだ。大柄な子どもは大人からよく「小胖子《シアオパンズ》(デブちゃん)」と呼ばれた。「デブちゃん、支度して」「デブちゃんを二歩下がらせろ!」孫浩軒の出番になるたびに、監督は大声で叫ぶ。

ここは北京の映画スタジオだ。中国の通信大手チャイナユニコムのテレビCMを撮影中で、姚明が出演している。CMの筋立てはいたって簡単だ。太った子どもが身長二二九センチのバスケットボール選手に出会う。選手は子どもを抱き上げ、子どもはダンクシュートする。それだけなのだが、予想外だったのはデブちゃんの行動だ。孫浩軒はずっと逃げ回っていた。ときどき姚明を指さしては、突然気づいたように「姚明だ！」と叫ぶ。三〇分もそんなことが続くと、カメラマンもＡＤも技術スタッフも、大人たちはみんなうんざりしてしまう。それだからだろう、四回目のテイクで姚明は子どもを抱いたままよろけ、デブちゃんは鼻をリングにぶつけてしまった。

立て続けに物音が聞こえた。まずゴツンと何かがぶつかる音、次にボールが床に落ちてポンポンと跳ねる音、最後は「うぁーっ」という子どもの泣き声だ。

デブちゃんの母親が走り寄る。姚明はしょんぼり肩を落として立ちすくみ、肩で息をしている。誰かが子どもの顔をぬぐった。血は出ていないし、傷もない。次のテイクで、デブちゃんはついにダンクに成功した。まばらな拍手が聞こえる。姚明はコートの隅の私のそばに来て英語でつぶやいた。

「ウェイト・トレーニングみたいだった」

姚明はＮＢＡヒューストン・ロケッツですばらしいルーキーシーズンを終えたばかり、二十二歳のセンター・プレーヤーだ。この夏帰国したのには、一つの明確な目的がある。オリンピックの事実上の地域予選となるアジア選手権の勝利に向けてナショナルチームを率いることだ。例年なら、アジアの覇者として揺るぎない地位を保てるはずの中国だが、今年は難しい事態に直面していた。姚明に次ぐ優れた選手の王治郅《ワンチーチー》が政治的な理由でアメリカから帰ってこないからだ。一方、姚明はといえば、世間の耳目が集まる訴訟に巻き込まれていた。「個人の権利対国家」の衝突を象徴する訴訟だと、中国のマスコミが大々的に報じた訴訟である。姚明の世界は分裂の度を増しているようだ。一方に神聖なスポーツの世界があり、もう一方のコートの外では厄介で奇妙な問題が渦巻いていた。七月に私が取材したとき、姚明は秦皇島《チンホアンタオ》市内のホテルに中国チームのメンバーとともに滞在していた。この海辺の町で、米国バスケットボール・アカデミーのチームとの公開試合が開催されていたのだ。ところが、姚明は出場していない。練習中にチームメイトの肘が当たり、目の上を八針も縫うけがをしたからだった。試合開始までには間があり、姚明はチャイナユニコムの担当者から特訓を受けていた。携帯電話の契約者向けに売り出す目覚ましメッセージの吹き込みだ。「早く起きろよ、この怠け虫!」などという台詞をおとなしく繰り返していたが、デジタルレコーダーを手にした女性担当者にやり直し(もっと力強く!)を命じられると、頭に包帯を巻いた姚明は一瞬顔を曇らせた。

その夜、中国チームは試合を投げ出したも同然だった。寄り合い所帯のアメリカンチームに最終クオーターでフルコートプレスをかけられ、手も足も出なかったのだ。「センターがもっと前に出なくちゃ」と、試合後ホテルの部屋に戻ってから、姚明は残念がっていた。ベッドの上では、姚明の親友のポイントガード、劉煒《リユウウエイ》が大の字になっている。姚明が座っているベッドは、毛布をかけた木製の戸棚をヘッド部分に置いて長さを継ぎ足してあった。姚明と私は英語で話をした。姚明はオフシーズンのNBAの情報をインターネットで集めていたが、中国に帰って以来、ヒューストン・ロケッツのチームメイトとは誰とも話していないという。「ロッドマンのこと何か聞いてます?」姚明は熱心に訊く。「またプレーするんでしょうか。それから、ペイトンとマローンがレイカーズに行くって本当かな。それもたった四〇〇万で。コービーもOKを出せば、まさにドリーム・チームになる」。マーク・キューバンやシャック(シャキール・オニール)ら、姚明の口から出る選手たちの名前はどれも、どこか遠い国の聞き慣れぬ響きがした。「AK-47」の名も出た。これはユタ・ジャズのロシア人フォワード、アンドレイ・キリエンコのニックネームだ。「AK-47」と、姚明は子どものような笑みを浮かべながら繰り返していた。

姚明は出生時の体重が四五〇〇グラムもあった。母親の方鳳娣《ファンフォンティー》は一八七センチ、父親の姚志遠《ヤオチーユアン》は二〇八センチだ。二人ともセンターで、父は上海市チーム、母はナショナルチームのメンバーだった。中国ではスポーツ選手同士の結婚は珍しくない。姚明自身がいま交際中の葉莉《イエリー》も女子ナショナルチームの選手だ。姚明が育ったマンションの真上の階には、両親とも上海チームのポイントガードだったというスポーツ一家が住んでいた。「私の父と母を引き合わせたのもバスケットボールの団体でしたよ」姚明の幼なじみの沙一峰《シャイーフォン》はこう語る。「以前は、そんなふうに何から何までお膳立てされてたんです」

姚明の両親は五十代前半、髪は黒く、すらりとした体型で、身のこなしはいかにも元スポーツ選手らしく堂々としている。バスケットボールについては一種独特の淡々とした口調で語った。二人とも子どものころはバスケットボールとは無縁だったという。一九六〇年代、とくに文革初期の中国ではスポーツは優先度の低い分野だったのだ。のちに、国はスポーツの再興に力を入れ始め、バスケットボール選手を増やそうと、背の高い人たちをスカウトした。姚志遠がバスケットを始めたのは十九歳のときだ。方鳳娣は十六歳で発掘された。上海で二人にインタビューしたとき、「実は、バスケはあまり好きではなかったんです。ダンサーか女優になりたかったから」と、方鳳娣は打ち明けている。だが七〇年代には、ナショナルチームの一員として世界中を飛び回るようになっていた。「やりたいとか、やりたくないとか、そういう問題ではありませんでした。私にとってバスケットボールは自分の義務、やらなければならない仕事でした」

中国では競技スポーツは外国からの輸入品だ。伝統的な武術や気功は身体運動ではあっても、同時に審美的、精神的な面が強い。中国の歴史家によると「現代スポーツ」は一八三九年から四二年のアヘン戦争とともに始まった。戦後の数十年間に外国の商人や宣教師が条約港に次々と移り住み、学校や慈善団体を設立して西洋の競技スポーツを伝えたのだ。バスケットボールを紹介したのはアメリカ人宣教師たちだ。十九世紀末のことである。当時、外国の侵略に打ち勝とうと必死だった中国にとって、スポーツは過去一世紀にわたって被った不正の恨みを晴らす一つの象徴的な方法となった。あいつらの得意な分野でやっつけてやろうというわけだ。一九四九年に政権を握った共産党は、ソ連にならって国費によるスポーツ選手育成システムを築き上げた。若く有望なアスリートを募り、特別な「スポーツ学校」に入れたのである。

小学一年生の姚明は、担任教師よりも背が高かった。三年生のとき身長が一七〇センチを超えた姚明は、上海市徐匯区《シュイホイ》スポーツ学校に選抜されて放課後のバスケットボール育成プログラムに参加することになった。姚明の最初のコーチであった李章明《リーチャンシン》が、私とのインタビューに応じてくれた。いかにも中国の昔ながらの教育者らしく、教え子を語るその口調は実に淡々としたものだ（「あの子はバスケットボールがあまり好きではなかった。背は高いが、のろのろして、ぎこちない子でしたよ」）。インタビューのあと、私は徐匯区スポーツ学校が練習に使う上海市第五四中学のコートを見て回った。女子の一団の練習をしばらく見学してから、背の高いコーチに挨拶する。コーチの名は陶艶萍《タオイエンピン》という。

「姚明のお母さんは私のチームメイトでした。結婚式にも招待されて、タオルや魔法瓶をお祝いに贈ったことを覚えています。当時はそんなものが結婚祝いでしたね。あそこにいるあの子……」と言って陶艶萍は赤い頬をした女の子を指さした。背がいちばん高い子だ。「あの子は三年生ですけどね、お母さんがやはり私のチームメイトでした。身長一八三センチで、ナショナルチームのメンバーだった人です」

私は、選手の発掘方法を訊いてみた。「あちこち学校を回りましてね、背の高い子を見つけては両親の身長を調べるんです」

二時間続いた練習の最後のメニューはボールさばきの特訓だ。陶艶萍は選手たちによく気を配り、大声で指図を出すコーチだ（「小燕《シアオイエン》、トラベリングだよ！　そんなこと教えてないだろ！」）。練習が終わるとコートサイドに親たちが現れた。「身体にいいと思って娘にバスケットをさせているんですよ」と、母親の一人で、身長が一八〇センチはあろうかと思われる張建栄《チャンチエンロン》から話を聞いた。バスケットボールは放課後のいい運動になるが、宿題のほうがずっと大事だと言う。彼女を含め、私が会った親たちはたいてい中流階級の人で、子どもたちがスポーツで身を立てればいいとは誰も思っていなかった。つまり、教育熱心なバスケママというわけだ。だが、このママたちは背の高さで選抜されたのだった。中国はそういう国だった。すべての公立学校にコーチを配し、施設を整えるだけの余裕はなかったのだ。

中国のスポーツ戦略のカギは、早い段階での引き抜きによって、将来有望と目される比較的小さな集団を集中的に訓練することだ。このやり方は、体操や飛び込みなど、型を基本とした個人競技の分野ではきわめて有効だったが、ことバスケットボールに関しては最大の短所となった。地域リーグがいたるところにあり、学校にもコーチがたくさんいるアメリカでは、競技人口の巨大なピラミッドがあり、そこから選手が生まれる。たとえば、並外れた情熱と独創性を発揮してトップに上り詰めたアレン・アイヴァーソンだ。アイヴァーソンが小学三年生のとき、もしスカウトがその実家を訪れていたとしたら、そこで出会ったのは十五歳でアレンを産んだ小柄なシングルマザーだったろう。注目すべきは、中国の男子チームにはまだ卓越したガードが出現していないことだ。ガードのポジションを務めるには背の高さよりも、技術と集中力が必要だからだ。中国人のNBA選手は三人ともセンターで、そのうち二人は親子二代にわたってセンターを務めている。中国のナショナルチームは、重要な試合となると緊張して実力を発揮できないことがよくあった。一つにはボールさばきが問題だった。選手たちがゲームを楽しんでいる様子はめったに見られない。彼らは本物の競争を経て育成されたわけでなかった。中国のほかの分野で自由市場改革が進んでも、スポーツ界は慎重な計画と職業の安定を特徴とする社会主義へと逆戻りしていた。一〇年後のNBAに中国人選手が何人くらいいると思う？ と私が訊くと、姚明はわずか三、四人だろうと答えた。

姚明は幼いころ、バスケットボールは趣味で職業ではないと両親から聞かされていた。少年時代の姚明は歴史や地理や考古学が好きで、「科学者か政治家になって、有名になりたかった」そうだ。姚明は、六年生のとき身長で母親を抜いた。中学三年で父親を抜いたが、そのときすでに上海シャークスのユースチームと契約していた。十七歳でナショナルチームのメンバーとなる。身長はすでに二一八センチを超えていた。親戚の話によれば、両親はそのとき初めて妥協し、息子がプロのアスリートになることを認めたという。

息子さんが本気でバスケットボールをする気だと初めて気づいたのはいつですかと、姚明の母親に訊いたことがある。方鳳娣は笑顔を浮かべて答えた。笑顔でバスケットボールのことを話すのは、これが初めてだ。ダンサーか女優志望だったこの女性は、自分自身を重ねながら息子の話をしているのが私にはわかった。「息子が小学生のころ、ハーレム・グローブトロッターズ〔バスケットボールのエキシビションチーム〕が上海に来たんですよ。チケットがなかなか取れなくて……ようやく二枚だけ手に入れました。あのとき初めて、競技でも仕事でもないバスケットボールと出会ったんです。アメリカ人って楽しむのが上手だなって、そのとき感心したのを覚えています。普通のスポーツを誰でも楽しめるパフォーマンスにしてしまう。姚明が刺激を受けたのがわかりました。あの子は深く感動していました」

中華人民共和国からアメリカのトップレベルのバスケットボール界へ飛び込んだ最初の男子選手は、一九九〇年代に二年間、ユタ州立大学のチームでフォワードとして活躍した馬健《マーチエン》である。馬健はプレシーズンの試合中に、あることに気づいた。アシスタントコーチが、黒板に記された相手チームの選手名の横にときどきW（白人）とかB（黒人）などと書き込むのだ。「白人選手はシュートがうまかった」と、馬健は北京で私に語っている。「Bと書いてあれば、その人は本物のアスリートでした」。馬健は黒板にC（有色人種）と書かれたのを見たことがない。一九九五年、馬健はロサンゼルス・クリッパーズのテストを受けた。「プレシーズンのチーム専用機に乗ったら、黒人選手はこちら側、白人選手はあちら側と座席が分かれていましたよ。自分はどっちに座ればいいんだろう、こっちの兄弟分の側か、あっちの白人の側かと迷ってしまいました。でも結局、あれこれ考えずにとにかくプレーに集中することにしたんです」

二〇〇二年、姚明がドラフト一位でロケッツに指名されて一週間もたたないうちに、人種差別ともとれる言葉がNBA選手の口から飛び出した。大物センター、シャキール・オニールがテレビのインタビューで「チン、チョン、ヤン、ワー、アー、ソー」などとからかいの言葉を口にし、「姚明にそう伝えておいてくれよな」と言ったのだ。当時は誰も注目しなかったこのジョークを『エイジアン・ウィーク』誌が論評記事で取り上げてオニールを批判したのは翌年の一月になってからである。

折しも、姚明とオニールの初顔合わせが目前に迫っていた。記事をめぐってメディアは大騒ぎになった。火消し役に回ったのは姚明だった。「二つの文化が理解し合うって本当に大変なことですよ。それに、中国語は難しい。子どものころ、私も苦労しました」。NBAは、リーグ所属の選手たちの出身国が三四カ国にものぼると強調する声明を発表した。シーズンが始まるころには問題はほぼ鎮静化し、試合は延長戦の末、ロケッツが四点差で勝った。姚明はプレーではオニールに圧倒されたが、好調なスタートを切り、流れに乗っていた。「姚明はおれの兄弟。アジアの人たちはおれの兄弟だ」と試合のあと、オニールは記者団に語っている。

あのシーズン中、私はほぼ一カ月をかけて姚明の試合を取材した。その間、オニールのあの事件は何回も蒸し返された。私が取材した黒人選手は、誰一人姚明のことを悪く言わなかった。それどころか、アメリカのスポーツ界に新風を吹き込んだと評価する人が多かった。アトランタでオールスター戦を観戦していた理学療法士ダリス・フーパーはこう述べている。「黒人だからとか白人だからとか、姚明の出現でそんなことにかまけてはいられなくなりましたね。選択肢がもう一つ増えたってことですよ」

ロケッツで姚明のチームメイトだったワーキン・ホーキンスはこうも語っている。「選手がアフリカ系だからとか、白人だからといって応援するのとはちょっと違う。みんな、一人の選手として姚明を応援してるんだ」

よそ者の役割について、ホーキンスはよく知っている。カリフォルニア州リンウッド出身のホーキンスは一九九七年にNBA入りに失敗、翌年はプロとして中国内陸部の重慶市でプレーすることになった。重慶は以前に私が住んでいた地方だ。インタビューのとき、そこで覚えた中国語のスラングをいくつか口にしてみると、ホーキンスは大笑いしていた――「陽痿《ヤンウェイ》」はシュートを外した選手を揶揄《やゆ》する言葉、インポテンツの意味だ。「雄起《シオンチー》」はホームチームへ送る声援で、四川方言で勃起を意味する。

重慶に外国人は数えるほどしかいない。黒人となれば、なお珍しい。周りの人とまったく違っているという事実とどう向き合っていったのかと、ホーキンスに訊いてみた。「いつも私は、受け継いだ自分の伝統を代表しているんだという気持ちでいました。育ったのはコンプトン〔ロサンゼルス南部に隣接する町。人口の大半がアフリカ系とヒスパニック系〕に隣接するリンウッドですから、私はコンプトン出身のようなもんです。あの地域はいろいろ悪く言われていて、どこに行っても私はそれを背負っています。私自身は幸せな子ども時代を過ごしましたけど。母親に育てられましたしね。自分はそのことを表現したいと思っています」

ホーキンス少年がバスケットボールと出会ったのはおじのおかげだ。ホーキンスは父親とは会ったことがない。「父についてはファーストネームと、家庭を持とうとしなかったことしか知りません。悲しいことですけどね、私にとっては動機づけにもなりました」。妻との出会いもバスケットボールを通してであった。二人ともリンウッド高校の、のちにはカリフォルニア州立大学ロングビーチ校の選手だった。

重慶はいちばん住みにくいところだったとホーキンスは言う。台湾や日本やフィリピンでもプロ生活を送ったし、ハーレム・グローブトロッターズの一員としてツアーに出たこともある（「実に貴重な経験でした」）。NBAのプレシーズン・キャンプに参加したものの、採用を断られたこと二回。二〇〇二年夏、なんとかNBAに注目してもらおうと、2ヘッド式のビデオデッキを買い、それまで出場した試合のハイライトを一本のビデオにまとめて提出した。するとロケッツがキャンプに呼んでくれた。キャンプでホーキンスはディフェンスの名手としての地位を確立、未契約のほかの二人を抑えて登録選手になった。二十九歳のホーキンスは初日のスタメンに選ばれた最年長のルーキーであった。チーム入りがかなったとき、ホーキンスは母親に電話で知らせた。泣きながらの電話だった。

スポーツ選手として成功すると、どうしても故郷を離れることになる。そして、その途中で常に何かが失われる。ホーキンスが重慶のコートに持ち込んだ多くのものは、地元のファンには見えなかっただろう。なにしろ、この人たちはコンプトンの町やアフリカ系アメリカ人や一人親家庭について何も知らないのだから。重慶でホーキンスは、外見がほかの誰ともまったく違う優秀な一スポーツ選手にすぎなかった。私が重慶に近い町に住んでいたころ、町に出るとよく二〇人ほどが集まってきてぽかんと私を見つめたものだ。奇異な容姿が客を呼ぶだろうと、アフリカ人ダンサーを雇ったナイトクラブもあった。

姚明のルーキーシーズンでの活躍はすばらしく、やがて強力なセンターに成長する兆しを見せ始めていたが、試合ごとの出番は多くはなかった。当初、姚明がアメリカで有名になったのは、身長の高さとコートの外で垣間見せる人柄が多くのファンを惹きつけたからだ。姚明の見事なユーモア感覚と気品ある態度は、人種間の緊張という底流が漂うアメリカのスポーツ界で一服の清涼剤となった。それに、姚明はアメリカ人の宣教師魂もくすぐった——アメリカは神や民主主義を中国に伝えようとして失敗したが、中国人をＮＢＡファンにしたではないか。アメリカのメディアは姚明を穏やかな人物、やさしい巨人として描き出した。

だが、中国メディアとなると話は別であった。NBA入り後初めて反則して退場《ファウルアウト》になったロサンゼルスでの負け試合のあとで、中国人記者から「コービー・ブライアントにやっつけられた気分はどうですか」と訊かれた姚明は、「メンツ丸つぶれのことについては訊かないでくださいよ」と答えている。オールスター戦での記者会見場には中国ナショナルチームの古いシャツを着て現れ、なぜと訊かれると「着やすいから。理由はそれだけです」と答えた。また、「母国の若い選手たちに一言お願いします」と頼まれたときは「一言では無理ですよ」と返している。

中国で姚明は英雄視された。だが、標準的な中国人スポーツ選手と姚明がどれほど違うかは、ほとんど誰も気づかなかったようだ。姚明はいかにも楽しそうにプレーする。いざというとき、フリースローに成功する。接戦になったら最後に姚明を出せばいいと、ロケッツは知った。また姚明は、中国人記者から愛国的質問を受けると、そんな問題はコートに持ち込むには重すぎると言わんばかりに、やんわりとかわすことがよくあった。

中国ではスポーツの動機づけが（ナショナリズムの高揚、スポーツ学校への入学などと）きわめて具体的、限定的なため、国外に出ても活躍できる選手はほとんどいない。アメリカに住む中国系の人びとにとって、スポーツはたいていどうでもよいことの一つだ。ここ一〇年間に急拡大したヒューストンの中国系コミュニティも例外ではない。ヒューストンの中国系住民は推計五万人、加えてヴェトナムから移住した中国系の人びとも多い。たいていは高い教育を受け、世帯平均年収も五万ドル超と、同市の平均を超えている。

ヒューストン市最大のアジア系住民地区はベレア通り沿いに広がっている。およそ一〇キロにわたり商店が並ぶチャイナタウンだ。二月、私は二日間かけてベレア通りを車で回った。人びとが新しい文化に適応し、成功していることがうかがえる広告が（オールスターズ安全運転教習所や、漢字で書かれたチャールズ・シュワブ証券の看板など）いたるところに見えた。際立って中国風の店もある（美容院がたくさんあった。中国人は髪の手入れについては実に几帳面なのだ）。だが、バスケットボールに関する看板となると、影もかたちもなかった。姚明のことはみんな好きだが、この地区の子どもたちはあまりスポーツをしないらしい。勉強が忙しいのか。私は二時間かけてようやくスポーツ用品店を一軒探し当てた。ダイナスティ・プラザというモールにあるスポーツ・ネット・インターナショナルという店だが、ここにはテニスやバドミントンの用品しか置いていなかった。店主のデイヴィッド・チャンは「中国系の人はバスケットボールにはあまり関心がありませんね。身長のこともありますから。でも姚明のことを知りたいなら、アナ・ビューティー・デザインに行くといいですよ。姚明がヘアカットに行く店です」と教えてくれた。

取材目的とはちょっとずれるが、せっかくだからとその店を訪ねた。受付に台湾系の女性が座っている。「姚明がよく来る美容室ってこちらですか」と訊いてみた。

女性はちょっと間を置いて答える。「いいえ、違います。当店にはいらっしゃいません」

「こちらの誰かが、姚明氏の家に出向いてヘアカットをするのですか」

「お答えできません」と女性は口ごもりながら答える。その瞬間、マネージャーが出てきた。「この方、記者です。姚明がうちでヘアカットなさるかどうかを知りたいそうです」

マネージャーは険しい目つきで私を見た。「うちだって言うなよ」

受付係が慌てて注意する。「この方、中国語できますよ」——もう五秒早ければ間に合ったのに。

結局、私は自動車教習所三軒、書店三軒、銀行六店舗、美容院一四軒を回った。だが、籃球《ランチウ》（バスケットボール）は一個も見なかった。ヒューストンのチャイナタウンでは、一個のバスケットボールよりも、姚明の行きつけの美容院を見つけるほうが簡単だったのだ。

二月の末、ロケッツは東海岸遠征に出かけた。遠征の最終試合はワシントン・ウィザーズ戦だ。両チームともそれぞれのカンファレンスのプレーオフに出ようと必死だった。姚明はルーキー・オブ・ザ・イヤーの候補に挙がっている。それに、これは姚明とマイケル・ジョーダンが対戦する最後の試合となるはずだ。ジョーダンはウィザーズの経営者としての仕事に戻るために、引退を表明していたのだ。

ワシントンでの試合の前夜、中国大使館が姚明のためのレセプションを開いた。雪の降りしきる夜で、私はタクシーで大使館に行った。ウィラード・クーパーという七十五歳になる黒人の運転手が、大使館で何があるのかと訊くので姚明のことを話した。「いやあ、姚明の活躍で中国人がどんなに喜んでるかわかるなあ。昔、ジャッキー・ロビンソン〔一九四〇〜五〇年代の米プロ野球選手。近代メジャーリーグ史上初のアフリカ系選手として活躍〕の試合にわくわくしたのを覚えてますよ」

大使館では中華料理と燕京《イエンチン》ビールが振る舞われた。この北京の醸造会社は姚明がドラフトされてからロケッツとスポンサー契約を結んだのだった。広間は人であふれ返っている。外交官、移住者、親中派、経済アナリストたちだ。あちこちで会話の断片がふわふわと舞っていた。

「燕京ビールは六〇〇万ドル払ったんだ。販売はハーブリュー社だ」

「六〇年間の販売契約なんて考えられないよ。だが、中国人にすれば生産の一過程にすぎないんだな。連中はブランドという考え方がわかってない」

「彼、一五年も中国にいたんですよ、専門家として」

「実は、ホワイトハウスの報道担当の仕事しております」

「アンハイザー・ブッシュ社は青島《チンタオ》ビールの株を二七パーセント持ってるんだ」

「ほら、姚明が来たよ。写真撮った？」

「ほんと、背が高いな」

姚明が入ってくると、あちこちで拍手がわき上がる。蘭立俊《ランリーチユン》公使の簡単な挨拶が続く。公使はピンポン外交や「緊密な両国関係を築くにあたってスポーツが果たした特異な役割」に触れ、「中国とアメリカは協力して二国間のよりよい関係を築き上げていくことを確信している」と結んだ。

グレーのスーツでぴしっときめた姚明は、マイクの前に立ち、屈み込んだ。背後に唐時代の馬の置物を飾ったショーケースが見える。天井からは赤いランタンがいくつもぶら下がっていた。姚明のスピーチは一分足らず、米中関係のことにはいっさい触れなかった。「赤いランタンを見ると故郷を思い出します。幼い私にとってアメリカ大使館は夢のようなもの、テレビや映画の世界のものでした」。サインをもらおうと人びとが殺到したので、担当者が姚明を奥の部屋へと案内した。広間の隅で赤い服を着たヨーロッパ人の少女が泣いている。姚明が通り過ぎてしまい、サインをもらえなかったからだと両親はこぼしていた。「娘は姚明のファンなんですよ」と母親は私に説明する。ついでに、ウズベキスタンから養子にもらってきた子どもです、とも付け加えた。係員は少女の招待状を預かって、必ずサインをもらってきてあげると約束した。

姚明が大使館にいたのはほんの二時間ほどだ。姚明が去ったあと、客たちはあちこちでグループをつくり、燕京ビールを飲みながらおしゃべりをしていた。中国人とアメリカ人がともに過ごした夜が更けていく。中国人の客はいつもさっさと帰る。今夜もあらかたが会場をあとにしていた。アメリカ人は例によってなかなか帰らない。私は駐在武官の陳小工《チエンシアオコン》がそばに立っているのに気づいた。陳はぼんやりした表情でしきりに腕時計を触りながら「姚明がアメリカでこれほど有名だとは知らなかった」とつぶやいていた。

翌晩の試合はアメリカ国歌で始まった。マイケル・ジョーダンが大暴れした試合だ。第一クオーターで四ゴール――ターンアラウンド、ジャンプシュート、ジャンプシュート、ターンアラウンド。四十歳の誕生日を一〇日前に迎えたジョーダンは一試合平均三〇点近く得点している。姚明はウィザーズのセンター、ブレンダン・ヘイウッドをマーク。今夜は二一三センチのヘイウッドが小柄に見える。第一クオーターで姚明は六点入れるが、ロケッツは九点差で負けていた。アリーナは満席、二万人は入っているだろう。アジア人が多い。上段のあちこちに掲げられた赤旗が目立つ。

第二クオーター。ロケッツのコーチ、ルディ・トモジャノヴィッチは直観を働かせて出番の少なかったワーキン・ホーキンスを投入。スリーポイント・ゴールを決め、攻撃をかわし、パスを奪うホーキンスは、まるで重慶から逃げ出してきたばかりのような飢えた表情だ。この九日間、一点も得点していなかったのだ。ロケッツのポイントガードはムーチー・ノリス。ムーチーは胸幅が厚く、ヘアスタイルはコーンロウ、左手首に「患得患失」という四文字のタトゥーを入れている。以前、漢字の意味をムーチーに訊いたことがある。「決して満足するな」ってことだよ、と言っていた。ロッカールームの反対側で姚明が「本当はあんまりいい意味じゃないんだ」と、中国語でこっそり教えてくれた。「要するに、自分を守るためには手段を選ぶなっていうことだ」。第二クオーターで姚明は得点できない。ジョーダンが一八点入れ、ロケッツが二〇点差で負けている。ハーフタイムのショーが始まる。中国の獅子舞いに続き、アフリカ系アメリカ人歴史月間の宣伝がある。

第三クオーター。ロケッツはまるで夢遊病者のようだ。一時は二四点までリードを許した。最終クオーター。フォワードのモーリス・テイラーがジャンプシュートを始める。残り時間六分、ロケッツが一四点差に迫ったところで、コーチが姚明を投入、試合の流れが変わった。ホーキンスがスリーポイント・シュートを決め、タイロン・ルーのボールを奪いにいく。両選手が衝突、ルーは転倒、痛みに身をよじらせる。肩が外れ、目を傷めた。これでルーはサヨナラだ。その後、ロケッツは連続四シュートを決め、残りわずか三分で姚明が四度フリースロー・ラインに立ち、同点に追いついた。ヘイウッドは反則で退場。さあ、延長戦だ。

ホーキンスがジョーダンをマーク。延長戦はこの二人の得点争いで始まった。姚明がベビーフック・シュートを入れ、ロケッツがリード。ウィザーズはジョーダンに頼りきりだ。試合開始から四五分、ジョーダンは突如、新たに生気を得たようだ。ホーキンスを振り切り、ターンアラウンドシュート。ボールを奪い、クロスオーバードリブル。ホーキンスの動きが止まる――ジョーダンのダンクシュート。続けてボールを奪い、突き進む。ホーキンスが転倒。審判は何も言わない。ジョーダン、ジャンプシュートに続いて突進。ホーキンス遅れる。姚明がブロックに出る――ゴールテンディング〔シュートされたボール全体がリングより高い位置にあって、頂点を越えて落下中にボールに触れる反則〕だ。ジョーダンは延長で一〇得点、結局は三五得点、一一リバウンドで試合を終えた。姚明は一六得点、一一リバウンド、ホーキンスは一〇得点だ。ロケッツが二点差で引き離されていた最後の数秒間に姚明はリバウンドを取るが、タイムアウトを求める代わりにアウトレットパスを出す。まずい。これでロケッツの負けだ。

試合終了後、ロケッツのロッカールームでホーキンスはぽつんとベンチに座っていた。「悔しいよ」と訴える。「あいつは、まったく史上最高の選手だ」。扉の外ではコーチのトモジャノヴィッチがガードはよくやったと褒めていた。「ホーキンスがディフェンスをリードした。ホーキンスとモー・テイラー、今日の殊勲はこの二人だな」

姚明は腰にタオルを巻き、自分のロッカーの前に座っていた。詰めかけた中国の記者たちに、あのときタイムアウトを取ればよかったと語っている。

ウィザーズのロッカールームに行くと、記者の一団がジョーダンを待っていた。ほかの選手と違って、ジョーダンはロッカールームでは記者会見をしない。このスター選手のためには、いつも特別の会見室が用意されるのだ。ピンストライプのグレーのスーツできめたジョーダンが、マイクの前に立つ。ウィザーズは決勝まで進みますか、と誰かが質問した。「もちろん」とジョーダンは答える。

別の記者が延長戦のことを取り上げた。ホーキンスについてジョーダンは素っ気なかった。「あっちはプレーの仕方もよく知らない若い選手でね、いくつか失敗もしでかしたよ」

姚明についてはこう述べた。「成長が見込まれる選手だ。そのうちみんなの期待に応えるだろう。もっとうまくなれるはずだし、きっとうまくなりますよ」

レイカーズのガード、コービー・ブライアントが今シーズン絶好調ですね、と誰かが切り出した。全盛時代にブライアントと対決していたら、どんな試合運びになったと思いますかと、記者に訊かれたジョーダンは、彼はすばらしい選手ですよと褒めてから、笑顔で付け加えた。「余裕で迎え撃っていたと思うけどね」

ジョーダンは歯に衣着せずに語った。そして、いかにもアスリートらしく、試合については近視眼的だ。いったんコートに立てば、ほかの選手がどこから来たか、どこへ向かおうとしているのかは、まったく目に入らない。五三分間、周りの何よりも重要なのは勝つことだった。だが勝負の常で、今夜の試合が残したのは得点や、分刻みの記録といったむなしい数字だけである。結局、ウィザーズもロケッツもプレーオフには出られなかった。また、マイケル・ジョーダンは一試合に三〇得点、一〇リバウンド以上という成績を二度と出すことはなく、引退後の五月にはウィザーズの組織からも追い出されてしまう。あのワシントンでの試合から三週間もたたないうちに、ルディ・トモジャノヴィッチは膵臓がんと診断されてコーチの座を降りた。姚明は新人王に選ばれなかった。その翌シーズンに、ワーキン・ホーキンスはＮＢＡのチームと契約できず、ハーレム・グローブトロッターズへと戻っていった。

中国人アスリートがアメリカで活躍するのは難しいことだ。だが、祖国へ帰るのはもっと難しいかもしれない。当局の明確な承認を得ないまま、ロサンゼルス・クリッパーズのプレシーズンに参加した馬健は、ナショナルチームに戻れなかった。もっと不運だったのは王治郅だ。身長二一五センチのこのセンターは九〇年代中国バスケットボール界の花形だった。この時期、中国共産党は各スポーツ部門を再編して営利団体をつくる機構改革の途上にあり、中国バスケットボール協会も企業スポンサーシップとプロリーグＣＢＡの収益で自立を図ろうとしていた。そんな試みのなかで、ＣＢＡは一頭の珍獣と化していく——スポンサーは民間企業と国営企業と人民解放軍だった。解放軍のチームは

「八一《パーイー》ロケッツ」と呼ばれ、王治郅はここに所属していたが、一九九九年、ＮＢＡドラフトの二巡目でダラス・マーヴェリックスに指名される。ダラスと王の上官との交渉が、その後ほぼ二年にわたって続いた。王は正式には解放軍の連隊長だったのだ。

二〇〇一年春、ダラスと八一はついに合意に達し、王治郅は中国人選手として初のＮＢＡ入りを果たす。二十三歳だった。王は合意に基づき、オフシーズンには帰国し、ナショナルチームと八一の両方でプレーすることになった。だが王は、一試合平均五得点を挙げた第二シーズン終了後、帰国の延期を願い出た。ＮＢＡサマーリーグでプレーするためであった。八月の世界選手権大会には間に合うように、ナショナルチームに戻るという約束もした。

中国ナショナルチームの練習が厳しいのは有名だ。一日二回、週六日、恐怖が支配する練習であった。コーチたちは自分のチームが簡単に負ければ責任を問われると知っていた。何事であれ、新しいことを提案すれば拒否された。私が見学した男子ナショナルチームのウォーミングアップでは、選手たちが初歩的なボールさばきを練習していた。上海の三年生の女の子たちがやっていたのと同じ練習だ。

二〇〇二年夏、中国当局は王治郅の申請を却下したが、それでも王はアメリカに滞在し続けた。ダラスは契約を申し出なかった。それまで築き上げてきた中国とのよい関係を台無しにしたくないのも、その理由の一つであったろう。十月、王はロサンゼルス・クリッパーズと六〇〇万ドルで三年契約を結ぶ。するとクリッパーズの試合が中国のテレビネットワークから締め出されてしまった（中国でＮＢＡの試合のテレビ放映は、一〇〇〇万人以上を引き付ける）。こうして王はマーケティングの観点からはまったく魅力のない選手になってしまった。これからどのチームも王との契約に慎重にならざるを得ないでしょうと、ＮＢＡのあるマネージャーは漏らしている。

王治郅は支給されていた軍事旅券が期限切れになったので、アメリカの永住権を得たとも噂されていた。夏の間、王は帰国に向けて当局と交渉を重ねた。一般旅券を発行してほしい、アジア選手権大会終了後はＮＢＡへ復帰することを必ず認めてほしいと申し出たのだ。話し合いはもつれにもつれ、王は蘇群《スーチュン》という中国人スポーツ記者に、人民解放軍やバスケットボール界のお偉方との交渉を任せるようになった。「ジャーナリストとしては、こんなことに首を突っ込んじゃいけないことはわかってましたよ」と蘇群は私に打ち明けた。蘇群はスポーツ紙『体壇週報《ティータンチョウパオ》』のライターだ。「でも、たまたま王のそばにいたもので、助けたかった。仲間の救出作戦みたいなものでした」

結局、王治郅は中国に帰国しなかったし、私とのインタビューにも応じなかった。そこで私は、中国バスケットボール協会の李元偉《リーユアンウェイ》事務局長から話を聞くことにした。「王治郅は自分の利益にこだわりすぎます」と李元偉は辛辣だ。「リスクは何もないと、私は言って聞かせましたよ。解放軍もそう言っている。でも王は私たちを信用せず、条件ばかり提示する。条件なんか必要ありません。困ったことです」

王治郅のトラブルは姚明のＮＢＡ入りに暗い影を落とした。姚明は中国を去る前に、オフシーズンにはナショナルチームの一員としての義務を果たすと約束し、さらに、選手生活を続ける間はずっと、ＮＢＡから受け取る俸給の五〜八パーセントを中国バスケットボール協会に支払うことで合意したと報じられた。また、中国での所属チーム、上海シャークスに早期退職礼金を支払ったが、その金額はＣＭ出演料やプレーする期間にもよるが、推計八〇〇〜一五〇〇万ドルにのぼるとも言われていた。姚明はロケッツと一七八〇万ドル相当の四年契約を結んでおり、そのうえ初めてのシーズンが終わってみると、姚明は俸給よりもCM出演で多く稼いでいた。

だが、中国スポーツ機関のおかしなやり方から、姚明のCM出演にもトラブルが持ち上がっている。五月、コカ・コーラがスポット商品を売り出した。姚明を含む三人のナショナルチーム選手の写真をデザインした缶入りコーラだ。ところが、姚明はすでにペプシと契約していた。中国バスケットボール協会が本人の許可も得ずにコカ・コーラに姚明の画像を売っていたのだった。代表選手のすべての「無形資産」に関する権利は国家が有するという不透明な規則を利用した措置であり、こうした規則は民法と矛盾しているものと思われた。姚明は上海コカ・コーラに対する訴訟を起こし、公式の謝罪と一元（およそ一二セント）の賠償を求めた。中国のメディアはこの訴訟を、昔から続いている国家によるアスリート支配に対する挑戦だと受け止めた。

バスケットボール協会の李元偉は私とのインタビューで、コカ・コーラは大事なスポンサーであり、この問題が示談で解決されることを願うと語った。中国のスポーツ選手がどれほど大きな義務を負っているか、アメリカ人には理解してもらえないだろうと言う。国家は選手たちをごく幼いときから育成し、支えているのだと。そこで私は、公立校から北京大学へと進み、起業して億万長者になった人にも、同じ原理が当てはまるのかと訊いてみた。「スポーツ選手は別ですよ。選手は一種の使命を帯びている。スポーツ選手は、一般民衆や子どもたちに絶大な影響力がありますから。それだけ責任が重いんですよ」

私はアジア選手権大会が開かれる北西部の都市ハルビンに行く前に、北京にある中国人民大学の楊《ヤン》立新《リーシン》法学教授から話を聞くことにした。楊教授はコカ・コーラ訴訟についてセミナーを開く準備をしていた。「アメリカ社会に触れたことで、姚明はおそらく考え方を変えたのでしょう。鄧小平の言葉どおりですよ——誰かが先に金持ちになるんです。成長は平等には進まない。それに、ある意味では権利だって平等ではありません。もちろん、法のもとではみんな平等ですよ。しかし、権利を主張する人もいれば、しない人もいるんです。それは個人の選択の問題です。このことでは、姚明はパイオニアと呼べるでしょう」

昔からハルビンは故郷を追われた人たちが流れて来る町だ。二十世紀、白系ロシア人や日本の軍人やソ連軍の将兵たちがこの町に来ては去っていった。今日でもこの町ではロシアの建築様式が目立つ。町のシンボルは、以前は聖ソフィア教会と呼ばれた建物だ。金色の十字架、緑鮮やかなタマネギ型ドーム、そして聖画に描かれた聖人の白い顔と黄色い後光が印象的だ。また、中国国内に最後まで残るスターリン公園の一つが、この町にはある。

二〇〇三年九月の末、バスケットボール・アジア選手権大会を前に一六チームがこの町に集まった。勝者はオリンピック出場権を手にする。これらのチームを見ると、国家や国境についてはいかなる単純概念も通用しないことがわかる。カザフスタンの選手たちは大部分がロシア系だ。家族がソ連崩壊後もカザフスタンにとどまった人たちだ。マレーシアのチームはいかにもこの国らしく、中国系、インド系、マレー系の選手たちで成り立っている。カタール代表にはアフリカやカナダ出身の選手が含まれていて、カタール人の定義が、これでは広すぎると対戦チームがぼやく声も聞こえた。シリア代表のコーチはミズーリ州出身の黒人だし、カタールのコーチはルイジアナ州から来た白人だ。イラン代表のコーチはといえば、内戦で選手生活を中断させられたセルビア人だ。このコーチは袖をたくし上げてひどい傷跡を見せてくれた(「コーチになったのは、負傷後間もなくでした」)。

中国代表以外はみんなシンガポール・ホテルに宿泊していた。ロビーはトレーニングシャツを着た大男たちであふれ返り、二階のレストランはイスラーム教の戒律に従った料理を出すカフェテリアになった。韓国チームには河昇鎮《ハスンジン》がいた。身長二二〇センチ、体重一四三キロの十八歳、バスケットボール一家の出身で、父親はかつて韓国ナショナルチームのセンターだった。翌年にはドラフト一巡目で指名され、初の韓国人NBA選手となると期待されていた。「韓国の姚明になりたいと思ってます」と、河昇鎮は通訳を介して私に語った（「この若い選手はハキール・オニールという愛称で呼ばれています」と通訳は付け加えた）。河昇鎮は姚明と勝負したがっていた。おおかたの予想では、中国と韓国は決勝まで勝ち進むらしいが、昨年のアジア大会では韓国が中国を倒すという番狂わせが起きている。河昇鎮は姚明のファウルを誘うつもりだった。「姚明はよく左へスピンするんだ。ポジションをうまくとって、ファウルを引き出すつもりです」

もう一人、身長が二二〇センチの選手がいた。イラン代表のジャベル・ルズバハニ・ダッレシャリだ。父親が市場で野菜や果物を売っていたエスファハーン市で見いだされたのは、わずか三年前のことだ。ダッレシャリのウィングスパン〔両手を広げたときの、片方の指の先からもう片方の指の先までの長さ〕は二四〇センチを超えるという。以前私は、試合が終わってコートを出ようとしていたダッレシャリを呼び止めて、リングにタッチしてみてと頼んだことがある。ひょいと身を伸ばし、じっと立ちどまったダッレシャリの指はリングをしっかりとつかみ、両足指の付け根はぴたりと床についていた。ダッレシャリは、睫毛の長い黒い瞳の十七歳、ひげ剃りもまだ始めていない。子どもの頭を取り付けた細長い身体から両腕がぶら下がっているといった恰好だ。イランチームの最初の二試合でダッレシャリは数分しか出場していない。しかも、対戦相手の小柄な選手にひどく押しまくられた。コート上でダッレシャリはおびえているようだった。ベンチでもほとんど笑顔を見せない。

中国代表の宿泊所は花《ホア》園《ユアン》村《ツン》賓《ピン》館《クアン》だった。周囲に壁をめぐらした、中央政府高官用の施設だ。姚明が表に出ると、必ず大きな人だかりがした。八月、中国のメディアは、健康調査で姚明の血圧が高いことがわかったと報じた。姚明のエージェントは、症状は一時的なものだと言ったが、それでもストレスと過度の練習が姚明の選手生活を縮めてしまうとの懸念が広がった。姚明は自分のウェブサイトでナショナルチームへの不満を表明した。「試合でのセキュリティ対策はお粗末で……代表チームはしょっちゅう公式行事に参加し、人前に出なければならない。宿泊先のホテルではファンが絶え間なく騒ぎ立てるので、私は疲労困憊だ」

姚明がインタビューに応じますと、エージェントの一人が連絡してくれたのは、対イラン戦の数時間前のことだった。「チーム・ヤオ」という名の団体が姚明を代表しているという。これはアメリカ人三人と中国人二人、そして一人の中国系アメリカ人が構成する団体で、メンバーの半数以上がハルビンに来ていた——姚明の遠縁でチームのリーダー格のエリック・チャン、そのチャンが在学しているシカゴ大学経営大学院のジョン・ホイジンガ副学部長、ＢＤＡスポーツ・マネジメント社の代表ビル・ダフィー、それにスポーツ誌『ＥＳＰＮ』の上級ライターで、公式伝記作家として姚明と契約を交わしたリック・ブッチャーである。その前日、姚明はリーボックとＣＭ出演の複数年契約を結ぶことに同意していたが、これはまだ公表されていない。情報通の話では、この契約には多額の報奨金が含まれ、金額は一億ドルを優に超える可能性があった。靴のＣＭで一人の選手が結んだ契約としては史上最高額かもしれなかった。

警備員に導かれて私は敷地内に足を踏み入れた。延々と並ぶ窓と手入れの行き届いた芝生のわきを通り過ぎる。芝生の上にコンクリート製のシカの飾りものが置かれていた。雨が激しく降っている。前の日よりも一億ドル以上も金持ちになったというのに、姚明にはいまだにちゃんとしたベッドがなかった。今度のホテルは木製の戸棚をベッドの（ヘッド部分ではなく）足元に置いて、長さを継ぎ足していた。窓の日よけが下ろされ、室内のあちこちに脱ぎ捨てられた衣服が散らばっている。もう一方のベッドには、ポイントガードの劉煒《リユウウエイ》が、くしゃくしゃのシーツにくるまって横になっていた。

姚明は前の晩、中国が台湾を六一点差で打ち負かした試合の帰り道、バスに乗るとき左足首をくじいたという。選手経験のあるダフィーが患部を調べた。足首が少し腫れている。ダフィーは、今夜試合が終わったらすぐに冷やしておけよ、と言った。競技場に氷がないんだと、姚明は答える。

ダフィーは顔を上げた。信じられないらしい。「えっ、氷がない？」

その夜の試合は、スケートリンクに床を張って改装したコートで行なわれるというのに。しかも、この町はシベリア国境から三〇〇キロと離れていない。

「氷はないよ」と姚明は繰り返し、それから中国語でチャンに「鍼治療を受けてるんだ」とつぶやいた。

数分後、チーム・ヤオの面々は部屋をあとにした。私は姚明と中国語でトーナメントのことを少し話し、それから姚明の最初のコーチの言葉を思い出した。子どものころはバスケットが好きじゃなかったそうですねと訊くと、姚明はうなずいた。「そうなんです。十八か十九になるまで、好きになれませんでした」

一九九八年、ナイキがトレーニングとキャンプのひと夏を企画してくれたので、姚明は初めてアメリカを訪れた。「いつも二、三歳は年上の選手たちとプレーしていましたから、みんなとても上手で、自分なんかだめだと思っていました。でもアメリカでは同じ年齢の人たちとプレーして、自分はうまいんだって感じた。あそこで自信がつきました」

姚明はまた、ヒューストンへ初めて移ったときは大変だったとも語った（「周りのすべてのものが不思議に見えました」）。次に私は、中国とアメリカでは、スポーツはどう違うかと訊いた。

「中国では、目的は常に国家の栄誉のためです。そんな考え方に反対するわけではありませんが、スポーツの目的はそれだけではないと思います。私がプレーするのは、一部には自分自身のためでもあります。国のためっていうのをまったくやめてしまえとは言いませんが、スポーツの目的は変わるべきだと思います。ある意味で、私は自分のためにプレーしているんだと、中国の人たちに知ってもらいたいです。もし私がヘマをしたら、アメリカ人なら、それは私一人の問題だと考えるでしょう。中国人なら、それは私と一緒に何万人もの人たちがヘマをしたことになるんです。私は国の代表のように思われていますから」

プレッシャーはどんなものですかと、私は訊いた。「まるで剣のようなものです。刃を外に向けて持つか、自分自身に向けて持つかです」。次に私は王治郅の置かれた状況へと話題を変えた。

「それについては、触れるべきではない面があります」と姚明は慎重だ。「バスケットボールに関することだけをお話ししましょう。王がここにいてくれたらと思いますよ。もし王がプレーしていたら、私一人がこんなプレッシャーを感じることもなかったでしょうから」

コカ・コーラ訴訟については次のように語った。「私はいつもまず国の利益を考えます。個人的利益は二の次です。でも、自分の利益をただ忘れてしまうわけにはいきません。この場合、訴訟を起こすことは私の利益にかなっています。ほかのアスリートの利益にもつながります。将来、別のアスリートが同じ目に遭うとしても、『姚明でさえ訴訟を起こさなかったんだから、おまえも黙っていろ』などと言われないようにしたいんです」

アジア選手権大会では試合前の国歌演奏はない。今夜の会場には映画『タイタニック』のテーマ音楽が流れている。イランチームは緊張していた。入場券完売のアリーナに四〇〇〇人以上は入っているだろう。みんなチアスティック（そう、中国製の）を手にしているが、使い方を知らないらしい。騒音がしない分、集中力が高まるように思われた。観客は両チームを（中国が得点すると熱狂的に、イランが点を入れると礼儀正しく）応援した。

イランのコーチは直感でダッレシャリをまず使う。ダッレシャリはおびえているようだ。イランの選手たちは攻撃中ずっと、姚明のいるサイドを避け続けた。ボールはエスラミエからバーラミ、ムシュハディへ渡り、ふたたびバーラミ、エスラミエへと回る。六分間ほど、姚明は得点できない。中国が、ついにダッレシャリを払いのけてリバウンドボールを奪い、両手でダンク。これで同点だ。中国がボールをキープ、リードする。中国ボールが続き、点差が開く。エスラミエからバーラミ、ムシュハディへとパス。誰かがダッレシャリへとスローパス。四メートルほど逸れたが、姚明はボールを奪いに行こうともしない。ボールを追ってダッレシャリの二二〇センチの身体が連鎖的に動く。膝をかがめ、腰を落とし、肘を曲げ、長い腕をひょいと動かす。シュート！　走り戻るダッレシャリは笑いをこらえているようだ。ダッレシャリのボールキープが続く。と、姚明にファウルを仕掛けた。ひょろりと長いダッレシャリ。その動きはいかにもぎこちないが、トーナメントが始まって以来初めて、コート上で楽しそうな表情を浮かべている。コーチは前半終了までずっとダッレシャリにプレーさせた。ダッレシャリの四得点、四リバウンドでイランがリード。ハーフタイムのブザーが鳴ると、イランの選手たちはダッレシャリの肩をぽんぽんと叩いて健闘をたたえた。

姚明は後半で一五得点、一〇リバウンドと、本領を発揮。だが、つまらなそうな表情だ。結局、中国は二四点差で勝った。試合後、姚明は、ダッレシャリは有望な選手だとそつのないコメントを寄せた。「環境が大事です。コーチ、チームメイト、トレーニング、すべてが影響しますから」。トーナメントの残り試合でダッレシャリの目立った出番はなかった。中国と対戦した翌日、ダッレシャリは顔を輝かせ「姚明とプレーできたなんて光栄です」と言っていた。

決勝戦が始まる前に、チャイナユニコムがあの新しいコマーシャルを発表した。会見場には一〇〇人を超す中国人記者が詰めかけた。ボール、男の子、巨人、ダンクシュートのシーンが大型スクリーンに次々と映し出される。デブちゃんは実に愛らしい。チャイナユニコムの広報責任者が挨拶をした。「アメリカでは今、『明の時代』の到来が話題になっています。つまり、マイケル・ジョーダンが引退した今、NBAはスーパー選手を必要としているんです。われらの姚明こそ次なるスーパースターと呼べるかもしれません」。会場に映画『タイタニック』のテーマ音楽が流れ、記者会見は終わった。

国慶節（中華人民共和国成立五四周年を記念する祝日）に、韓国と中国はアジア選手権をかけて決勝に臨んだ。十八歳の河昇鎮はファイト満々だ。ジャンプボールのタップこそうまくいかなかったが、その後すぐに四得点、二リバウンド、一ブロックのあと、派手なツーハンド・ダンクを決める。だが、四分間にファウルを四つ取られ、残りの試合中、肩を落としてベンチに座っていた。

第三クオーターで中国の先発ポイントガードがファウルアウト。するとバックコート陣が崩れ始めた。韓国のガードが攻撃を強める――ターンオーバー、スリーポイント・シュートが続く。バン、ヤン、ムンへとボールが渡る。バンのスリーポイントだ。またバンのスリーポイント、次はレイアップシュート。残り五分で中国のリードは一点に縮まった。

中国ボールになるたびに姚明はハーフコート・オフェンスに出る。姚明の身長と長い手がものをいった。こぼれ球に突進して転倒、二二九センチの身体が床に長々と伸びたこともある。リードを五点にまで戻した残り時間二分、姚明がリバウンドボールを奪ってダンクシュート。三〇得点、一五リバウンド、六アシスト、五ブロックだ。ブザーが鳴り、両チームがコートの中央に進む。姚明は河昇鎮と握手し、肩を軽く叩いて「今度はＮＢＡで」と語りかけた。


翌朝、姚明は朝一番の飛行機でハルビンを発った。ファーストクラスの最前列に、ヘッドセットをつけたその姿はあった。そのわきを、まずインドのチームが一列になって通り過ぎた。全員黒っぽいウールのブレザーを着ている。次に通ったのは、三色のジャージ姿のフィリピンチーム、最後に乗り込んだのはイランのチームだ。ダッレシャリの頭が天井をこすっていた。どの選手も姚明のそばを通り過ぎるときは笑顔で軽く会釈する。飛行中、中国人乗客はみんな、姚明の席までやってきて航空券にサインしてもらったようだ。三日後に姚明はアメリカへ出発する予定だ。月末にはコカ・コーラ社の謝罪を受け入れることになる。訴訟は示談で解決するだろう。

私は姚明の後ろの列に座っていた。隣のシートに四十代の小太りの男がいた。張国軍《チャンクオチュン》という名で、ハルビンには試合を見に来たのだという。二〇〇ドルのプレミアムを払って、チケットを手に入れたらしい。張国軍は金があるのが自慢だった。携帯電話を持っていると見せびらかす。デジカメ内臓の機種でチャイナユニコムにつながっている。自分は内モンゴルで道路建設の仕事をしていると言って、ヘッドレストに地図を描いてくれた。「ここがロシア、こっちが外モンゴル。内モンゴルはここですよ」と言いながら、どこを指すでもなく「ここから、私は来たんです」。

私たちはバスケットボールのことを話した。「姚明のことを、私たちはみんな大切に思っています。姚明はアメリカに行っても帰ってきてくれましたから」と張国軍は生真面目な口調で語った。飛行機の中で、張国軍は携帯電話を手に持ち、慎重にねらいを定めて、姚明の後頭部をカメラに収めた。

地元チーム

二〇〇八年オリンピック大会開会式の前夜、魏子淇《ウェイツーチー》は近所の人たちと一緒にバリケードの番をした。道路のこちら側からあちら側へぴんと張ったロープがバリケードで、村人たちは中国語と英語で「止まれ！」と書いた木製パドルを持っていた。近所の二人は胸に「北京２００８」のロゴが入ったブルーと白のポロシャツを着ている。ここ三岔村《サンチャヤ》は首都から車で一時間半ほどのところにあり、万里の長城が北部の山岳地帯へと分け入る起点でもある。バリケードのロープから英語のメッセージを書いた紙切れが一枚ぶら下がっている――「長城保護運動にご協力ください。当地域の長城は一般公開されていません」。

北京オリンピック組織委員会によれば、北京地域の市民ボランティアの数は一七〇万人を超えていた。もっとも目立つのは、試合会場や空港、中心街の交差点で活動するボランティアで、その大部分は英語がいくらか話せる高校生や大学生だ。都会のボランティアたちの制服は、オリンピックの公式スポンサーであるアディダス社から提供されたグレーのズボン、真新しいランニングシューズ、鮮やかなブルーのシャツだ。シャツの生地は、クライマライトと呼ばれるハイテク素材だった。ところが田舎へ行くと、クライマライトやスポンサー企業の姿は消える。これは距離を測る一つの方法でもあった。首都から出て北へ行くにつれて市街地はまばらになり、ボランティアの衣服はみすぼらしくなる。クライマライトの代わりに安物の綿が現れる。ランニングシューズを履いている人も少ない。アディダスのロゴはどこにもない。農家の人はたいてい、ただ赤い腕章を巻いているだけだ。オリンピックのために新しいシャツをおろすなんて、もったいないからだ。

だが田舎のボランティアたちは熱心だった。三岔村の人口は二〇〇人に満たないが、バリケードを二四時間守ろうと、三〇人もがボランティアを申し出た。その日の午後、魏子淇の車で村まで来る途中、私は二カ所の検問所で止められた。崩れかかった明時代の塔のそばも通ったが、そこでは「長城管理者」と書かれた緑色の腕章をつけた監視員がたった一人で任務にあたっていた。三岔村から一〇キロ離れた渤海《ポーハイ》鎮で、私は警察に届け出をした。オリンピックが開かれている間、外国人はこの地域に泊まってはいけないことになっていたが、二〇〇一年から三岔村に家を借りている私は例外として認められた。「ただ、長城に上ってはだめです」と警官は注意した。主な観光地以外はすべて立ち入り禁止になっているという。署のデスクの上に『テロ防止ハンドブック』と題する分厚いマニュアルが載っていたので、警官とおしゃべりしながらぱらぱらとめくってみると「カラオケ店でテロが発生した場合」という章題が目に飛び込んできた。

中国にとって二〇〇八年は、天安門事件が起きた一九八九年以来もっともつらい事件が重なった年になった。三月、チベットでデモが頻発し、当局の過酷な取り締まりが続いた。海外では人権擁護を叫ぶデモ隊が聖火リレーを妨害し、このことが国内の愛国者たちの怒りに火をつけた。五月、四川省で大地震が起き、六万人以上が犠牲となった。最近では、新疆ウイグル自治区で武装警察が襲撃される事件が起きている。中国西端のこの自治区では、人口の大半を占めるイスラーム教徒住民が中国による支配を嫌っている。これらの事件がすべて、オリンピックの年を迎えた中国に重くのしかかっていた。だが、万里の長城のことを当局はなぜそんなに心配するのだろう。「役人は外国人を警戒してる。チベットを独立させろと言い出すかもしれない、とね。長城の上に大きなプラカードなんか立てられたら困るんだ」と魏子淇は説明してくれた。

当局は写真撮影を恐れているのだ。中国のもっとも有名な建造物の上で、誰かが政治スローガンを書いた横断幕を張り、写真を撮るかもしれないと。それに、外国人が辺鄙なところを歩いてけがでもしたら、マスコミから叩かれるだろう。これも政府の心配の種だった。そんな事態を招くまいと、政府はこの地域に五〇〇〇人を動員した。地方では労働力があり余っていた。それに、この人たちは有償ボランティアだった。この点が都市のボランティアとの決定的な違いだ。愛国的な学生たちは自分の国で開かれるオリンピックのために無償で時間を捧げた。だが、農村の人たちはもっと現実的で、それぞれシャツ一枚に加えて、一カ月五〇〇元(約七三ドル)の支払いを受けていたのだ。村人の平均年収がおよそ一〇〇〇ドルの三岔村で、これはかなりの金額であった。

だが魏子淇の場合、オリンピックは思わぬ儲け口とはならなかった。村の数少ない事業家として、魏子淇は妻と二人で小さな食堂と民宿を経営している。以前は週末になると町からやってきた客がこのところさっぱり来ないのは、七月二十日をもって自家用車の使用が制限されたからだった。悪名高い北京の大気汚染を改善しようと、ナンバープレートを利用した規制策がとられたのだ。偶数ナンバーの車は偶数日に、奇数ナンバーの車は奇数日に限って利用が許された。これによって一泊旅行は事実上できなくなった。車で村に来て真夜中過ぎまでとどまれば、もう二四時間はそこから動けないからだ。

魏子淇がオリンピックのことで不平を言うのを、私は一度も聞いたことがない。また、長城を危険にさらしているとされる「自由《フリー》チベット」運動の活動家たちへの反感も、魏子淇は顔に出したことがない。北京に住む上・中流階級の人たちなら、もっと感情的な反応を示しただろう。人びとはオリンピック開催を誇りに思い、聖火リレー妨害事件に憤慨していた。だが、地方の人びとは自分たちの限界をわきまえていて、外で起きる事件（たとえそれが村に直接的な影響を及ぼすとしても）にはあまり関心がなかった。三岔村の大人たちは誰もオリンピックの祭典に実際に参加しようとは思っていない。一緒に見に行こうよと、私は魏子淇一家を誘ったが、行きたくないと言う。

「どうして？」

「おれたちは市内に入っちゃだめなんだ。いま、市内に人が大勢押しかけたら困るだろ」チケットを買って試合を見に来る人は歓迎されるに決まっていると、私は請け合った。

「いいよ、行かなくても。テレビで見るから」と魏子淇は答えた。

開会式の前夜、私は魏子淇やほかの村人たちとバリケードに立った。魏子淇の当番は夜九時から朝の六時までだ。その間に通りかかったわずか二台の車は、村の住民を降ろすと、大急ぎで回れ右をして市内へ帰っていった。奇数ナンバーの車だったからだ。まるでシンデレラのように、時計が夜中の一二時を打つ前に帰らなければならない。

一緒にバリケードに立った中年の男性は名を高永付《カオヨンフー》といった。小型ラジオを聴きながら「ブッシュ大統領が到着したよ」と報告する。「北京市内に入ったって。プーチンも来るってさ」と言い、さらに続ける。「オリンピックのテレビ放映権はアメリカの企業が握ってるんだ。世界中に流す権利だ。

中国がオリンピックを放映しようとしても、そのアメリカ企業を通さなくちゃならない」

「そんなの変な話よ」と、薛金蓮《シュンチンリエン》という名の女性ボランティアが言う。「中国が放映するものを規制する権利は、外国にはないわ」

「いや、それがあるんだよ」

「変ね、そんなの。ここは中国なのに」と言う薛金蓮は、ちょっと口をつぐんでから続ける。「中国人は生まれつき頭がいい。問題はお金をたくさん持っていないってこと。アメリカだって、トップの科学者たちはみんな中国系。この国には頭のいい人がたくさんいる。でもお金がない。だから、みんな出て行っちゃうんだ」

村人の会話は突然、方向転換することがある。まるで目に見えない気流に乗って飛ぶ鷹のようだが、それでもやがて二、三の決まり切ったテーマに落ち着く。食べ物、天気、お金のいずれかだ。高永付は天気の話に戻った。今にも降り出しそうな空模様だが、政府は明日の晩まで雨を降らせないつもりだという。「どこか別の場所で降らせるんだ。どうやってそんなことできるのか知らないけど、ハイテクでやるんだ」

真夜中近くになっても天気の話はまだ続いていたが、私は歩いて家に帰り寝てしまった。あとで聞いたことだが、開幕式の八月八日になって初めて車がバリケードを通過したのは午前二時のことで、その車のナンバーは2で終わっていた――ドライバーは与えられた二四時間をフルに利用したかったのだろう。あの日、政府は開会式の日に雨が一滴も降らないようにと、ヨウ化銀を搭載したロケットを一〇〇〇発以上も打ち上げた。朝の五時、時差ぼけで目が覚めてしまった私は、道路へと引き返した。魏子淇はバリケードのそばに止めた車の助手席で居眠りをしている。朝の光が軍都《チユントウ》山脈の上に輝いていた。いつもどおりの穏やかな一日の始まりだ。

私はその週の初めに、サンフランシスコ発ユナイテッド航空八八九便で北京に到着したばかりだった。この航空会社はアメリカ選手団の公式スポンサーであり、サンフランシスコの出発ゲートは、試合前の一種独特の雰囲気（スタートラインに立つ選手たちの束の間の連帯感）に満ちていた。女子ソフトボールやシンクロナイズド・スイミングのチームがいた。滑走路を見下ろす窓のそばに自転車トラックレースの選手たちが固まっている。グリーンと黒のそろいのトラックスーツを着たベリーズ代表二人の姿も見える。ベネズエラ・オリンピック委員会のメンバーもいた。ステッキを手に、茶色い蝶ネクタイをした年配の男だ。テレビ関係者はすぐわかる――磨き上げた肌をした長身の女性たちで、みんなブラックベリー端末を手にしている。NBCのオリンピック番組担当で有名なアナウンサー、ジム・グレイがいた。行ったり来たり大股で歩き続け、誰とも目を合わせないようにしている。

搭乗手続きが始まるや、連帯感はどこかへ吹き飛んだ。テレビ関係者はファーストクラスやビジネスクラスへと、あのベネズエラのオリンピック委員とともに姿を消した。ベリーズの二人はエコノミーの座席に静かに座っている。おおかたのアメリカ人選手はエコノミー・プラスの座席に収まった。ソフトボールのチームは左側の、自転車競技とシンクロの選手たちは右側の座席だから、機体のバランスは、完璧とはいえないまでもそれに近いだろう。飛び立って間もなく、機長のアナウンスがあった。「ユナイテッド航空の私ども一同、選手のみなさまを心から歓迎申し上げます」。しばらくするとまたアナウンスがあった。「女子ソフトボール・チームからメッセージが届いております『タイツの男性陣によろしく』とのことです」

男性陣（Tシャツとウォームアップ・スーツの下に白いコンプレッション・タイツをはいた自転車競技の選手たち）からの返答はなかった。彼らは定期的に一人ずつ交代で立ち上がり、脚を動かす。トイレまで歩き、非常口の辺りで回れ右をし、ソフトボール選手の冗談を受け流し、座席へと戻るのだ。通路一周のこのコースはユナイテッド航空九九八便機内の競輪場と呼べるだろう。私は立ち上がったマイケル・フリードマンを呼び止めた。二週間後にトラック種目に出場するこの選手は赤毛で胸幅の厚い、二十五歳のやさしい青年だ。コンプレッション・タイツや機内運動について尋ねると「血栓予防です。長時間座りっぱなしではいけないそうです」と答えた。

北京までのフライトは一三時間を超えた。北京空港の第三ターミナルで私たちを笑顔で出迎えたのは、クライマライトのジャケットを着たボランティアたちだ。ユナイテッド航空の担当者もいて、アメリカの選手たちに注意書きを配っていた。注意点はいろいろあるが、とくにボランティアを信用しすぎてはいけないという。

常にご自身のグループ、あるいは私どものスタッフと行動をともにしてくださるよう、選手のみなさまにお願いいたします。北京オリンピック組織委員会の（青い制服を着た）ボランティアが、善意からではあれ、一部の人びとを間違った場所に案内してしまった例があります。

箇条書きされた注意事項のなかには不吉なものもあった。

- 入国管理官があなたのパスポートやオリンピック資格認定カードを押収する場合、通常はなんの説明もしないということにご留意ください。

選手たちは黙り込んでしまった。互いに身を寄せている。放牧場で嵐を迎える家畜の群れといった恰好だ。自転車競技チームの四人が黒いフェイスマスクをつけていた。兜《かぶと》の面頬のように鼻と口を覆うマスクだ。マイケル・フリードマンによると、マスクはチームから支給されたものだった。北京の大気汚染がひどい場合に備えての措置だという。「これを着用しろと言われてるので」というフリードマンはきまり悪そうだ。ほかの競技の選手は誰一人マスクをつけていない。それにコンプレッション・タイツをはいているのも自転車の選手だけだ。「用心するに越したことはないから」とフリードマンは肩をすくめてつぶやいた。

自転車競技の選手たちは手荷物受取所から税関を通るまで、ずっとマスクをつけていて、報道陣が待ち構える出口にそのまま姿を表した。その異様な姿にちょっとした驚きの声が上がる。選手団はその日のうちに米国オリンピック委員会を通じて謝罪を表明することになった。謝罪文には「私たちは、北京オリンピック組織委員会をはじめ、北京の大気環境を改善するために甚大な努力を払ってこられる多くの方々を侮辱するつもりでマスク着用を決めたわけではありません」という一文があった。私が三岔村のバリケードに参加した日の『中国日報』は、これを一面の大見出しで報じていた。

熱気高まるなか、いよいよ聖火の時を迎える
プーチン、オリンピック準備を絶賛
米自転車競技選手団、マスク着用を謝罪

男子自転車ロードレース決勝は開会式の翌日に組まれていた。入場券なしで見物できる数少ない競技だ。コースは北京中心街を起点に、市内をめぐり、北の万里の長城へ向かう。市内のチベット仏教寺院から通りを一つ隔てた歩道に沿って白い金属製のバリケードが築かれた。クライマライトのおそろいのジャケットを着たボランティアが一〇メートルごとに配置されている。「首都公安スタッフ」の文字入りTシャツを着た地元のボランティアもいた。私服警官が群衆をさばいていた。中国の覆面警官は独特の風采をしている。たいてい三十代から四十代で、身体ががっしりしている。着ているのはボタンダウンシャツに黒っぽいズボン、靴は安物の革靴だ。ヘアスタイルはたいていクルーカット。集団で移動し、ぶらぶらと歩き回る。それに、人をにらみつけることが多い。群衆の間に潜入し、人びとをおびえさせることが覆面警官の仕事なのだ。一党独裁の国では、そんなことも堂々とできるというわけだ。自転車レースに配置された覆面警官たちには、かたちばかりのカモフラージュとして、応援の小旗が支給されていた。ところが、覆面警官は一般の人と違って小旗を振らない。いつでも取り出せる拳銃のように、腰のわきでずっと握りしめている。

歩道のわきで男が二人、象棋《シアンチー》をしていた。木の板を囲んでスツールに座った二人は、膨れ上がる群衆にもまったく無関心だ。覆面警官に気づいていたとしても、そんなそぶりはみじんも見せない。北京の住民は当局の監視を受け流す術《すべ》をずっと前から身につけているのだ。それに、ここ八達嶺《バーターリン》革靴店の前のエンジュの木陰は、二人の縄張りだった。二人のうち一人はこの店のオーナーで、名は張永《チャンヨン》林《リン》。その相手は元自動車修理工の張有智《チャンヨウチー》だ。二人は親戚ではないが、この界隈では小張《シアオチャン》と老張《ラオチャン》と呼ばれていた。レース開始四〇分前、一人のボランティアが、そこをどいてくださいと二人に告げた。

「この一局が終わるまで待ってくれ」

老張はこう答えながら、金文字をあしらった扇子をさっと振って、勝負はもうすぐつくよと身振りで示した。下っ端の（クライマライトの制服を支給されていない）女性ボランティアは肩をすくめただけで、それきり二人を放っておいた。数分後、今度は組織委員会所属のボランティアが近づいて言う。「そこをどいてください。自転車レースが始まりますから」

「わかってるよ。勝負はすぐつくから」老張は答える。

答えながら扇子をまたさっと振る。今度はうるさいと言わんばかりの身ぶりだ。若いボランティアは高齢者に遠慮して黙ってしまった。勝負は続いた。すでに七人もが見物に集まっている。老張はこの界隈では最高の指し手だという。中国の象棋はスポーツだ。中国象棋協会は、中国自転車協会や中国バスケットボール協会と同様に、中華全国体育総会によって運営されている。ブリッジや囲碁、ダーツなどの協会をはじめ中国綱引き協会まで、等しく中華全国体育総会の傘下にある。そんな競技までスポーツと見なすのかと戸惑う向きもあるだろう。だが、中華全国体育総会とは、大まかに言って競争的な娯楽にかかわる機関だと考えれば納得できる。この巨大な統括組織の下に、オリンピックで外国勢に勝つことを主目的とする協会がいくつか置かれている。中国がマイナーな種目に強いわけが、ここにある。二〇〇八年北京オリンピックで中国は、一般市民が見たことも聞いたこともないような種目で数多くの金メダルを——アーチェリー（一）、セーリング（一）、射撃（五）、重量挙げ（八）、カヌー（一）——獲得した。金メダルは官僚主義の勝利を示していた。一七〇万人ものボランティアを組織して天安門広場から万里の長城までの地域に配置し、それぞれ階級や社会的地位によって微妙に異なる制服を支給することができる国なら、セーリングのＲＳＸ級で勝てそうな女性を見つけてトレーニングを施すことなどわけもないだろう（優勝者の名は殷剣《インチエン》）。

ところが官僚主義と同様に、象棋はメダル獲得戦よりもはるか昔から中国に存在していた。中国の象棋はスポーツにそっくりだ。対局の観戦もスポーツそのもの。観戦者のポジションまで決まっている。駒が動く前に助言する人と、駒が動いてからコメントを述べる人が、少なくとも一人ずついなければならない。つまり、観戦も、コーチ役と評論家役の二手に分かれて進めるゲームなのだ。棋盤を囲む人たちが攻撃的になるのももっともだ。しかし、攻撃はすべて棋盤に向けられる。チベット仏教寺院の近くで対局している老張と小張は、自分の番がくると木製の駒を力いっぱい棋盤に叩きつけるのだった。

バシッ。

「ほら、これでどうだ」

バシッ。

「そうきたか、じゃ、こういくぞ」

「そう、そう、それでいいぞ！」

バシッ。

「ほら、おまけしとくよ」

自転車レースの開始まであと二四分というとき、場所を空けるようにとすでに三回も注意された末に、とうとう小張は負けを認めた。北京式の敗北宣言だった。駒を地面にどさっと落とし、「老張、まいりました」と大声を張り上げたのだ。二人はすぐにもう一局始める。観戦者は一五人に増えていた。そのなかには制服を着た治安ボランティアも四人いた。腰の辺りに小旗を抱えた私服警官も、ときどきやってきては観戦した。

老張の扇子の使い方は見事だった。次の手を考えるときは扇子をたたみ、駒を進めたあとは鮮やかに広げる。終盤、形勢不利に追い込まれた老張の扇子は、焦ったような小刻みな動きを見せる。だが、老張本人は一言も発しない。ついに負けを認めたとき、老人は笑みを浮かべていた。二人がようやく棋盤を片づけたとき、レース開始まで一〇分を切っていた。

バリケード付近にびっしりと人の群れができた。車道から人影が消えている。やがて「来たぞ!」と叫ぶ声がする。

「車が来るよ!」

「フォルクスワーゲンばっかりだ」と誰かが叫ぶ。先導車はどれも黒い窓ガラスのフォルクスワーゲン・セダンだ。白バイとパトカー、それから旋回砲のようにくるりと回る台座の付いたトラックが続く。

「テレビカメラの車だよ、あれ」

先頭の二人がさっと通り過ぎた。チリに続いてボリビアの選手だ。三〇秒後、大勢が固まった一団が見え、あっという間に去っていった。先頭が誰か、よくわからない。ユニフォームに漢字は書かれていないし、選手の顔もよく見えない。一瞬、誰もが唖然として言葉を失う。と、伴走車列が見え始めた。わーっと歓声が上がる。

「あの車、なんで自転車を積んでるんだ?」

「修理用さ」

「全部に旗がついてる。あ、見て!」

「ワーゲンじゃないな」

「シュコダだ、あの車種は」

「そう、シュコダだ」

「あ、救急車が来た」

最後尾の救急車を群衆はゆっくりと見送った。その後数分、車道は空っぽだったが、すぐに別のレースが始まった。先頭は、廃材を積んだぼろぼろの自転車リヤカーだ。次は普通のバイクが一台。ホンダのタクシーとミネラルウォーターを山と積んだトラックが続く。それから奇数プレートの波が押し寄せる——一、七、五、九。集まった人びとは立ち去り、ボランティアがバリケードを片づける。

老張は足を引きずりながら昼飯を食べに行った。自転車レースについて老張は「まあまあだった」と私に感想を述べ、ついでに扇子の書も見せてくれた。「怒るな」と題する詩の一節が書かれているという。

「対局中これを見ると、気が落ち着くんだ」と老張は言う。詩はこんな言葉で始まっていた。

人生は芝居の如し、われらここに在るは宿命にほかならず
老いをともにするは易きにあらず、されば慈しむべし

フェンシングの試合の切符があるんだけど、と私が誘うと、魏嘉《ウエイチア》はどの種目かと訊く。魏嘉は魏子淇の十一歳になる息子だ。「サーブル、エペ、フルーレとあって、剣の形や大きさがみんな違うんだ」と三岔村で生まれ育ったこの子は淡々と解説した。

魏嘉をはじめ、北京一帯の小学生はすべて『小学生のためのオリンピック読本』という教科書を支給されていた。読本は古代ギリシアのオリンピアの説明から始まり（「草は青く、香り高い花々が咲き乱れていた」）、時代を下って裸のギリシア人レスラーのアニメへと進み、クーベルタン男爵の紹介へと続いていた。フィンランドの長距離ランナー、パーヴォ・ヌルミや、タンザニアのランナー、ジョン・アクワリの紹介記事もあった。一九六八年、最下位でゴールしたアクワリは偉大なスポーツマンシップを発揮したことで知られている。中国の偉大なハードル選手、劉翔《リユウシアン》を取り上げる一章もあった。うんざりする内容だ。

劉翔は健康で、トレーニング中にもレースに出ても、ほとんどけがをしたことがありません。運動選手にとってこれは容易なことではないのです。

オリンピックを一緒に観戦しようという私の誘いに魏子淇がようやく応じたのは、一つには息子の魏嘉のためであった。最初に見るのはボートだ。その前の晩、魏嘉が電話してきて、レインコートについて確かめたいという。「あれ、ただで配ってるもの?」

「そんなことないだろ。なんでただで配るんだ?」

「テレビで見たらスタンドではみんな同じ色のレインコートを着てるよ」

私も何時間もテレビでオリンピックを見ているのだが、なぜかそこまでは気づかなかった。あれは会場で売ってるんじゃないか、と私は言ったが、魏嘉はずっと鋭い。「会場で傘は使用禁止だよね」

そのとおりだった。保安上の決まりだ。

「傘を禁止したんなら、たぶんレインコートを配ってるよ」

私にはこの論法がわからなかったが、その翌日、北京市内から三〇キロほどのところにある順義《シュンイー》オリンピック水上公園のゲートを通って初めて目にしたのは、安物のプラスチック製ポンチョを配っている女性の姿だった。競技会場ではどこでも似たような措置がとられていた。組織委員会は民衆を知り尽くしているのだ。中国人はただでもらえるものならなんでも好きだ。プラスチック製の旗、ボール紙で作った安物の双眼鏡、マクドナルドのロゴ入り扇子、それに各種スポーツのルールと観戦マナーを記したパンフレットも配られていた（バレーボールの観戦については「試合中の適切な機会に拍手を送ることは歓迎される。ブーイングや野次を飛ばすことは許されていない」と書いてあった）。場内売り場は信じられないほど安い。インスタント麵（中国人は湯を注がずそのまま食べる）は三〇セント、冷えた缶ビールは一缶七五セントもしない。朝の一〇時にフェンシング会場に入り、四ドル半も払えばバドワイザーの六本パックが買える。だが、中国人は誰もそんなことをしない。長時間スポーツを見る中国人など、ほとんどいない。観戦しながらビールを飲む習慣もない。ビールを買うのはたいてい外国人だった。

会場の中国人は真剣そのもの、試合に意識を集中している。ここでは街中の無規律な雰囲気はまったく感じられない。会場の人たちは入場券を払ったのであり、こんな機会は二度と巡ってこないと知っていた。試合が始まると、会場はたいてい静まり返る。観衆は試合の動きを把握しようと、緊張しているようにも見える。試合が進むにつれて、とくに中国人選手が登場すると、会場は騒がしくなる。男子サーブル予選が始まって一時間もしないうちに、私たちの三列前方で、最初のけんかが起きた。まるで劇中劇のような展開だった。背景ではブラジルのレンゾ・アグレスタがイタリアのルイジ・タランティーノに切りつけている。と、その手前で中国人の男が二人すっと立ち上がり、殴り合いを始めた。二人とも中流階級のようだ。一人は子ども連れだった。中国ではよく公共の場で騒ぎが持ち上がるが、たいていは怒鳴り合いで終わる。ただ、このフェンシング会場の場合、前哨戦もなければ延長戦もなかった。ただ殴り合いが一〇秒間続いただけだ。クライマライトの制服を着たボランティアが駆けつけたときは、誰もが知らんぷりしていた。ボランティアはキツネにつままれたような顔つきだ。二人の男は追い出されまいと、ただ席に着き、口を閉ざしたのだった。私が周りの人から聞いた限りでは、けんかの種は試合がよく見えないとの苦情だったらしい。

私の隣に王萌《ワンモン》という女性が座っていた。農学専攻の院生だという。入場券は、一年以上も前にネットで買った友人から手に入れたそうだ。額面四ドル四〇セントの入場券を、たとえば三〇〇ドルで転売する気があったかどうかと尋ねると、王萌は首を横に振った。「オリンピックを見る機会なんて、もう二度とないでしょうから」。試合開始から三〇分ほどの間、王萌は周りの席の人たちと、選手のヘルメットが点灯するとはどういうことか、低い声で話し合っていた。

それまで私は、中国ではスポーツ観戦が嫌いだった。偏狭なナショナリズムを目の当たりにすることになるからだ。スポーツ自体を楽しむ人はごくわずかしかいない。勝利こそがすべてなのだ。だから面白くない。だが、オリンピックで何かが変わったことを私は感じ取っていた。魏嘉の母親の曹《ツアオ》春梅《チュンメイ》は、競技についての感想をしきりに語っていた。シンクロダイビングは「安らかな感じ」がするが、レスリングは見ているとはらはらするそうだ。鳥の巣（北京国家体育場）は「めちゃめちゃ」に見えるが、「本物の鳥の巣ってあんなものだ」と思う。いちばん気に入っているのは、「水立法《シュイリーファア》」の愛称で呼ばれる北京国家水泳センターだ。あの外壁の模様は泡みたいだねと私が言うと、「泡にしては大きすぎるわ」と反対意見を述べた。この建物が好きなのは清潔な感じがするからだそうだ。

真新しい順義オリンピック水上公園に来た曹春梅は、初めのうち緊張していた。泳ぎはできないし、ボートも嫌いなのだ（魏子淇も「ちょっとだけ」しか泳げないそうだ）。やがて通り雨が降ったが、無料ポンチョを着た一家は平気で座っていた。地方の人は身軽に旅行する。魏の一家も何一つ持たずにやってきた。市内の私の家に泊まってほかの競技も見る予定の魏嘉でさえ手ぶらだ。試合が終わったので、私たちは魏嘉の両親に別れを告げ、タクシーに乗り込んだ。順義でどこかいいレストランはあるかいと運転手に訊くと、「金百万《チンバイワン》がいいですよ」と勧める。

順義は北京からおよそ三〇キロの郊外の町だ。中国では無秩序に広がる都市の周りにこんな町をよく見かける。住民の大多数は元農民で、今は別の職業へと転身を図っている。地元当局はこの町がボート、カヌー、カヤックなどの競技会場になったことが誇りだった。町中いたるところに、「文化は順義に／オリンピックは順義で」と書いた垂れ幕がかかっていた。町の中心部にそのレストランはあった。鏡張りの入り口には、マティスのオールドボトルウィスキーが四九三本飾られている。店の中央には巨大な水槽が据えられ、サメ十数匹、スッポン二匹が入っていた。それに人魚に扮した女性が一人、長い尾びれをつけ、ビキニを着てフェイスマスクとノーズクリップをつけて泳いでいる。広告版が「首都圏最高の人魚ショー」とうたっていた。円形の水槽の中を、女性はサメやスッポンと一緒にぐるぐると回る。私が啞然として言葉を失っても、魏嘉はずばりと適切な質問をしてくれる。だから魏嘉と一緒に旅行すると面白い。

「あの女の人、どうして水の中にいるんですか」ウェイトレスがテーブルにやってくると、魏嘉は心配そうに訊いた。

「一種のショーですよ」

「サメに食べられたりしないの」

「お腹がすいていなければサメは人を食べません。ちゃんと餌をやっているから大丈夫です」ウェイトレスは自信満々の笑顔を浮かべて答えた。

あとで聞いたことだが、ボートレースの会場で私たちと別れたあと、魏子淇が妻とタクシーに乗ろうとすると断られたそうだ。客待ちタクシーの長い列ができていたが、運転手たちは外国人しか乗せてはいけないと指示されていて、中国人は公共バスを待たなければならなかった。魏子淇は腹を立てた様子もなく、笑いながら私にそう話してくれた。


北京がオリンピック開催地として名乗りを上げていた二〇〇一年二月、私は国際オリンピック委員会（IOC）による北京の最後の視察に同行した。車を連ねてスタジアム予定地など市内各地を巡ること三時間以上。どこへ行っても信号は、私たちが近づくと魔法のようにさっと青に変わった（交通管制センターが遠隔操作で市内のあらゆる信号を変える仕組みについて、私たちは前日に中国当局から実地説明を受けていた）。視察ルートに沿って何百棟もの建物が明るい色に塗り替えられていた。政府統計によれば、二六平方キロメートルの面積が塗り上げられたという。実に、マンハッタン島の半分近い面積だ。

当時は反体制活動家たちも招致に積極的だった。オリンピックが政治変革のきっかけになると期待したのだ。これがIOCの決定の一部要素になったとも伝えられている。多くのIOC委員たちは一九八八年のソウル五輪が韓国の改革に一役買ったと信じていた。「共産党はいったいどうするつもりだろう。スターリン主義の党がオリンピックを開催するなんて、こりゃ難しいぞ」。IOCのアドヴァイザーを務めたことのあるアメリカ人は、二〇〇一年の当時こんなことを言っていた。北京の副市長、劉敬民《リュウチンミン》の話では、「偉大なる長城、偉大なるオリンピック」というスローガンが検討されたが、最終的に不採用になった。それから七年後の今、誰の目にも明らかだが、共産党は本当にオリンピックを開催できた。それに、いま五〇〇〇人を超える農民が外国人を警戒して長城の警備にあたっているところを見ると、あのスローガンはやはり使わないほうがよかったのだ。

鄧小平の時代以降、中国は外の世界を受け入れる力を着実につけてきたが、それでもなお、外国に対する恐れや不安感は消え去っていない。オリンピックはたしかに開放を進展させたが、政治変革の起爆剤にはならなかった。大部分の国民は基本的な考え方を変えてもいない。昔から中国の人たちは、大事件が起きても冷静に受け止める術を身につけてきた。だからこそ、毛沢東時代を生き抜き、四川大地震のような大災害を乗り切れたのだ。この強靭な精神力はオリンピックのいたるところに現れていた――もっとも、見るべきところを見なければ気づかないだろうが。ダイビング選手の冷静さに、重量挙げ選手の強靭さに、そして体操選手の自制心にこの精神力を見ることができた。中国の運動選手はたいてい地方の出身だ。貧しい田舎の子どもたちは、募集に応じてスポーツ学校に入る。三岔村はすでに豊かになっていて、最近ではスポーツ学校に入った子どもは一人もいない。魏子淇も、息子にはそんな道は進ませたくないと言う。だが、選択肢がわずかしかない地方では、子どもがスポーツシステムという、よく整った官僚機構にはめ込まれることで親は安心するのだ。

オリンピックの諸施設には農村の人たちの足跡が、間接的にではあれ、残っている。北京オリンピック組織委員が立候補にあたって配布した資料を読み返してみると、当初の計画案は、最終的に完成したものよりも地味だったようだ。普通はその逆のパターンが多い。立候補都市はたいてい大風呂敷を広げ、やがて規模を縮小する。二〇〇一年、中国政府は全長一四〇キロメートルに及ぶ地下鉄六本を建設すると発表した。実際には二〇〇キロメートル、八本を建設している。企画書に描かれた競技場は頑丈で味気なく、実用本位に見えた。最初のプランには「鳥の巣」も「水立法」も、派手なものは何もなかった。その後、地方から都市への人口流入によって経済が飛躍的に成長した。地方から出てきた人たちは（ただペンキを塗るだけではなく）凝った建物を造る労働力も提供したのだ。ある意味で、中国はオリンピック開催の完璧なタイミングをつかんだといえよう。それは労働力がまだ安く、政治家が責任を問われることもほとんどない時代だった。頭をもたげつつあった中・上流階層の人たちは誇りを持ってこの競争に参加することができた。オリンピックにもっとも深く共鳴したのはこの人たちである。観戦者の熱気は主に裕福な若者たちのものだった。観客席を見ていると、中国人の大部分はまだ田舎に住んでいるということをつい忘れてしまう。

競技場で私は、スタンドの隅の辺りを歩き回るのが好きだった。いちばん安い席は無料配布されることが多い。男子サーブル（フェンシング）の会場で、最後部の席にいたのは北京森林局の職員一五〇人。全員がチアスティックを手に、ちょっと茫然とした表情だ。男子レスリング・グレコローマンスタイルの予選には小学生の一団がいた。北京郊外の昌平《チャンピン》区から来た子どもたちだ。引率の教師が立ち上がり、出場選手のお父さんがすぐ後ろの席に座っておられますよと告げた。

最後列にその人はいた。名前は常愛梅《チャンアイメイ》。五十二歳というが、少なくとも十歳は老けて見えた。肌は浅黒く、目の辺りは日に焼けてしわだらけ、外仕事をする人がよく使う白い汗ふきタオルを握っていた。その日、観客に渡されたグッズ（中国国旗、オリンピック・マスコットの旗、英語の観戦案内）をすべてきちんと膝の上に置いている。男子レスリング・グレコローマンスタイルの試合をいかに観戦するかについての中国語の手引書も持っていた。「優れた技を見せた選手、あるいは多く得点した選手には、盛大な拍手を送ることが奨励されています」

常愛梅の息子は常永祥《チャンヨンシアン》。たった今、前大会優勝者のブルガリア人を破ったところだ。常愛梅は妻に電話する。田舎の人によくあるように、携帯を使うとき声が大きくなる。「いま終わったよ、あの子の試合。勝ったよ！　え？　そうだ、勝ったんだ」

その後しばらく、携帯が続けざまに鳴る。親戚、友だち、地元新聞の記者たちからだ。常永祥は河北省の人口わずか三〇〇〇人の小村の出身だった。一家は三〇アールほどの農地で麦とトウモロコシを育てている。年収は六〇〇ドルに満たない。一九八〇年代に、常愛梅の甥の一人が選ばれてレスリング選手になり、やがて国内チャンピオンになった。そこで常愛梅は、うちの息子もチャンスをつかめるはずだと考えた。息子は生まれつき大柄だった。十三歳で家を離れて郡のスポーツ学校に入学、やがて省のレベルからナショナルチームへと進んでいった。今は七四キロ級に出場している。どうして最後列に座っているんですか、と私が訊くと、常愛梅はこう答えた。

「コーチの先生方がね、私が来たことは知らせないほうがいいって。気が散るといけないから。だから、後ろのほうに座っていろと言われたんです」

息子のレスリングは、これまでに二回しか見ていないそうだ。オリンピックを見に来るなんて、思ってもみなかったという。三日前に突然、地元の役所から電話が来て、入場券が何枚かあるので、一枚使っていいと言われた。ほかの入場券は村の党書記と郡のスポーツ局長が使った。この二人はすでによく見える前列に移動している。常愛梅の娘は競技場の外で待っていた。入場券をもらえなかったのだ。

携帯電話がまた鳴った。「いま、アメリカ人の記者と話してるんだ。アメリカ人だよ！」

二年前、息子の常永祥はコロラド・スプリングスの試合に出場した。「アメリカ人はとても親切だと言ってましたよ。それに町はとても清潔だと」

午前中、予選が続いた。中国の男子レスリングはオリンピックで銅メダル以上を獲得したことがない。当然、決勝に進出した選手もいない。その朝、常永祥は第二試合でペルーの選手を下し、準決勝に進んだ。試合の時間になったので、私は観客席のあの隅に行った。父親はまだそこにいて、一人きりで座っていた。

常永祥の対戦相手はアレフ・ミハロヴィッチ。ベラルーシの選手だ。午前中ずっと高まるばかりの歓声は、今や「中国！中国！」の大合唱だ。試合開始直後、ベラルーシの選手が常永祥をリングの外に投げ出して四点獲得、第一ピリオドを取る。常永祥が態勢を立て直したのはそれからだ。常永祥はがっしりした体格で、腿は太く、えらが張っていて、黒い髪はごわごわだ。クリンチのあとで必ず頭を左右に振る。まるで雄牛のようだ。第二ピリオドで常永祥は同点に持ち込んだ。観衆は総立ちだ。昌平区の小学生たちはわあわあ叫び、チアスティックを打ち叩いた。

小学生の後ろで、常愛梅はまだ座ったままだ。足を組んでいる。一日の仕事のあとでくつろいでいるようにも見える。汗ふきタオル、旗、パンフレットなど所持品はすべて、膝の上にきちんと重ねられていた。試合が始まってからずっと、筋肉の一つも動かしていない。はるか遠くのマットを見据え、一言も発しない。だが、私にはその息遣いが聞こえた――落ち着け、落ち着け、落ち着け。第三ピリオドで相手のベラルーシの選手がまず得点した。息遣いが深くなる。試合は続き、常永祥が下側になったが、逃げ切って一点獲得。あえぐような息遣いだ。もう一点入れたところで試合終了。見ればレフェリーは常永祥の手を高く挙げていた。

最終的に常永祥はグルジアの選手に負け、銀メダルに終わる。だがこの準決勝の日、常永祥は晴れ晴れとリングを去った。グレコローマンスタイルで、中国史上もっとも大きな成果を上げたレスリング選手になったのだ。「中国！　中国！」と観衆のどよめきが続く。アリーナのいちばん上でひっそりと、常愛梅はまだくつろいでいるように見えた。無言のまま、やがて携帯電話を取り出し、声を張り上げた。「もしもし。また勝ったぞ！」

車の町

そのアメリカ人たちは毎日、蕪湖《ウーフー》市内の自動車メーカーに通う。エンジニアや重役、営業担当者や技術顧問二〇人から成る一団だった。弁護士も一人加わっている。自動車メーカーの名前は奇瑞《チールイ》汽車。ここ二年ほどで急成長した新しい会社だ。たいてい毎朝、アメリカ人エンジニアたちはこの会社の試作車をテスト運転する。最終組み立て工場の屋外に狭いコースが設けられ、あちらこちらに中国語の標識が設置されていた。エンジニアたちはアメリカの自動車業界用語で話す。

「これじゃ、六〇点そこそこだろうな」

路面凹凸あり

「クラッチ操作に気をつけろ」

ブレーキ確認せよ

「フォードのヴェルサイユ、覚えてるか」

「もちろんさ」

「ひどい車だったたな」

制限速度四〇キロ
「九〇点つけてもいいのは、リンカーン・マーキュリーだけだな」

この先砂利道
「Jターンするつもりなら、そう言えよ」

アメリカ人を率いているのはマルコム・ブリックリン。奇瑞汽車と提携するためにヴィジョナリー・ヴィークルズ社という会社を立ち上げた人物だ。蕪湖で私と初対面の握手をしたとき、わが社はアメリカで初の中国車輸入会社になりますと胸を張った。「歴史に残る事業になりますからね、すべて映像に記録するつもりです」。記録係は息子のジョナソン・ブリックリン。二十代のジョナソンは父親についてどこへでも行き、ビデオを回した。

マルコム・ブリックリンは六十六歳。自動車産業の新機軸を求めながら人生の大半を過ごしてきた。一九六〇年代にはスバルをアメリカの消費者に紹介して一財産築いた。七〇年代の初め、その金を使ってカナダのニューブランズウィックに自動車メーカーを創設。ガルウィング〔跳ね上げ式〕ドアの付いた斬新なデザインのスポーツ車を考案し、この車種に自分の名前をつけるが、やがて破産に追い込まれた。

八〇年代、大西洋の向こう側で造られたユーゴ〔ユーゴスラビアの小型車〕をアメリカへ持ち込むが、間もなく自己破産を宣言。その後、カリフォルニアで電動自転車の生産を試みたが、自転車は車ほどにはアメリカ人を惹きつけなかった。

二〇〇二年、ブリックリンは自動車ビジネスでなんとか返り咲こうと模索を始める。アメリカへ輸出可能な車を製造できる外国メーカーをいま一度見つけようと、イギリス、セルビア、ルーマニア、ポーランド、インドを探し歩いたブリックリンは、蕪湖市に着いた途端、メーカー探しを終わりにした。

ヴィジョナリー・ヴィークルズ社の一団が蕪湖市を訪れるのはこれで二度目だ。彼らは毎朝、宿泊先の国信大酒店《クオシンターチウテイエン》の特別ラウンジで朝食をとる。ブリックリンは過去や未来について、延々と語った。白髪で背がすらりと高く、灰色の目が印象的だ。声は深く滑らか。いっときもじっと座っていない。ここ蕪湖市で完璧な自動車メーカーに出会ったとブリックリンは断言していた。朝食の席にいつも一緒にいるのは取締役副社長のトニー・シミネラと、会社の弁護士を務めるロナルド・E・ウォーニックだ。ブリックリンの古くからの友人で、破産法を専門分野の一つとするウォーニックは、アリゾナの自宅にガルウィングドアのブリックリンSV1車を一台、まだ置いているという。

「ユーゴの事業は大失敗だったと言う人がいますがね、あのころのトニーの仕事は世界中でいちばん安い車を見つけることだった。当時のユーゴスラビアは共産主義国だが、西側に友好的でしたよ。見つかったのは一五年落ちの、それまで規制をいっさい受けてこなかった車でね。あれはフィアット128をモデルにしてました」とブリックリンは当時を語る。

「トイレットペーパーもファックスのトナーも、全部こっちから持ち込まなくちゃならなかった。無鉛ガソリンもです」とトニー・シミネラ。

ブリックリンは続けた。「ヘンリー・キッシンジャーがコンサルタントになってくれましたよ。トニーは一四カ月の間に製品の五二八カ所に手を入れて、ディーラーに渡せるようにしたんです」

「ユーゴの製造工場のすぐ横にわが社の工場を建てましてね、あっちの工場で仕上がった車をすぐさまこっちの工場に回して修理した。アメリカでよく売れました。ディーラーは三〇〇〇ドルも上乗せしてましたよ、三九〇〇ドルの車にね」

ブリックリンは続ける。「ＧＭがサターンを市場の高級な分野に向けたのも、ユーゴが理由でした。品質もよくなった。たくさん売れて、お褒めの言葉もたくさんいただいた。三年後に私は自分の持ち株を売りました。戦争が始まったのはそのあとです。ユーゴは失敗だったと、今ではみんなが言ってますけどね」

蕪湖市のこの界隈の建物はどれも新しい。国信大酒店も真新しいホテルだ。特別ラウンジの書棚には本がぎっしり詰まっている。新しい養殖池に魚を放つ要領で買いそろえたに違いない。『ハーヴァード・マーケティング・マネジメント』と題する中国語の本が一二冊、『ＭＢＡハーヴァード・ビジネス・スクール・マネジメント百科事典』が一〇冊並んでいた。

ブリックリンは続ける。「わが社は安い中国車を輸入しようとしているわけじゃありません。価値ある車を安く売ろうとしているんです。二万ドルの車を一万四〇〇〇ドルで、三万ドルの車を二万ドルで売りたいんだ。ねらいはシェア三〇パーセントです」。話すとき、ブリックリンは目を輝かせ、そわそわと落ち着かない。「かつての日本と状況は似ています。一九六八年が転換点だった。あの年を境に、日本製品は安物ではなく、高品質のものだと見なされるようになった。日本が二〇年かけて成し遂げたことを、中国なら五年でできますよ」

ブリックリンの一行が到着する数日前に、私は北京から車で蕪湖市にやってきた。約一三〇〇キロの長距離ドライブだったが、私は中国製フォルクスワーゲン・ジェッタのレンタカーでゆっくりと時間をかけて旅をした。途中、孔子の故郷を通った。道路は南皮《ナンピー》県にある石像戦士や有名な鉄獅子《テイエシーズ》、金《チン》牛《ニウ》区の苜蓿園《ムーシュイユアン》〔ウマゴヤシの地〕の近くを通っていた。また、東光《トンクアン》県の鉄仏寺《ティエフォースー》や、雑技団で有名な呉橋《ウーチアオ》県も通り過ぎた。道路沿いの大きな看板が地元の名所を大々的に宣伝していた。金郷《チンシアン》村の大看板には「中国一のニンニクの産地」と英語で書いてあった。

高速道路は申し分なかった。四車線あり、中央分離帯は見事に整備されている。出口標識も見やすい。開通したばかりで地図にも載っていない道路もある。中国の高速道路網の長さはこの四年間で倍増した。最近、交通運輸部は記者会見を開き、さらに四万八〇〇〇キロを増設する計画を明らかにしている。新しい道路の目的について訊かれた交通運輸部の張春賢《チャンシュンシエン》部長は、前年に中国を訪問した米国務長官コンドリーザ・ライスの話を持ち出した。ライスは、子どものころに家族でドライブした夏休みの思い出を語ったらしい。「旅行をしたことでアメリカを愛するようになったと国務長官はおっしゃっていました。高速道路を造れば自動車産業が盛んになる。だが、これは目的のほんの一部にすぎません」と張は語っている。

蕪湖市へ行く道路には、ぴかぴかの真新しい広告版が何マイルにもわたって並んでいた。電源オフのテレビ画面を思わせる空白の広告版は、将来この道路を通るのがどんな消費者たちなのか、広告主たちが見当をつけるのを待っている。最近、自家用車を買う都市生活者が増えているが、長距離ドライブに出かける人はまだめったにいない。高速料金も高く、運転も未熟な人が多かった。道路を走る車といえば、ほとんどが輸送トラックだ。中国の高速道路はいま、第一ステージにある。道路はまず物品を運ぶ。人間が利用するのはそのあとだ。

トラック運転手はたいてい二、三人でチームを組んで仕事をした。交代でハンドルを握り、二四時間ぶっ続けに走るのだ。トラックは決まった道を通った。装備一式は運転手の財産だ。いかなる遅れも金の損失につながった。運転手たちは道端の店でそそくさと食事する。私は毎日、そんな店に立ち寄って夕飯を食べ、彼らの話に耳を傾けた。詩才を発揮して自分の仕事を「経済の体温計」と呼ぶ運転手もいた。たいていは私とほんの二言三言交わすと、すぐに席を立って駐車場に向かう。竹箒をいっぱい積んだトラックの二人組運転手は、非鉄金属の荷を降ろしたばかりだと言っていた。別のチームはカラーテレビを降ろし、精白小麦を積み込んだところだ。中国の高速道路沿いで行なわれるあらゆる神秘的な取引の中心にいるトラック運転手たちは、まさに市場経済時代の錬金術師であった。ハイテク麻雀セットの荷を降ろし、小学校の教科書を積み込む。杭州《ハンチョウ》で積み込んだラジエーターを石家荘《シーチアチュアン》で化学薬品と交換する。温州《ウエンチョウ》で靴を、長春《チャンチュン》では発電機を積み込む。大同《タートン》では石炭、温州では車両部品だ。空っぽのトラックは走っていない。

　曲阜《チュイフー》市で私は、孔子一族の墓所に立ち寄った。市は高速出口に案内板を設けてここを観光名所にしているが、駐車場にほかの車は止まっていない。墓所は広い林の中に広がっていた。ほぼ二〇〇〇年にわたって、孔子の姓（孔《コン》）を名乗る地元の人びとがその妻とともにここに埋葬されてきた。その数は膨大で、実に一〇万人が杉の木々の下に眠っているという。

　私はあちこちの墓石を見ながら歩き回った。明朝後期、孔家第六二代の墓がある。少し先には二〇〇一年に建立された第七四代の碑がある。三〇〇年をたった数歩で飛び越えたわけだ。ほかの墓石を探しながらなおも歩くと、泣き叫ぶ声がする。墓の間を用心深く進んで、声のするほうへ近づいてみた。

　女性の一団が新しい土饅頭のそばで泣き声を上げ、叩頭していた。一行は三輪二気筒エンジンの泰山《タイシャン》２００トラクターでここまで来たらしい。墓前の供え物はミカンとリンゴ、それにゆでた鶏肉など、質素なものだった。かたわらに数人の男たちが立っている。その一人が私にタバコを勧めてくれた。孔家第七二代に嫁いできた女性を葬っているという。泣き叫ぶ声はその後一〇分ほど続いたが、まるで計ったように突然ぴたりとやんだ。女性二人が近づいて話しかけてくる。アメリカの葬式とはどんなものか、私の給料はいくらか、そしてアメリカでは子どもは欲しいだけ持てるとは本当か、などという質問だ。私は自分がアメリカにおけるヘスラー家の第五世代に属していると話した。やがて男の一人がトラクターのクランクを回してエンジンをかけ、一行はゆっくりと靄《もや》の向こうへ消えていった。鶏肉の供え物はそのまま残していったが、ミカンは持ち帰ったようだ。

孔子の墓はその近くだった。石碑はひび割れたまま、文化大革命の蛮行の跡をとどめている。紅衛兵が墓を暴いたが、中には何もありませんでした、とガイドは説明する。だが、笑顔のガイドは本当は何を言いたいのだろう。墓が空だったので破壊行為が阻止されたと強調したいのか、それとも孔子はここに埋葬されていなかったというのか。林を立ち去るとき、駐車場は依然として空っぽだった。高速道路もすいていた。この旅行中、渋滞が起きたのはただ一回、天津近郊でのことだ。突然、車の流れが遅くなり、滞った。道路上で無数のパンフレットが、まるで半死の鳥のようにゆらゆらと空を漂い、運転手たちがそれに気を取られたからだった。車を止めてパンフレットを拾い上げてみると、英文のローン申込書だった。一四ページ綴《つづ》りになっている。ケンタッキー州ダートフォードの金融会社ウールウィッチ社の用紙だ。おそらく輸入リサイクル物資を積んだトラックの留め金が路上で外れたのだろう。何千枚もの申込書の綴りが空を舞い、タイヤの下に滑り込んでくる。路傍の広告版と同じく、申込書には何も記入されていなかった。

車というものは部分ごとに世界中あちこちに散らばっている。マルコム・ブリックリンはそれらを結びつける方法をなんとかして見つけたかった。そこで倒産した工場や人里離れた工場を探した。そんな工場にこそチャンスが見つかるからだ。ある日、私は朝食を済ませたブリックリンをつかまえ、蕪湖にたどり着いた事情を詳しく聞かせてほしいと頼んだ。

「三年前になりますが、ユーゴスラビアの知人が電話してきましてね、工場を一つ売りたいので、見に来ないかと言うんです。NATO軍のミサイルを五発食らった工場でした。そこで出かけて行ったのですが、結局、一年間滞在することになった。問題は従業員たちでした。工場を改修する間、彼らをどう処遇するかです。その後、首相が暗殺されるという事態になりましてね。もう年寄りのわれわれの出る幕ではないと思ったんです」

「それからルーマニアに行った。あそこには大宇《デーウ》の工場があります。でも同じ問題を抱えていましたよ。従業員をどうするかです。ポーランドにも行きました。大宇のすごい工場がある国です。ウクライナにエンジンを輸出していました。なぜかは知りませんけどね。でも、問題は同じです。従業員が多すぎるんだ。そのあとはMGローバー社に紹介されて、ポーランドの工場との協力の話もしました。だが、不確定要因が多すぎた。わが社はインドのタタにも行きました。すばらしい人たちだった」

「実にいい人たちでした」とトニー・シミネラがそばで付け加える。

「工場も見せてもらいました。最新式とは言えないが、まあまあだった。生産していたのは一車種で、どんどん売れていました。私たちはどうしたらいいか迷っていた。そんなとき、あるロシア人と出会ったんです。中米でエンジンを売りたいと商談を持ちかけてきた人でしてね、その人が中国に行ってみろと勧めるんです。もう旅行はうんざりだと思ったんだが、ぜひ中国人に会ってみろ、頭が切れて、やる気満々の連中が上海にいるからと勧められました。そこでわれわれは訪中を決めた。ところが、出発の直前になってそのロシア人の嘘がばれたんです。工場は列車を乗り継がなくては行かれないところにあった。結局、その嘘のおかげで私たちは蕪湖にたどり着いたわけですけどね。すし詰めの列車で、五時間も座席でこんなふうにしていましたよ」

ブリックリンはその朝初めて、動くのを止めた。両隣の乗客に挟まれて身動きできないんだとばかり、両腕をわきにぴたりとつけて静かになったのだ。が、それも束の間、すぐに動き始める。「工場に案内されたときは感動しましたよ。さっそく合意書を取り出して、相手方に見せました。そのあと七時間というもの、交渉が続いた。あちら側は関係を築きたいと言う。こっちは、関係を築くために太平洋を行ったり来たりするのはまっぴらだった。その晩、社長と夕食をともにした。社長の言うことはいちいちもっともだった。それで合意文書に調印したんです。合意に至るまでの時間はたったの四八時間でしたよ」

中国のエリート層が商売を見下していた時代がかつてあった。伝統的な儒教の価値観によれば、教育のある者にとって商人は軽蔑すべき階級であった。西洋人が初めて交易を申し出たとき、皇帝はこれをはねつけている。だが、茶を買い、アヘンを売ろうというイギリス人の決意は固く、そのために武力を使うことを厭わなかった。第一次アヘン戦争が終結した一八四二年、中国は南京条約の調印を余儀なくされ、五つの港を対英交易に開港した。これで一つのパターンが出来上がったのだ——中国が市場開放を渋るなら、なんとか口実を設けて武力に訴えればいい。戦闘はなおも繰り返され、ついに一八五八年、中国はさらに一〇港を対外開放港に指定した。一八七六年、中国西部で（ビルマへの通商路を偵察していた）イギリス領事が地元部族民に殺害される事件が起きると、清朝政府はさらに五港を開港することになる。蕪湖はその一つであった。

　蕪湖市は内陸の安徽省、長江の東岸に位置する都市だ。一八七〇年代後半、イギリス人は町を見下ろす丘の上に列柱のある領事館を建て、河畔には税関を設けて、そこでアヘンを加工した。フランス人のイエズス会士たちは教会を建て、スペイン人は学校を運営し、アメリカ人のプロテスタント宣教師は病院を造った。二十世紀、一連の新たな出来事（清朝の終焉、日本の侵攻、共産主義革命）が立て続けに起き、蕪湖から外国人の姿が消えた。共産主義の計画経済が続いた数十年間というもの、中央政府はこの地域にほとんど資金を投じていない。

　一九七八年、中国はいわゆる改革開放時代に突入する。鄧小平の主要戦略の一つに輸出加工区（特例税率の運用を通して外国投資を奨励した地区）の政策があった。こうした地区はまず手始めにかつての条約港に設けられ、やがて断続的に増えていった。一九九二年と九三年、深圳のような最初の経済特区が栄えて一〇年以上もたってから、中央政府はさらに三二の経済特区を指定した。蕪湖はその一つであった。

　蕪湖市は、新しい経済体制への移行に立ち遅れた辺鄙な町で、価値のある特産物にも乏しかった。八〇年代の一時期、蕪湖は「傻《シャ》子《ズ》瓜《クア》子《ズ》（ばかの種）」（中国語で韻を踏んでいる）のヒマワリの種の産地として有名になったことがある。だが、これは「ウマゴヤシの地」とか「中国一のニンニクの産地」として知られるよりも、もっとみじめだった。蕪湖市の指導者たちは本物の基幹産業が欲しかった。そして、自動車製造など規制の厳しい産業においては、この町が無名であることこそ利点にできるかもしれないと気づく。八〇年代から、外国の自動車メーカーは、持ち株比率五〇パーセントを限度に、中国国営企業と合弁会社を立ち上げることが許されていた。政府の目的は自動車産業の早期育成であった。支配的立場を維持しながら、外国から学ぼうというのだ（条約港の屈辱を忘れた中国人はいない）。フォルクスワーゲンやＧＭが中国企業と手を組み、中国に拠点のある安い仕入れ先に部品製造を委託して外国ブランド車を生産した。一時期、この戦略で誰もが潤った。理由の一つは、政府の規制によって競争が抑えられていたからだ。

蕪湖ではしかし、当局による目立たぬ規制逃れが始まった。その第一手は尹同耀《イントンヤオ》という熟練エンジニアの引き抜きだ。地元安徽省出身の尹同耀はフォルクスワーゲンとの合弁会社で頭角を現したやり手で、ペンシルベニア州ウエストモーランドのフォルクスワーゲン工場が破綻した際、その設備や資材の一部を吉林省の長春へと移動するのに力を振るった。ウエストモーランド工場はゴルフやジェッタを生産していたのだが、それと同じプラットフォーム（車の基本的フレームと主要部品）を使って、長春工場は中国版ジェッタを造った。これはやがて中国でもっともよく売れる車種となった。

フォルクスワーゲンを辞め、蕪湖の新会社の副社長の椅子に納まった尹同耀は、地元政府からの資金でまずイギリスへ行き、フォードのエンジン工場から時代遅れになった製造装置を買い取り、蕪湖へと発送した。次にスペインを訪れ、トレドと呼ばれる車の設計図を手に入れた。この車を造っていたのは「セアト」というフォルクスワーゲン傘下の会社で、経営状態は思わしくなかった。スペインのこの車はジェッタと同型のプラットフォームを使っていた。

尹同耀は蕪湖市にこっそり自動車組み立て工場を建てた。自動車メーカーの新規参入は規制されていたため、蕪湖市当局はこの事業を「自動車部品」会社と呼んだ。一九九九年五月、この工場は初めてエンジンを造り、その七カ月後に車を生産する。新しい車はジェッタの部品を使っていた。フォルクスワーゲンの専属だったはずの業者から手に入れた部品だ。フォルクスワーゲンも中央政府も怒り狂った。

だが、こうしたやり方は改革時代にはごく当たり前の戦略になっていた。まず一線を越え、それから許しを乞うのだ。蕪湖市当局は一年以上も中央政府と交渉を続け、二〇〇一年についに車の全国販売を許可された（フォクスワーゲンは示談金を受け取り、訴追を断念したそうだ）。蕪湖で生まれたこの会社は、中国語で「奇瑞《チールイ》」と命名された。「幸運」という意味を含む名前で、発音は英語の「ｃｈｅｒｙ（朗らかな）」に似ている。ただし、アルファベットの綴りはＣｈｅｒｙだ。ｅが一つ少ない理由は、幸福に付きものの自己満足から一歩距離を置く姿勢を表しているという。二〇〇四年、奇瑞は年間九万台を販売する企業になっていた。

奇瑞はなぜ正式な手続きを踏まずに自動車会社を設立したのですか、と私が訊くと、蕪湖市経済技術開発区の共産党副書記、褚昌俊《チューチャンチュン》は次のように語った。

「ちょうど、子どもを持つのに似ています。まず子どもが生まれ、届けはそのあとだ。同じことです。まず車を造り、製造登録はそのあとです」

副主任の何学東《フウシユエトン》が言い添える。「恒例のやり方ですれば、何年も待つことになるんです。その間に好機を逸してしまう」

私は開発区の投資サービスセンターで二人にインタビューしていた。この建物の大理石ロビーは広い。バドミントンネットを二つ並べても余裕がある。ちょうど昼休みだったので、職員たちが熱戦を繰り広げていた。褚昌俊と何学東は英文の分厚い宣伝用資料をくれた。「投資家のオアシス」「投資家は神様」といったモットーが目に飛び込む。「蕪湖では質の高い人材が低コストで得られます」という一文もある。電力事情や上下水道システムの説明もあった。

開発区は蕪湖市の北部、長江のほとりに設けられていた。奇瑞を筆頭に、一〇〇社を超える製造業がここで事業を始めている。ここでは新たな工場建設が常に進行中だ。多くが南の沿岸部から移転してきた工場だ。沿岸部では経済成長が続くここ二〇年ほどで、コストも賃金も跳ね上がってしまったからだ。

ある日、私は蕪湖市第二工場地区で、建設中の工場が立ち並ぶ保順路《パオシユンルー》を訪れた。進峰機電《チンフオンチーテイエン》製造有限公司（空調機器の部品メーカー）は生産開始を一カ月後に控えていた。順成《シユンチヨン》電子有限公司（こちらは空調設備の配線器具メーカー）は従業員を一〇〇人ほど追加募集するという。センチュリー社は一日四〇〇〇枚のエアコンカバーを生産している。蕪湖市世傑五金《シーチエウーチン》製品有限責任公司で、何を作っておられますかと訊くと、守衛はデスクの引き出しを開け、ぴかぴか光る新品の釘を一つかみ取り出して、まるでサイコロを振るようなしぐさで放り投げた。若くきれいな女性が現れ、名刺をくれる。「国際貿易部　部長メリー・イエ」とある。女性は上階のオフィスでお茶を淹れてくれた。アメリカの釘メーカー、ナショナル・ネイル・コーポレーションとの協力関係をうたった額が壁にかかっていた（「わが社は単なる釘以上のものをお届けします」）。

ここでは一日に六〇トンの釘を生産しています。従業員は三四〇人、敷地面積は一万八〇〇〇平方メートルです。ほかにご質問は？

「英語のお名前ですが、どうしてメリーと？」

「ああ、メリー・クリスマスからとって自分でつけたんですよ！」

今では、市内の旧イギリス領事館は共産党の地域本部に、スペイン人が建てたミッションスクールは専門学校になっている。かつてアヘン加工所だった税関の建物は何年か幼稚園として使われていたが、今は廃屋だ。かつてイギリスの砲艦外交のシンボルとして憎悪されたこの建物の外壁には、上から下へと書きなぐられた文革時代のスローガンがまだ残っていた。色あせたスローガンは物売りが残していった屋台に隠れて途中までしか見えない。

毛主席の著作は——
闘争のさなかに人は学ぶ——

ある日、ジョン・ディンケルというアメリカ人が奇瑞のプロトタイプ車T-11を開発区に乗り入れた。ディンケルはヴィジョナリー・ヴィークルズに雇われた技術コンサルタントで、路上テストの専門家だ。「車をいじめたときこそ、その真価がわかるんだ」と、T-11を工場の敷地から出しながらディンケルは持論を述べる。後部座席に若い中国人テストエンジニアが三人座っていた。誰もシートベルトをしていない。

T-11はやがて「ティゴ」の名で中国市場にお目見えすることになるSUVで、トヨタRAV4に怪しいほどそっくりな車だった。ディンケルはもう一種、B-14として知られるクロスオーバーワゴンもテストする予定だ。こちらはその年の後半にも中国でディーラーの手に渡るはずだという。奇瑞は国内生産ラインを改善している。国際市場の需要増に応えるためでもある。アメリカ市場向けの車はまだ初期の企画開発段階にあるが、最大の難関はアメリカの安全基準、排ガス基準であろう。T-

11もB‐14も輸出向けの車ではないが、ディンケルは性能をとことんチェックし、同時にアメリカ人の路上テストのやり方を中国人エンジニアに教えたいと言い、一緒に乗って通訳をしてくれと、私に頼んできたのだった。

開発区の道路上で、ディンケルは矢継ぎ早にテストドライブをする――加速し、減速し、次はターンだ。右折しながら「ホイールが浮いてる」と言う。「スピンしてる。LSD（差動制限装置）が必要だ」。アメリカの自動車業界用語から中国語へ、通訳の仕事は大変だ。れんがを山と積んだトラック、建ったばかりのエアコン工場、草地で用を足している男の子のそばを通り過ぎる。ディンケルはスピードを上げ、急ハンドルを切った。後ろでバスがクラクションを鳴らす。後部座席の三人は必死で天井につかまっている。ついに一人が私に通訳を頼んだ。「ほかの車がいないところでテストできないか、訊いてくれますか」

わけもないことだ。ちょっと行けばすぐ新しい開発区に行き当たる――これが中国だ。私たちは北へと向かった。ブルドーザーや掘削機や建てかけの集合住宅の骨組みのそばを通り抜け、保順路に出る。ディンケルが言う。「ギヤが硬い。とくに二速から三速、四速から五速への切り替えが問題だ」と、通訳してくれないか」

ディンケルは機敏で小柄で、やさしい話し方をした。六〇年代にミシガン大学の院生だったころ、身をかがめてマツダ・コスモの運転席に座れるのは、排ガス研究班でただ一人、ディンケルだけだった。なぜエンジニアリングの研究を始めたのかと私が訊くと、「進路指導のカウンセラーが頭の固い人だったから」だと言う。当時、数学の成績がよい人は誰でもエンジニアになるべきだと、みんな信じ切っていた。ディンケルは一時期クライスラーに就職したが、のちに転職してジャーナリストになった。『ロード&トラック』誌で二〇年、そのうち二年間は編集長を務めた。「三〇年間もこの仕事をしてきたのでね、ありとあらゆる車種をテストしましたよ」。蕪湖市の空っぽの道路を走っていると、昔のカリフォルニアを思い出すという。当時はオレンジ郡の豆畑でテストドライブができたのだった。

工場街の西の外れ、釘工場とエアコンカバー工場の間に空っぽのロータリーが広がっていた。ディンケルにとっては絶好のスキッドパンコース〔横滑りやスリップを体験し、車の特性や安全の限界を学ぶコース〕だ。時速六五キロにスピードを上げた車は、山と積まれた足場用竹材のそばを通り抜ける。ハンドルを切る。タイヤがきしむ。何回も同じところをぐるぐる回る――釘工場、竹材、エアコンカバー工場、釘工場、竹材、エアコンカバー工場の繰り返しだ。後部座席の三人は右側座席に固まっていた。まだシートベルトを締めていない。

三人の一人は名を齊海波《チーハイポー》といった。買い物袋を抱えてもなおマツダ・コスモの運転席に収まるほど小柄な二十二歳だ。実家は内モンゴルの農家だという。祖父の代に陝西省から（おそらく飢饉か戦争を逃れて）来たのだろう。父親の学歴は小学校五年、母親は一年だ。一家は麦やトウモロコシ、ヒマワリを栽培している。

齊海波は小・中学校を通して常にトップの成績を収めた。高校卒業後、エンジニアリングにとくに興味があったわけではないが、武漢工業学院に進学した。「いい大学に入りたかったし、コンピュータか電子工学をやればいい仕事に就けると思って、この分野で試験を受けることにしたんです」

一年前、大学の最終学期を迎えた齊海波は就職説明会で奇瑞の求人担当者と会った。「うちに来ないかと誘われました。学校の話では、奇瑞は新しい会社で急成長しているとのことです。翌日、契約書にサインしましたよ。若者が多くを学べる会社だと思ったのです」。奇瑞の標準によれば、齊海波は格別若くはない。従業員の平均年齢は二十四歳だ。齊海波は週六日働き、月給は二〇〇ドルに満たない。従業員寮に寝泊まりしていた。同僚三人との相部屋だ。一人部屋のほうがよかったが、それでも寮では内モンゴルで経験したどんな暮らしよりもましな生活ができた。齊海波は奇瑞で長く働くつもりだ。「外資との合弁でないところがいいです。わが社は生粋の中国の自動車メーカーですよ」

テストドライブが終わってから私は、ディンケルから何を学んだかと齊海波に尋ねた——T‐11はドライブシャフトの長さに問題があり、急ターンすると外側車輪がスリップすること、B‐14もスピードを出すと後部が浮いてしまうことです。齊海波が何より感心したのはディンケルのハンドルさばきだという。車の品質管理とテストドライブを担当するこの中国人エンジニアが運転免許を取ったのは、ほんの一カ月前だった。

世界各地の苦境に陥った自動車メーカーの残骸から有用な情報を拾い集めるという奇瑞の初期の戦略から、QQと呼ばれる小型車が生まれた。一九九〇年代、韓国の大宇自動車は世界に大きく羽ばたこうとしていた。ヴェトナム、インドに続き、ポーランド、ルーマニア、ウクライナ、そしてウズベキスタンへと工場投資を広げるが、やがて手を広げ過ぎたと気づく。結局のところ、ウズベキスタンは自動車工場には不向きな場所だった。大宇自動車はついに破産を宣言する。アメリカの大手メーカー各社はじっくり時間をかけて瓦礫の中を探索し、値が下がるのを待った。一年以上も状況を見極めたあとの二〇〇二年、ついにゼネラルモーターズ（GM）が大宇自動車の大部分を買収し、大宇の小型車マティスのプラットフォームを利用してシボレー・スパークの名で売り出そうと企画、中国での生産開始に向けて準備を始めた。

スパーク発売の半年前の二〇〇三年七月、奇瑞はQQを発表した。QQはGMの車に酷似していたが、価格は四分の三、約六〇〇〇ドルだった。奇瑞はさらにセダンも発表した。大宇マグナスにそっくりなこの車は「東方之子《トンファンチーツー》」と命名された。

東方之子は中国の消費者に人気がなかったが、QQはたちまち大ヒットした。全長一一フィート（約三・六メートル）とミニクーパーよりさらに小型で、八〇〇ccエンジンを搭載したQQは、合弁メーカーの高価な車には手が出ない新興の中流都市住民にはおあつらえ向きだった。二〇〇三年、中国国内の自家用車販売は八割増となり、奇瑞はじめ小メーカーは低価格市場での足場を確保する。二〇〇四年、奇瑞QQの売り上げ台数はGMスパークの四倍にも達した。

二〇〇四年十二月、GMと大宇の合弁会社が上海で奇瑞を提訴した。奇瑞が「模倣およびGM大宇の企業秘密の無断使用」によってQQを開発したとの訴えである。単純な著作権侵害は中国では珍しくもないが、この訴えはもっと複雑だった。要するに奇瑞は、まだ市場に出ていない製品の海賊版を造ったのだった。最高機密の意匠が、おそらくはGMが大宇の買収交渉を続けていたあの一年の間に、韓国から漏れ出ていたことになる。

私は上海でGMチャイナのティモシー・P・ストラトフォード法務顧問を取材したとき、二枚の写真を見せてもらった。一枚目には二台の車が写っている。一台はグリーンのQQ、もう一台は黒いマティスだ。二枚目は、ドアを取り換えたこの二台の写真だった。グリーンのボディに黒いドア、黒いボディにグリーンのドアだ。

「ドアを交換できる競合車種なんて考えられませんよ。連中がコピーしたのはドアだけじゃありません。ほかのすべてをコピーしたんです。ドア交換が可能っていうのは、その何よりの証拠です」

この件について奇瑞の経営陣は、QQが中国の特許を取得していること以外は多くを語っていない（意匠を非合法的に入手したとすれば、この主張も無意味となるのだが）。奇瑞汽車の国際部門を統括する張林が取材に応じ、自分が奇瑞に入社したとき、すでにQQは市場に出回っていたと強調した。不正はいっさい行なわれなかったし、奇瑞のような若い企業が、すでに成功を収めた他社の車に似た製品を合法的に開発するのはごく自然なことだとも述べた。

「初めはみんなそうやってスタートし、それから次の段階へ行くのです。絵を描くときと同じです。最初からすばらしい絵が描けるわけはない。初めは模写です。どんな事業だってそうです。ソニーも現代《ヒュンダイ》もトヨタもそうです。みんな何かから始めるが、その何かをすぐに捨てて上に進むんです」

張林《チャンリン》は一年前に奇瑞に入社した。上海生まれで、ミシガン大学で機械工学の博士号を取得している。八歳と十歳の二人の子どもはアメリカで楽しい学校生活を送っていた。だが張林は毎年、上海を訪れるたびに、自分の知らない新しい町ができているのに気づき始めたという。自分はどれほどの機会を失っているのか、と迷っていた矢先、自分と同じくアメリカで教育を受けた中国人の友だちが奇瑞に就職した。それで張林もあとに続いた。

「アメリカにいれば五年先、一〇年先にどんな暮らしをしているか、想像がつきます。穏やかだが、わくわくするものが何もない生活になるでしょう。私は、リスクをとれば、それだけ見返りも大きいと考えたわけです」

リスクこそ奇瑞の企業文化の一部だったし、QQも考え抜かれたギャンブルだったかもしれない。評論家の間には、中国の法体系は未整備で、こうした問題に対処できないと見る向きも多い。それに奇瑞は国営企業であり、国民は生粋の中国車を待ち望んできたという事実がある。ＧＭ大宇は裁判で決着をつけたいと思ったが、外国企業が公平な扱いを受ける保証は何もなかった。奇瑞はＱＱの対米輸出を考えていなかったから、アメリカの法律に頼ることもできなかった。

奇瑞はまだ比較的小さな企業だが（従業員は八〇〇〇人）、デザインや技術にとりわけ大きな投資をすることもなく、年間一〇万台を生産するまでに成長した。経営陣は戦略を変更しているようだ。巨大な研究・開発センターが建てられ、張林のように外国で教育を受けた技術者を最近になって三〇人ほど雇い入れた。品質管理にも新たに力を入れ始めた。奇瑞の工場を訪れた専門家はみな、規模の大きさと精巧な技術に感心する。自動車製造を専門とするアメリカ人コンサルタント、ロナルド・Ｅ・ハーバーによると、奇瑞のアルミニウム鋳造プラントは規模が大きすぎて、今は一〇パーセントしか使われていないとのことだ。「中国では需要に先がけて、生産能力を大幅に拡大することが多い。無限の資金があるようです。どこから出てくる金かわかりませんがね。欧米企業なら、不確かな需要に備えてあんな莫大な金は投じられません」

国営企業の奇瑞は株主に応える必要がなく、これまでどれほどの金が投じられてきたかは不明である。私はある日、奇瑞の巨大な最終組み立て工場を見学した。ＱＱと東方之子の生産工場だ。入口に表示があり、中国語でこう書かれていた。

まじめに働くだけでなく

熱意をもって働くべし。

国のために働く――

この自覚こそが重要だ。

かたわらのデジタル表示が、ここで一日二三五台のＱＱが生産されていることを示していた。青い制服の工員たちが組み立てラインに沿って新車を動かしていく。担当の課長は、この数年の需要の高まりに伴い、生産ペースが徐々に向上していると胸を張っていた。この課では、以前は平均三分かかった仕事を、今では二分五秒でできます。いずれわが社は時間給でなく、生産した車の台数によって賃金を支払うことになるでしょう。アメリカの自動車メーカーも生産促進のためにそんな方策をとることがありますかと訊かれたので、私はノーと答え、「組合」という一言を口に出してみた。この課長は、生産ペースを年末までにもう一八秒ほど短縮したがっていた。

ある日、国信大酒店の朝食の席でマルコム・ブリックリンは、蕪湖市は長江に新しい港を開くべきだという説を開陳した。

「深く掘って広い舗装道路を通し、治安や損傷検査のために照明設備も整える。五時間で車を五〇〇〇台船積みできるようにしたらいい」

アメリカで、ブリックリンは中国車の独占販売権をそれぞれ四〇〇万ドルまで出そうというディーラーを探していた。それにヴィジョナリー・ヴィークルズ社は、新しいブランド名も必要としていた。「ぴったりの名はないものかな。虎とか龍とかは入れたくない」と言うブリックリンは「奇瑞の英語名のＣｈｅｒｙも気に入ってる」そうだ。だが、その後間もなく、ＧＭの弁護士が警告の書面を送りつけてきた。ＣｈｅｒｙはＣｈｅｖｙ（ＧＭの代表的車種シボレーの略称）とわずか一字しか違わず、これを採用すればGMと奇瑞はいま一つの訴訟を抱え込む可能性があるという内容だった。ほどなくして、GMと奇瑞はスパーク／QQ問題を示談で解決した。条件についてはどちらの側も沈黙を守ったままだ。

こうした緊張関係は、業界での共存を模索する米中両国の企業間ではごくありふれたことになっていた。上海のコンサルタント会社オートモーティヴ・リソーシズ・アジアのマイケル・ダン社長は、奇瑞の低価格車がアメリカ市場で新しいブランドを確立できるかどうか危ぶんでいた。たとえば現代自動車のように、外国の自動車メーカーがアメリカの消費者にすんなり受け入れられなかった例はたくさんある。たいていは品質に問題があった。トヨタが成功したのは、アメリカのメーカーが久しく欠いていた緻密な技術力があったからだ。中国メーカーはデトロイトの欠点を共有しているとダンは考えていた。「中国人はちょっとアメリカ人に似たところがある。大量得点をねらう。ホームランを飛ばしたい。我們《ウオメン》很《ヘン》聡《ツオン》明《ミン》（われわれはとても頭が切れる）と思っているんだ」

これは中国人が口にする慣用句だ――われわれはとても頭が切れる。「でも、辛抱強さや根気はない。『われわれは一足飛びに成功できる』と言っているようなものですね」とダンは付け加えた。

ダンの言いたいことはよくわかった。中国に長くいればいるほど、アメリカに似た側面が見えてくる。アメリカ人と中国人は、限りない楽観主義とエネルギーを共有し、新興の都市と都市を広い道路で結んできた。アメリカ人も中国人もしばしば成り上がり者の一面があり、時を打ち負かすことができると信じている。この点で、中国人はアメリカ人よりもアメリカ人らしいことがある。中国人エンジニアたちとヴィジョナリー・ヴィークルズの一団のそばに立つと、歴史の浅い新興国から来た人たちが突如として老けて見える。時差ぼけに苦しむ白髪で太鼓腹の男たちだ。辛酸をなめてもきた。ブリックリンは巨万の富を築き、一文無しになった。先見の明ある起業家ともてはやされたことも、詐欺師だと非難されたこともある。その滑らかな話し方は、一つには過去と距離を置く便法でもあった。

二〇〇六年の後半、ブリックリンと奇瑞との関係は崩壊した。その二年後、ヴィジョナリー・ヴィークルズ社は奇瑞を相手取り、推定四〇〇〇万ドルの損害賠償を求める訴訟を起こしたが、そのときブリックリンはすでに次の仕事に手を染めていた。今度はプラグイン・ハイブリッド車だ。一方、奇瑞は成長を続け、中国最大の自動車輸出企業となった。フィアットやジャガー・ランドローバーとの提携に合意している。しかし、輸出は大部分が開発途上国向けだ。二〇一二年の時点ではまだ、アメリカ市場向けの車種を生産していない。

蕪湖市で私は尹同耀を取材する機会があった。尹はフォルクスワーゲンのエンジニアから奇瑞の社長にまで上り詰めた人物で、マスコミ嫌いで知られていたが、ある夜、私のほか数人の記者に会うと言ってくれたのだ。会見は国信大酒店の会議室で行なわれた。尹は背広を着てきちんとネクタイを締めていた。社長室から出てきたばかりのような恰好だ。四十代前半だが、もっと若く見える。学歴について私が訊くと、まるで古代史を語るような口調で答えた。

「大学に行くために家を出ましたが、そのときは自家用車に乗ったことが一度もありませんでした」と言い、あのころは優秀な卒業生はトラック工場に配属されたものですと説明する。国には自家用車の市場がなかった。自分は落ちこぼれでしね、それで東北部へ送られたんです、と尹同耀は控えめな微笑を浮かべて語った。御社の強みはなんですかと訊くと、こう答えた。

「積極性、これあるのみです。ブランドもなく、評価も得られていないわが社は、ただ積極的なだけです」

蕪湖市で過ごした最後の夜、私はよく眠れなかった。北京までの長いドライブが目前に迫っていたし、明かりや騒音が部屋に入り込んできた。四時半、ついにベッドから起き出して窓の外を眺める。道路の向こうの工場は、残業で忙しい。工員たちは塩化ビニール樹脂の窓枠を作っていた。ヴィジョナリー・ヴィークルズの一団は前日に出発したから、私は国信大酒店に滞在するただ一人のアメリカ人だった。

私は外に出てジェッタのエンジンをかけた。開発区に霧が低く垂れ込めている。ヘッドライトが空っぽの街路を照らし出した。もうすぐ春節だ。長い休みに備えて残業を続ける工場は多い。がっしりした建物は多くが内側から照らし出されていて、まるで四角い提灯のようだった。

新しくできた長江大橋を渡ったとき、夜が明けた。蕪湖市を出て数マイル走ると無為《ウーウェイ》への出口表示が見える。無為（何もせずにいること）は道教の教えの一つである。またこの地域には無錫《ウーシー》という町もある。錫《すず》がまったくない町だ。私は以前に四川省で石棉《シーミエン》（アスベスト）という町をバスで通りかかったことがある。きつい名前だな、とそのときは思ったが、それでも「無（ない）」と断じられるよりはまだましかもしれない。

中国のバルビゾン派

麗水《リーシュイ》市の南西の郊外、大渓《ターシー》の流れが六世紀の石堰と交わる農村地帯に中国版バルビゾン村をつくる計画を、地元政府が発表した。もともとフランスのバルビゾン派とは、十九世紀前半、ロマン主義運動への反応として生まれた流派であり、フォンテーヌブローの森の外れ〔バルビゾン村〕を制作の場としていた画家たちの間で盛んになった。そのころのフランスの画家たちは農村風景や農民を美しいと考え、好んでテーマにしたが、麗水市はそんな雰囲気とは無縁だった。中国東部、浙江省の都市のご多分に漏れず、麗水市も都市開発に専念していた。新しい工場地区が造成され、輸出経済が急成長していた。だが共産党の地元幹部には、麗水市を外へ向けてさらに開かれたものにしたいとの思いがあった。外国のバルビゾン派の名声も魅力的だった。それにうまいビジネスにもなるだろう。絵画は原材料がいらないし、外国では人気が高い。この計画は「麗水バビゾン」と呼ばれ、正式には「古《クー》堰画郷《イエンホアシアン》」と名づけられた。党の宣伝文句によれば、ここは「芸術の村、ロマンスの都、安逸の地」であった。

芸術家たちを呼び込もうと、政府は川べりの住宅を改修し、一年間の家賃は無料、その後も助成金を出す約束で貸し出した。画家たちがすぐにやってきて、間もなく村には一一軒近い画廊が集まった。たいてい南部から来た人たちだ。南部では外国市場向け美術産業がすでに盛んだった。バイヤーが欲しがったのは安い油絵で、多くは遠い外国の土産物店やレストランやホテルに届けられた。どういうわけか、麗水のバルビゾン村に落ち着いた画家たちはヴェニス市街の風景画をよく描いた。新しく建った画廊の最大手、紅葉《ホンイエ》の重役は、画家三〇人のスタッフを抱えているという。主な顧客はヨーロッパに拠点を置く輸入業者で、ヴェニスの絵なら何枚でも買ってくれる。中国人が描くイタリアの都市の風景画は、毎月一〇〇〇枚の注文があった。

私が訪れたのは、博美《ポーメイ》という別の画廊だ。陳美姿《チエンメイツー》という名の女性画家が、ボーイフレンドの胡建《フーチエン》輝《ホイ》と一緒に経営している、やや小規模な店だ。私と初めて会ったとき、陳はちょうどヴェニスの絵を描き上げたところで、今度はオランダの町に取りかかるところだった。時代設定はおそらく十八世紀。ロシア人の顧客が絵はがきを送ってきて、その通りに描いてくれと注文したという。絵のサイズは二〇×二四インチ。一二五ドルくらいで売りたいと陳は言っていた。陳をはじめ古堰画郷の人たちは、ヴェニスを「水城《スイチョン》」、オランダの町を「荷蘭街《フウランチエ》」と呼ぶ。オランダの町のこの部分を、ここ半年間でもう三〇回も描いたと陳は言う。「どの絵にもあの大きな塔を描き入れました」

これは塔ではなくて教会です、と私は説明する。れんが造りの赤い瓦屋根の家々が立ち並ぶ道路が続き、そのずっと先に尖塔がそびえていた。

「ああ、やはりそうでしたか。そうじゃないかと思ってました。ここは大事な部分だとわかってました。ミスをすると、作品が送り返されてきますから」

試行錯誤を重ねながら、陳はヨーロッパの歴史的建物を見分けられるようになっていた。サンマルコ大聖堂、デュカレ宮殿など、名前こそ知らなかったが、重要な場所であることはわかった。というのも、ほんの些細なミスでもあれば、作品は送り返されてくるからだ。名所を描くのでなければ、仕事はさっさと片づいた。小さなミスなら誰も気づかない。二日もあれば、たいていは一枚仕上がった。

陳美姿は二十代前半、麗水近郊の農家の出身だ。十代のころ、美術学校で絵を学んだという。いかにも農村の人らしい率直さをとどめていて、かすれ気味の声で話し、私が何か質問するとたいてい笑い出す。作品の中でどれがいちばん好きですかと訊くと、「好きなのはないです」と答えた。尊敬する画家もいないし、影響を受けた様式もないのだという。「ああいった種類の絵は、私たちがやっていることとまったく関係ないんです」と言い切る。バルビゾン派の考え方も感心しない。地域の風景をもとにヨーロッパ風の絵を描いてくれという注文を政府が出すこともあるが、陳美姿は引き受ける気がしなかった。地方出身の若者はたいていそうだが、陳も田園風景にはうんざりしていた。古堰画郷にいるのは家賃がただだからで、以前に住んでいたにぎやかな広州に帰りたくてたまらなかった。それに、彼女の身なりはすっかり都会風だ。長い髪にはウェーブをかけ、派手な色合いのドレスを着て、起きている間はいつもハイヒールを履いているようだ。仕事のときは、イーゼルの前をピンヒールでよろよろ歩きながらゴンドラや教会を描くのだった。

ボーイフレンドの胡建輝は眼鏡をかけ、ちょびひげをはやし、穏やかな話し方をする男だ。月に一度、二人が描きためた作品をまとめ、列車で広州へ行く。広州には大きな美術市場があり、そこで取引先と接触する。古堰画郷まで足を運ぶ美術商はいなかった。外国のバイヤーはたいてい荷蘭街や水の都の絵を注文するが、たまにどこかの写真を送ってきて絵にしてくれということもある。また、胡建輝は風景画のサンプル帳を用意していたから、顧客はその中から選び、番号を告げれば立派な油絵を注文できた。ＨＦ－３１２７はエッフェル塔、ＨＤ－３０８７は嵐の海に浮かぶ帆船だ。ＨＦ－３１９９では、アメリカ先住民の部族が和睦のしるしとしてパイプを交わしている。二人とも、自分が描いている外国のシーンをよく理解しているわけではなかったが、注文主の国民性によってどんな絵が好まれるかよく知っていた。

「アメリカ人は派手な色が好きですね」と胡建輝は言う。「明るい場面も好きです。ロシア人も派手な色が好きだ。韓国人はもっと落ち着いた色、ドイツ人はグレーを好みます。フランス人もそう」

陳美姿はサンプル帳をめくってＨＦ－３０７５を出した。雪をかぶり、明るく照らされた家だ。「中国人はこんなのが好きなんです。醜悪ですよね。それからこんなのもね」と言って浜辺のヤシの木の絵を指す。「ばかみたいでしょ、子どもっぽくって。中国人は趣味が悪い。いちばんセンスがいいのがフランス人、次はロシア人、それからほかのヨーロッパ人ですよ。アメリカ人はその次です。ヨーロッパ人が見向きもしない絵でも、中国人に見せると『いいねえ』と言いますよ」

麗水は三流の工場町だ。そういった町では外国はいたるところにあると同時に、どこにもない。新たな開発区の組み立てラインは輸出用部品を生産しているのに、外国からの直接投資の例はほとんどない。ナイキやインテルの工場も、デュポンの看板もこの町にはない。大企業は大都市に拠点を置くからだ。麗水市中心部の人口はおよそ二五万、中国では小都市だ。地元企業は部品を作る――ジッパー、銅線、コンセントのカバーなどだ。ほとんど目立たない製品ばかりだから、全潮《チユアンチヤオ》工業有限公司、花都《ホアトウ》成革有限公司といった工場が掲げている看板を見ても、何を作っているかわからない。麗《リー》水三星動力机機《シユイサンシントンリーチーシエ》有限公司のオーナーは社名を英文字で書いた看板を立てた。ただし、アルファベットは昔ながらの漢字のように右から左へ並んでいた。

ＤＴＬ，ＯＣ　ＹＲＥＮＩＨＣＡＭ　ＲＥＷＯＰ　ＧＮＩＸＮＡＳ　ＩＵＨＳＩＬ

麗水ではめったに外国人を見かけない。私は三年にわたって何度もこの町を訪れ、輸出関連の人たちと話す機会があったが、外国人バイヤーには一度も出会わなかった。麗水の製品はどこか別の町に送られ、そこで最終製品に組み立てられる。実際に外国へ輸出されるまでに、二、三段階にわたって仲介人の手を経る製品もある。アメリカやヨーロッパのバイヤーが麗水まで足を延ばす必要はまったくなかった。だが外国人はいなくても、麗水はグローバリゼーションによって形成された町であり、いたるところに外国の影響を見ることができる。各雷《コウレイ》電工という会社の工場では三ドルのプラスチック製スイッチが生産され、「ジェーン・エア・シリーズ」の名で出荷されていた。麗水市のスポーツジム第一号は、アル・パチーノの映画にちなんで「セント・オブ・ウーマン」と名づけられた。一度、左腕にＫＥＮＴと自彫りタトゥーを入れた解体作業員と話したことがある。若いころアメリカのギャング映画を見て自分で入れたそうだ。ＫＥＮＴのデザインは「アメリカのタバコからだよ」。ある若い工場主は、Ｋの字をかたどったダイヤのイヤリングをしていた。ガールフレンドのイヤリングはＯのかたちだ。二人並ぶと、すべてＯＫになるという。

こうした事例の一つ一つの細かさに、私はよく感動したものだ。外国は遠い存在かもしれないが、必ずしも不鮮明ではなかった。麗水の人びとは、外国のもの一つ一つをはっきりと見ていた。だが、そこから得るイメージは多くの場合、いくらかゆがんでいるようだ。ピントは合っているものの、光がいくらか屈折しているのだ。おそらくこれには、すべてがあまりにも特殊化されていることが関係しているのだろう。麗水の人びとは、部品を通して世界を見ていた。こうした部品には、たとえそれがなんの部品かよくわからないとしても、奇妙な鮮明さがあった。英語を一度も勉強したことがない ある人が、こんな単語を覚えたんだと、リストを見せてくれた。

パドマイド　BR、イエロー　8GMX
セラニール・イエロー　N-5GL
パドシド　ヴァイオレット　NWL
セーラン・ボルドー　G-P
パドシド・ターコイズブルー　N-3GL
パドマイド　ローダミン

外国語学習の迷路に入り込んだこの技術者は、普通のやり方（日常のあいさつや基本単語など）をすべて飛ばして、自分の仕事に必要な単語だけを覚えたのだった。仕事は染色だ。化学薬品を混ぜ合わせて色を作り出すのだ。名前は龍春明《ロンチユンミン》、同僚からは小龍《シアオロン》と呼ばれている。仕事場の工場は、ブラジャーの肩ひもに取り付ける長さ調整用リングを作っていた。鋼の輪にナイロン塗料をかぶせた重さ○・五グラムもない小さなリングは、まさに麗水の産品らしい、目立たない製品だ。普通、一枚のブラジャーにはこうしたリングが四個ついている。リングの色は生地の色と合わせなければならない。注文主のブラジャーメーカーが肩ひもサンプルを送ってくると、小龍はその色を研究する。ノートを参照しながら化学薬品をどう調合したら、セラニール・イエローやターコイズブルーが出せるか考えるのだ。

小龍は中国でもっとも貧しい省の一つとされる貴州の農村で育った。実家は茶とタバコと野菜を育てていた。小龍も、きょうだいたちと同じく、中学校を中退し、家を出た。年に推計一億五〇〇〇万人が仕事を求めて地方から都会へ移り住む中国では、ごく当たり前のことだった。小龍が初めて就職したのは、ブラジャー工場の組み立てラインであった。それ以来、この業界の中で転職を繰り返したあと、リング染め職人の助手に取り立てられて染色技術を学んだ。私に出会ったころ、小龍の職歴はすべてブラジャーにまつわるものだった。この経験から小龍は、特定の事柄についてはきわめて具体的な知識を持ち、それについて滔々《とうとう》と語れるようになっていた。「日本人はブラジャーに小花を付けるのが好きだ。ロシア人はそうじゃない。連中が欲しがるのはかたちがプレーンで派手な色のだ。それに、特大サイズじゃなくちゃだめだ」

工場の世界で、小龍はまずまずの成功者だった。月給三〇〇ドルと、稼ぎもいい。だが、小龍はさらに上をめざそうと、外国のテーマを扱った自己啓発本を読んでいる。この努力は、小龍の頭の中では仕事と完全に切り離されていた。小龍は現在の仕事について気負いはまったくない。ブラジャーの輸出を通して外国と特別なつながりを持つなどとは、一言も口にしたことがない。小龍にとって、習得した技術はあくまでも職業的な技能であり、それ以外の何ものでもなかった。「おれ、まだ大人じゃないから」と言う小龍は、自己成長に役立つはずの本をあれこれ集めていた。『ハーヴァードMBA摘要書――社会での身の処し方』『正直であれ、事態に正しく対処し、人の上に立て』などといったタイトルの本だ。後者の著者は序文で、人の環境をこう分けている。「この世で生きる人は二つの世界に直面する。限りなく広がる外界と、人の内にある世界である」

小龍は頬骨が高く、唇はふっくらしている。ちょっと見栄っ張りで、とくに肩まで長く伸ばした髪が自慢だった。近所の美容室で染めてもらっているが、その色たるや一風変わっていて、専門用語でしか表せない。まさにセーラン・ボルドーだ。だが、読書には実に真剣に取り組んでいた。読んでいたのはどれも、中国の工場町で広まっている自己啓発本の方式に従った本だった――各章は短く、有名な外国人のエピソードを紹介し、教訓で締めくくられている。『古典全集』の一章は余暇について語り、チャールズ・ダーウィンを例に挙げていた。（ダーウィンは余暇の趣味として生物の研究を始めたそうだ）。別の章では、チップはたった一ドルですかと、石油王ジョン・D・ロックフェラーに文句を言ったウェイターの話が載っていた（「そんな考えだから、君はいつまでたってもウェイターなんだ」とロックフェラーは諭したという。この本は倹約を奨励していた）。

『古典全集』は小龍のお気に入りの本だ。外国の宗教を紹介しているからだ。小龍はキリスト教に興味があった。あるとき私と宗教について話しながら、小龍はこの本の中のイエスにまつわるたとえ話に触れた――一人の敬虔な男が、キリストの磔刑《たっけい》像がある教会で門番として働いていた。毎日、この男はキリストの身代わりになりたいと祈っていた。神の子の苦しみを少しでも和らげたいとの一念だ。驚いたことに、ある日イエスが語りかけた。「おまえの祈りをかなえてやってもいいが、条件が一つある。十字架に上ったら、一言も口を利いてはいけない」

取り決めは成立した。ある日、金持ちの商人が祈りに来て、財布を落としていった。門番は一言注意したかったが、約束を思い出した。次に貧しい人が来た。熱心に祈り、目を上げると財布があるではないか。この人は大喜びでイエスに感謝した。このときも門番は口をつぐんでいた。次に来たのは長い船旅を控えた若い旅人だ。祈っている間にあの金持ちが戻ってきて、財布を盗んだと責めたてた。口論が始まり、商人は法に訴えると脅す。旅人は船の出発に間に合わないと気をもんだ。そこで門番がついに口を開いた。その二言、三言で問題解決だ。旅人は港へ向かい、商人は財布を取り返しに出て行った。

だが、イエスは十字架の下から門番に怒りの声を浴びせる。「約束を破ったな」。門番が抗議すると(「私は真実を知らせただけです」)、イエスはこう言って門番の過ちをとがめた。

おまえは何もわかっていない。あの裕福な商人は金があり余るほどある。だから、きっとあの金で女を買うだろう。一方、あの貧しい男は金が要るんだ。だが、いちばん不幸なのは若い旅人だ。商人のせいで出発が延期になっていれば死なずにすんだものを。あの男の船は、いま海で沈みかけている。

こうした本を何冊かパラパラとめくり、小龍が自分で作った化学染色用語集に目を通すと頭がくらくらしてくる。でも、これは麗水でおなじみの感覚だ。これほど奇妙でとりとめのない情報が外界から入ってくるなかで、人はどうやって一つの世界観をまとめ上げるのか。だが、結局私は逆方向から来た人間で、感じ方が違うのだろう。わずかにでも見えた外の世界そのものよりも、見えたもののずれが強く印象に残ってしまう。小龍にしてみれば情報の断片だけで十分であり、断片がすべて完璧に収まらなくてもよかったのだ。たとえば、余暇を利用したダーウィンの話を読んでから、小龍は仕事が忙しいと文句を言わないことにした。だから、穏やかな気持ちで過ごせると言う。また小龍は、ロックフェラーのエピソードを読んで、タバコの銘柄を変えた。中流男性がよく吸う利群《リーチュン》ではなく、さらに安い扶桑《フーサン》を吸うことにしたのだ。扶桑はひどいタバコで、値段は一本一セント。あんなタバコを吸っていたら、しみったれと思われるのは間違いない。だが小龍はロックフェラーにならって、そんな低レベルの考え方を超越することにしたのだった。

イエスの話はいちばんやさしい教訓だ――世の中を変えようとしてはならない。基本的にこれは道教の哲学だ。中国の昔からの成句「無為而無不為（何もせず自然の成り行きに任せよ）」を強調する考え方だ。小龍のノートには、磔刑像のたとえ話についてこんな教訓が書き記されてあった。

最善の方法は何かと、考えることがよくある。だが、現実と願望の間には食い違いがあり、意図したことをやり遂げることはできない。われわれは、いま手にしているものがベストなのだと信じなければならない。

あるとき、博美画廊はアメリカのとある田舎町の写真から風景画を起こしてくれという注文を受けた。中国南部の仲買人が数枚の写真を送ってよこし、それぞれをもとに二四×二〇インチの油彩画を描いてくれという。外国向けの絵だから、品質は第一級でなければならないと、この仲買人は強調した。ほかにはなんの説明もなかった。仲買人たちは注文について多くを語らない。儲けを秘密にしておきたいのだ。

数週間後に博美画廊を訪れると、陳美姿と胡建輝は注文の絵をほぼ描き上げていた。陳美姿はこれから最後の一枚を仕上げるところだという。写真を見ると、大きな白い納屋とサイロが二基並んでいた。「これはなんだと思う?」私は陳に訊いてみた。

「開発区でしょ」

いや、農家だよと私。「農家にこんな大きなものが？　何に使うのかしら」

「穀物を入れておくんだ」

「こんなに大きなものに穀物を？　化学薬品の貯蔵庫かと思ってた」と笑いながら言って、陳美姿はあらためて写真を見直す。

「ほんと、信じられないくらい広い。村のほかの家はどこにあるの？」

私は、アメリカでは普通、農家は町から何マイルも離れたところにあると説明した。

「でも、隣の家はどこ？」

「たぶん、ずっと離れたところ」

「寂しくないの？」

「いや、平気だよ。アメリカではそれが普通だから」

私が質問しなかったら、陳美姿はおそらく写真の風景について考えることもなかったろう。彼女にしてみれば、知らなくてもいいことをあれこれ考えるのは無意味だった。外界とより深いつながりを持ちたいとは思っていない。その点で、陳美姿は小龍と違っていた。小龍は探究者で、自分が今いるニッチな業界を超えた世界のことをよりよく知ろうとしていた。麗水にはそんな人たちがたくさんいた。だが、もっと多いのは陳美姿のような現実主義者だ。陳美姿は技術を持ち、仕事をこなしていた。何を描くかはどうでもいいことだった。

よそ者の私の目からすれば、彼女が身を置くニッチな業界はあまりにも特殊で微細であった。私は好奇心をかき立てられ、その作品をよく眺めてみた。もとになった写真はどこから来たのだろう。アメリカからの注文だという点も、私にすれば不思議だった。あの農場を別にすれば、写真の多くはアメリカの田舎町のメインストリートを撮ったものだ。手入れの行き届いた歩道やこぎれいな店舗が並んでいる。豊かな地域に違いない。なかでも美しいのは、赤れんが造りの建物の風景だ。勾配屋根と昔風の高窓のある堂々とした建物で、ポーチに白い手すりが取り付けられている。星条旗が旗竿から垂れ下がっていた。フロントヤードに花が植わっている。二階部分の大きなプレートにMiers Hospital（マイヤーズ・ホスピタル）という文字が入っていた。

れんが造りの建物はどっしりとして風格がある。どこの建物か、手がかりはいっさいない。中国の画廊の壁にかかったその絵は、ただの単調な風景画でしかなかった。陳美姿がこの二日間に何を描いていたのか、本人にも私にもわからない。もとの写真をもう一度見せてもらって気がついた――写真ではプレートの文字はMiners Hospital（マイナーズ・ホスピタル）だった。ほかの絵にもミススペルがあった。陳も胡も英語を話さなかったのだ。オーヴァーランドという店の看板にFine Sheepskin Leather Since 1973（一九七三年創業　高品質シープスキン）と入れるところをFine Sheepskim Leather Since 1773（一七七三年創業　高品質シープスキム）と入れている。ほかの作品でもBar（バー）がDahに、Museum（ミュージアム）がNuseumに、Antiques（アンティーク）がAmtiquesに、Residential Broker（不動産ブローカー）がResidentlal Bbokerになっていた。直さないほうがいいと思うミスもあった――バーではなく「ダー」で一杯やるのも面白いじゃないか。だが私は、やはり直しを手伝うことにした。修正が終わると、作品はどれも完璧に見えた。病院の絵はすばらしいねと私が褒めても、陳美姿は笑って取り合わない。

知り合いになって間もないころ、どうして油絵を始めたのかと訊いたことがある。「勉強ができなかったから」というのが彼女の答えだった。「成績が悪くて高校に行けなかったし、職業学校より美術学校のほうが入りやすかったんです」

「小さいころから絵を描くのが好きだったんでしょ」

「そうでもないわ」

「でも、生まれつき絵の才能があった？」

「全然！」と陳美姿は笑い出す。「初めは絵筆の持ち方も知りませんでした」

「一生懸命がんばったんでしょ」

「クラスの落ちこぼれでしたよ」

「でも、絵を描くのが好きだった？」

「全然。楽しいと思ったことないわ」

彼女の答え方は地方の人たちの典型だ。地方には謙遜と現実主義の伝統が根強く残っている。出稼ぎの人たちは、たとえ確かな技術を持っていても、自分のことを無知で無能だと卑下することが多い。陳美姿が自分で描く風景にまったく関心を示さないのも、これが一つの理由だった。あれこれ考えるなんて身の程知らずというものだし、これ見よがしのことはいっさい願い下げだった。バルビゾン計画の一環として当局は、宣伝用ＤＶＤを配布し、麗水市は世界の美術界とつながっていると強調していた。陳美姿はＤＶＤを見ようともせず（「ばかげた内容に決まってる！」）、イーゼルのわきの釘からＤＶＤをぶら下げて、光る面を鏡代わりに使っていた。ディスクをかざし、そこに映った作品とオリジナルを見比べる。逆から見ると間違いがよくわかると言う。「美術学校で教えてもらったんです」

陳美姿はボーイフレンドと二人で月におよそ一〇〇〇ドルを稼いでいた。田舎町ではかなりの収入だ。陳美姿の成し遂げたことは実にすばらしいと、私は感嘆しきりだった。中国の貧しい田舎から出てきて絵画を習い、行ったことも見たこともない外国の風景を描いているのだ。だが、本人は自分の仕事をとくに自慢するでもなく、小龍がブラジャーリングの染め方について語るのと同じ調子で絵画を語っていた。工場の仕事も工房の仕事も、きわめて技術的かつ具体的だった。だから、少なくとも働いている本人たちにとって仕事は仕事であり、それ以上の意味はない。それはまるで顕微鏡を通して初めて外国を見るようなものだった。

グローバル化の恩恵の一つは経済交流により相互理解が深まることだと一般に考えられているが、麗水市の経験はこれを否定しているように見える。また、グローバル化は末端の労働者を混乱させ痛めつけるものだという批判も、この町は否定しているようだ。この町に長くとどまると、人びとがいかに気楽に仕事をしているかがわかってくる。彼らは自分が作ったものを誰が買うのかなどとは考えもしない。仕事を自尊心と結びつけることもない。彼らは自分たちの力を知っていた。世界の市場と直結しているこの辺鄙な町の人びとは、不合理を受け入れる。仕事が消え去り、機会がなくなったとしても、時間を無駄にせず、さっさと別の道を探す。彼らの謙遜さもこうした生き方に一役買っていた。世の中が自分を中心に回っているなどと、一度も感じたことのない人たちだ。陳美姿が職業を選んだとき、自分の能力にふさわしい仕事が見つかると思っていたわけではない。得られる仕事にふさわしい、新しい能力が見つかると考えたのだ。自分の性格にも好みにも合わず、経歴にもまったく関係のない仕事をするとしても、まごつくことはない。そんな仕事のほうがかえって簡単だ。あの風景画の例からもわかる。外国の工場と農場の区別がつかなくても、別に問題はなかった。鏡を利用して細部に念を入れさえすればいいのだ。陳がより大きな場で自分を見失うことは決してなかった。

こうした自己完結型世界を一つ、また一つと、麗水市を訪れるたびに私は巡り歩き、知り合いから話を聞いた。ブラジャーリングの山に囲まれて二、三時間過ごし、ヴェニスの風景画を見てから、マンホールの蓋や安物の木綿手袋の裏地などの製造現場を訪れるといった具合だ。ある日、空き地を歩いていると、雑草の間に捨てられた真っ赤なヒールの山を見つけた。不合格品だろう。靴はどこにもない。ただヒールだけだ。空き地に投げ出されたヒールは、どこか矮小で物悲しく、うまくいかなかった宴のあと（二日酔い、灰皿からあふれた吸殻の山、飽き飽きするほど長い会話）を思い起こさせる。

よそ者は物事のとらえ方が地元の人とは違う。麗水市には、それまで私が一瞬たりとも考えてみたことがない製品がたくさんあった。たとえば、この町で途方もなく幅を利かせている「プレザー（合成皮革）」だ。プレザーは麗水市の二〇を超える大工場で生産され、中国各地に大量に送られ、車のシートや財布をはじめ、実にさまざまな製品に加工される。市内どこにでもあるプレザーをめぐって、一つの独特な言い伝えが広まっていた。プレザーは危険な化学薬品を含み、とくに肝臓を害すると工員たちは信じていたのだ。子どもを持ちたい女性はプレザー工場で働いてはいけないともいわれた。

麗水市ではみな無条件にそう考えていた。農村から出てきたばかりのティーンエージャーでさえ、この町に着いた途端にそう考えるようになる。だが、誰がこの説を唱え始めたか、知る者はいない。工場でそんな警告が掲示されたことはなく、プレザーについての新聞記事も私は目にしたことがない。いずれにせよ、工員たちは新聞など読まない。それに、誰かが病気になったとも聞かない。プレザーの危険性に科学的根拠があるかどうかは誰も説明できない。「毒」があるとみんなが言っているだけなのだ。こうした信じ込みは実に根が深く、この産業を形成していた。若い女性はプレザーの組み立てラインでは働かない。この種の工場は賃金を多めに払わなければ誰も雇えなかった。だから、プレザー工場ではよく年配の男性が働いている。よその工場では雇ってもらえない人たちだ。

情報の広がり方は神秘的であった。正規の教育を受けた人はごくわずかしかいない。工員たちはインターネットを使う時間もなく、ニュースも見ない。政治にはまったく無関心だ。これほど愛国的でない人たちに、私は中国で出会ったことがなかった。彼らにしてみれば、国政とは暮らしにはまったく関係がないものだ。他人は誰一人自分のことを心配してくれないという事実を、彼らは受け入れていた。麗水のような小都市にNGOや労働者のための有力な団体は存在しなかったから、人びとは自分だけを頼りに生き、他人との接触範囲は狭いように見えた。だが、その世界はなぜか閉ざされてはいなかった。外界からさまざまな考え方が入ってきた。そのなかでもっともあやふやで瑣末に見える噂や物語に、人びとは果敢に対応した。そうなのだ――不完全な情報しか得られなかったにせよ、人びとには機動力があり、自分たちの選択に自信を持っていた。このことが一種の力を人びとに与えていたのだが、そのために麗水という町は外国人の目にはますます奇妙に映るのだった。逆の状況なら、私はよく知っていた。つまり、人は普通、安定を好み、情報がたくさん得られ、そのなかからゆっくり時間をかけて選び出したいと思うものだ。

麗水の人びとは、新しいチャンスを見れば信じられないほど素早く動く。この特質が、麗水市と外界との関係の中核を成していた。この町には現実主義者がたくさんいたし、探究者もかなりいた。だが、みな正真正銘の日和見主義者だった。市場がそうなることを教えたのだ。工場労働者はしょっちゅう転職する。起業家はちょっとしたことで生産ラインを変更する。麗水市郊外の石帆《シーファン》という町の住民は、月ごとに仕事を変えて収入を得ていた。石帆は新しい町だ。住民はすべて山間の北山《ペイシャン》村から移転させられてきた。北山では新しい水力発電用ダムの建設が進んでいたのだ。このダムは、工業用電力を供給するための施策の一つであった。石帆にはこれといった産業はなかったが、移転が始まるとすぐにさまざまな臨時仕事が舞い込んできた。たいていは麗水市内の工場が発注する出来高払いの仕事だった。

私が毎月のように訪れた呉《ウー》さんの一家は、月ごとに新しい半端仕事をしていた。子ども靴のストラップにビーズを縫いつけたり、ヘアバンドに飾りひもを付けたりと、近所の人たちと手仕事をしていた時期もある。次の仕事は豆電球の組み立て、それから木綿手袋の縫製が六週間続いた（この仕事がなくなったのは、異常な暖冬で需要が減ったからだそうだ）。

石帆を何回か訪れるうちに、呉家の息子の呉増栄《ウーツオンロン》が仲間と一緒に中古のパソコンを五台買い入れ、ブロードバンドにつなげて、「ワールド・オヴ・ウォークラフト」というネットゲームのプロ・プレーヤーになったことを知った。これは各国で高い人気を誇るゲームで、加入者は七〇〇万人を超えるという。プレーヤーはキャラクターを作り、スキルやアイテムや宝物を蓄積する。ネット上にはバーチャルなアイテムを取引できるマーケットも現れ、中国ではこれを仕事とする人も出てきた。「ゴールド・ファーミング」と呼ばれるこの取引は麗水にも広がり始めていた。

呉増栄は以前からネットゲームに興味があったわけではない。それまではインターネットもめったに使わず、自宅もネットにつながっていなかった。呉増栄はコックの修業をし、近くの工場町の小さな飲食店で働いていた。ときどき、組み立てラインの簡単な仕事をしたこともある。ゲームを本職にすれば中華鍋の上に屈み込むより儲かると気づいたのは、寧波《ニンポー》でコックをしていた義理の兄弟がワールド・オヴ・ウォークラフトのことをたまたま聞きつけたからだ。仲間三人に呼びかけて、一緒に仕事を辞めた。みんなで金を出し合い、石帆にスタジオを開いた。ほかにも何人か仲間になり、交代で二四時間働くことになった。休日は水曜日、ワールド・オヴ・ウォークラフトにとっては特別な日だ。パリ時間の午前五時から一一時まで、ヨーロッパのサーバーが休止するのだ。私が水曜日に石帆を訪れると、呉増栄はいつも仲間とタバコをふかしながらのんびりとワールド・オヴ・ウォークラフトが定めた週末を楽しんでいるのだった。

ゲームをするときは真剣そのものだ。見つからないように用心しなければならなかった。というのも、ゴールド・ファーミングはゲームの健全性を損なうと、ワールド・オヴ・ウォークラフトを運営するブリザード・エンターテインメント社が判断したからだ。ブリザード社はプレーヤーのサイトを監視し、ゲーム運びのパターンが商業活動を示す場合はアカウントを閉鎖した。呉増栄はもともとアメリカ版でプレーしていたが、何度か正体を見破られ、ドイツ版に切り替えた。運がよければ一日で二五ドルは稼げた。アカウントが閉鎖されるとなると、四〇ドルにのぼる初期投資を失うことになる。呉増栄は自分のポイントを、ネット上でフェイ・ウェイと名乗る福建省の仲介人にオンラインで売っていた。

ある土曜日、私はその仕事ぶりを見学させてもらった。呉増栄はやせぎすで神経質な感じの男だ。細く長い指がキーボードの上を滑るように動く。ときどき、妻のリリが部屋に入ってゲームを見る。右手にはめた金色の指輪はユーロ硬貨をつぶしたものだ。浙江省南部ではこれがファッションになっていて、硬貨を溶かしてジュエリーに変える専門店があちこちにできていた。まったくこれは、この地独特の産業だ。合法的な外国製品ではあるが、浙江省の安物でもある指輪がこうして作られていた。

呉増栄は同時に二台のコンピュータを操作し、三つのアカウントでプレーしていた。呉増栄のキャラクターはカリムドールとかタナリスとかドレッドモール・ロックと呼ばれる場所を旅する。戦う相手はファイアガット・オーガーやサンドフューリー・ハイドスキナーたちだ。ときどき画面上にメッセージが現れる。「ルートしました。七シルバー、七五コッパー」などとあるが、呉増栄は意味がまったくわからない。元料理人の義兄弟からは、とにかく画像のかたちとアイコンを覚え込んでプレーすればいいと教えられたという。途中で呉増栄のキャラクターは、累々と積まれた敵の死骸に行き当たる。すると彼は言った。「別のプレーヤーの仕業だな。中国人に違いないよ。宝物を取るためにやたら殺しまくるから、中国人だとわかるんだ」

しばらくするとそのプレーヤーの姿が見えた。小人のキャラクターだ。私は英語で「調子はどう?」とメッセージを書き込んだ。呉増栄から中国語を使わないように言われていた。素性がばれると困るのだ。

初めは返事がなかった。もう一度打ち込んでみた。ようやく小人は「???」と返してくる。そこで私は「どこから来たの」とタイプした。

すると小人の返事は「Ｓｏｒｒｙ」だった。中国で英語を教えていた経験から、私は生徒たちが答えられない質問にこう答えることを知っていた。実際、それが反応のすべてだった。小人は黙ったまま、敵を機械的に殺し続けた。「ほらね！ 中国人だったろ」と呉増栄は笑った。

二カ月後、私はまた石帆を訪れた。三台のコンピュータはすでに売り払われていて、残りも処分するつもりだという。呉増栄も仲間たちも、ドイツ版でプレーするのは儲からないと判断したのだ。ブリザード社は次々とアカウントを閉鎖していた。呉は最近受け取った同社のメールを見せてくれた。

前略
突然ですが、お客様のワールド・オヴ・ウォークラフトのアカウントを使用中止とさせていただくことになりました。（……）たいへん残念ではございますが、ワールド・オヴ・ウォークラフト共同体全体にとりまして最善の措置でありますことをご了解ください。

メッセージは四つの言語で書かれていた。どれも呉増栄が話す言葉ではないが、呉にとっては痛くもかゆくもなかった。二十代に工場を渡り歩き、大規模ダム建設のせいで実家が移転を余儀なくされた呉は、ワールド・オヴ・ウォークラフトの社会から締め出されてもたいしてショックは感じない。次に会ったとき、呉はパスポートを申請中だった。イタリアにいる親戚から儲け話を聞いたのだという。イタリアのどこへと私が訊くと「たぶんローマ。もしかしたら水城かも」と言っていた。私は呉に付き合って、パスポート申請手続きに並んだ。ふと書類を見ると、呉の名前が「呉増雄《ウーツオンシオン》」と書かれている。以前に申請したとき、係員が書き間違えたんだ、と呉は説明した。今となっては、そのままこっちを使うほうが簡単だ。呉は誰か別人になろうとしていた。見たこともない国に行って、まったく新しいことを始めようというのだ。どんな仕事が見つかると思うか、いくらぐらい稼げるのかなどと私は質問をぶつけてみたが、呉は「知らないよ。まだ行ったことないんだから」と答えるのみ。親戚がいるので、私たちの後ろに二十代初めの男が並んでいた。アゼルバイジャンに行くところだ。

仕事をするとき援助してもらえるかもしれないと言う。アゼルバイジャンはイスラームの国ですよね、と私が話しかけると、男は「知らないよ。まだ行ったことないんだから」と答えた。

私はアメリカへ帰国してから、ワールド・オヴ・ウォークラフトをよく知っているいとこから話を聞いた。中国人がゲームに加わると、装備がお粗末だからすぐにわかるという。彼らは貴重な装備や武器を手に入れるやいなや売り払ってしまうので、キャラクターは、ほとんどいつも素手で戦っていた。このイメージは気に入った。中国人はネットの中の世界でさえ、荷物を持たずに旅をするのだ。

同じころ、合成皮革について少し調べてみると、製造にジメチルホルムアミド（ＤＭＦ）という溶剤が使われていることがわかった。アメリカでは、ＤＭＦを扱う作業員は肝臓を傷めるリスクを負うとの研究が報告されている。女性工員の場合、死産につながる問題が増えることもあり得るとの確かな情報もある。ウサギを使った実験から、ＤＭＦの大量被爆は発達障害の要因になることが証明されてもいる。つまり、麗水市で私が出稼ぎの人たちから、ただの噂として聞いたことはすべて本当だったのだ。

これが三流工場町のもう一つの能力だった。この町の人びとはちっぽけな部品を作り、その知識も断片的で薄っぺらだ。とはいえ、決断し行動するための知識は持っており、驚くほど的確な判断を下す。製造ラインで働く工員はＤＭＦの危険性を察知していた。画家は重要な建物を見分けることができた。染色技術者はセナニール・イエローがどんな色か知っている。たとえ間違った情報であっても、役に立つことがある。キリストが道教の賢人と似たような教えを説いたとしたら、工員たちがそのように受け取ったということだ。それが彼らの必要としていた教えなのだ。

アメリカに帰ってから、私は陳美姿と胡建輝があれほど何時間もかけて描いていた田舎町はどこか、突き止めたくなった。幸い、古堰画郷で撮った写真には、作品を前にした画家たちの姿が写っている。画家たちが綴りを間違えた看板も手がかりになった。風景も看板も、どうやらユタ州パークシティのものらしい。自宅（当時、コロラド州南部に住んでいた）からは近い。そこで私は、その町を訪ねてみることにした。

麗水市の友人たちとはまだ連絡をとり合っていた。陳美姿はときどきメールをくれる。まだ水の都の絵を描いていると、電話でも話していた。不況の影響はそれほど受けなかったらしい。中国製のヴェニスの風景画は不況知らずのようだ。それほど運の強くない人たちもいた。二〇〇八年後半には中国製品の需要が減り、数百万の労働者が職を失った。小龍の工場では技術者の給料が大幅カットされ、製造ラインのスタッフの半数がレイオフされた。その後間もなく小龍は離職した。

だが、麗水市で私が知り合った人びとはたいてい、こうした出来事を冷静に受け止めているようだった。住宅ローンとも株式ポートフォリオとも無縁の人びとは、はるか昔から抜け目なく生きる術《すべ》を身につけている。転職は慣れっこだ。レイオフされればさっさと故郷の村に帰り、景気の好転を待つ人もたくさんいた。いずれにせよ、国際経済とは合理的で予想可能なものだなどと信じる根拠はどこにもないのだ。プレザーが突然売れなくなったとしても不思議ではない。初めはよく売れていたという事実ですら不思議ではないのだ。二〇〇九年、中国経済は勢いを取り戻した。人びとはふたたび工場の製造ラインへと向かった。

あの画家たちが描いた風景はパークシティで簡単に見つかった。写真で見た店の大部分はメインストリートに面していたので中に入り、写真を見せて店主から話を聞いた。風景画の発注者を知る人は誰もいなかった。六〇〇〇マイルも離れた中国の田舎町で、自分の店が描かれていると聞いた人びとの反応はさまざまだ。オーヴァーランド（高品質シープスキンの店）の支配人は不安げだ。「本社にご連絡いただけますか。私からはその件について申し上げることはありません」。別の店のオーナーは、モルモン教の宣教師たちが関係しているんですかね、と言った。最近、怪しげなアラブ系の男が地元の美術館を訪れては安くしておくから肖像画を買わないかと持ちかけるんだそうですよ、と話す人もいた。国際競争を心配する人もいた。中国製絵画がいくらで売られているかを知って「いい値段ね！」と皮肉を言う画家もいた。写真の陳美姿は、いかにも地方出の人らしく笑顔を見せていないので、かわいそうだと感じる人もいた。マイナーズ・ホスピタルの絵のかたわらで真剣な顔をしている陳を見つめながら、ある女性は「なんだか、ちょっと悲しそうね」とつぶやいた。

マイナーズ・ホスピタルの絵には、みんな一言あった。この建物について数知れぬ思い出が語られ、絵は突然、生き生きとなった。マイナーズ・ホスピタルはパークシティに初めて定住した銀山労働者のために建てられ、のちに町立図書館となった建物だ。一九七九年、スキー場を建設するために、建物が町の反対側に移送されたとき、「わたしたち、蔵書運びのリレーをしたのよ」と高齢の女性が語ってくれた。あるレストラン支配人に写真を見せると、ぷっと吹き出してこう言った。『ジム・キャリーはMr.ダマー』って映画ね、あそこでロケやったんですよ。ほら、二人がかしこまったディナーに行って、杖で相棒の脛を打って大騒ぎするシーンがあったでしょ。あの映画、ご存じですよね」

はい、私も見ました、と認めざるを得なかった。

「あのシーン、まさにこの建物の中で撮ったんです」

パークシティの市長の執務室は、マイナーズ・ホスピタルの一階にある。ダナ・ウィリアムズ市長は、作品と並んだ陳美姿の写真を見てひどく感激した。「すばらしい！　中国の方が私たちの建物を絵にしてくれたなんてねえ。実にうまく描いてますよね」

パークシティで会った人はみな、なぜこの建物の絵が外国で発注されたのか知らないと言う。ウィリアムズ市長も例外ではなかった。中国のバルビゾン村とパークシティは一種の対称をなしていた。風景画を描いた人たちも、実際の風景の中に住む人びとも、絵の目的に関しては皆目見当もつかなかったのだ。

ウィリアムズ市長は私にお茶を淹れてくれた。いろいろと話が弾む。市長は穏やかな笑みを浮かべ、はつらつとしていた。地元のロックバンドでギターを弾いているが、これは「市長の仕事にとって陽《ヤン》です」と言った。中国に興味を持っていて、話のあちこちに中国語をちりばめる。「有没有啤《ヨウメイヨウピー》酒《チウ》？」というフレーズを覚えているという――「ビールありますか」。二〇〇七年に、交換留学制度の企画で学校関係者を伴い北京を訪れたときに覚えたのだった。執務デスクのそばに「統一・文化・美徳」と漢字で書かれた軸がかかっていた。初めて中国に関心を持ったのは一九六〇年代、カリフォルニア大学でアンジェラ・デイヴィスの共産主義についての講演を聞いたときだ。執務室の書架に『毛沢東語録』が一部ある。地元新聞がこれを見つけ、市長は毛沢東の影響を受けているとほのめかす記事を書いたことがあった。ウィリアムズ市長は、笑ってしまいますよ、とこの記事を一笑に付す。語録のいい部分を認め、悪いところは無視したいと言う。毛沢東から何を学びましたかと訊くと、市長はこう答えた。「『人民に奉仕せよ』ということです。人びとに奉仕する義務があるんです。いま私が市長室にいるのは、十代のころに『毛沢東語録』を読んだことも要因になっているでしょう。行政の仕事はバランス感覚が必要だ。つまり、道《タオ》の教えにつながっているわけです」

西部へ

迷子になったら誰かに道を訊かなければならない――これは外国に住んで最初に学んだことだった。最後に学んだのは、最終目的地を指定しないまま、一四三個の段ボール箱を太平洋の向こう側に船便で発送するのは可能だということだ。私は先の計画を立てるのが大の苦手だが、何年も中国で暮らしたせいでこの傾向に拍車がかかっていた。中国では誰もが瞬間的に生きている。そんな国では、勢いに乗ってなんでも引き受けてくれる運送業者がすぐに見つかるものだ。その業者はウェインという英語名を持っていて、中国人の芸術家がよくやるように髪を長く伸ばしていた。打ち合わせのとき、ウェインは私の妻のレスリーに「引っ越し先はおわかりですか」と訊いた。「どこか田舎の町。たぶん、コロラドになるけど、まだはっきり決めてないんです」

「ここ二、三週間のうちに決まりますかね」

「たぶん」

ウェインの説明では、コンテナはほぼ一カ月かけて海を渡るので、おおよその方角さえ間違っていなければ最終アドレスはなくてもかまわない。アメリカに到着した荷は提携業者がトラックで運ぶから、そのとき送付先の住所が必要になる。つまり、ウェインによればそれが最終期限だった。私たちは五週間で引っ越し先を探さなければならなくなった。

ウェインは北京市内の私たちのマンションで、二日間にわたって作業班を指揮した。パリッとした青い制服を着て金属製のカッターナイフを手にした一二人の男たちが、家具の一つ一つにぴたりと合うように、四角い大判の厚紙を切っていく。厚紙を切り取り、それを椅子の前脚にきちんと巻きつける。一本ずつ丁寧に、ほかの三本も同様にする。厚紙をすべてテープで留めると、椅子のかたちをした段ボール箱が出来上がった。テーブル、デスク、戸棚、スツール、ソファなどのかたちをした段ボール箱もできた。ベッドは巨大な段ボール箱になった。アヘン吸引に使われた三段重ねのアンティークの小卓も、一段ずつ完璧に包装された。それはまるで、彫刻家のグループが作業を逆さまに進めているようだった。私たちの持ち物はすべて、より大きくなり、かたちが粗削りになっていった。

私は何回か仕事中の作業員に話しかけてみたが、つっけんどんな返事しか返ってこない。私たちは手を出させてもらえなかった。私が何かを拾い上げると、誰かがさっと近づき、笑顔でしきりに礼を言いながら取り上げてしまう。「いっさい任せておくほうがいいんです」と言うウェインは正しかった。作業班はコンテナに荷物を、まるでジグゾーパズルをはめるようにきっちりと詰め込み、トラックで夜の闇へと運び去っていった。すばらしい気分だった。持ち物はもうない。住所もない。もう、どこでも好きなところに住めるんだ。数週間後、レスリーと私は新しい家を探し始めた。

私たちは二人とも、大人になってからアメリカで暮らした経験があまりなかった。私は大学卒業後すぐにイギリスで大学院に進み、その後中国へ渡り、あっという間の一五年を過ごした。アメリカで就職したことも家を持ったこともなければ、アパートを借りたことさえなかった。最後に買った車には有鉛ガソリンを入れていた。両親はまだミズーリ州の故郷の町に住んでいるが、それ以外、アメリカのどことも私はつながりがなかった。レスリーは、私よりなおつながりが少ない。ニューヨークで中国移民の家に生まれ育ち、物書きとしてのキャリアを築いたのは上海と北京であった。

中国に住んでいた何年もの間、私はたまにしか帰国しなかったが、それでもアメリカという国について考えることは多かった。中国人はたいてい外国の生活を知りたがり、よく質問をした。今、アメリカでは何時ですか。アメリカでは何人子どもを持てますか。航空券はいくらですか。アメリカについて、よくも悪くも極端な意見を持っている人は多い。枝葉末節の奇妙な話を聞きかじり、ひどく興味を示すこともある。アメリカの農民はものすごい金持ちだから、自家用飛行機で種をまくって本当ですか。アメリカでは家族の結びつきが中国ほど強くないから、成人した子どもが親と一緒に食事をするとき、親に食事代を請求するんですか。ショーンという英語名の私の生徒はこんな作文を書いた。

アメリカの人は拳銃を持つことができると本や映画から知りました。本当かどうかはわかりません。(…)路上生活者は防弾チョッキを着なければならないと、本にありました。本当でしょうか。アメリカについての格言があります。天国に行きたければアメリカへ行け、地獄へ行きたくてもアメリカへ行け、というのです。

真実と誇張がこんなふうに入り交じっていると、返事のしようもない。初めのうち、こんな話題が出ると私はいらいらしたものだ。もっときめ細かなものの見方を示せない自分が情けなかった。だが、やがてこうした会話は厳密に私という個人についての話ではないことに気づいた。中国では、アメリカは（私よりも）中国人にとって個人的なものだった。アメリカについてのこうした質問は、中国人の関心や夢や恐れを表している。アメリカについて語っていても、その会話には自分たちの国のことが含まれているのだ。

外国生活が長くなればなるほど、私自身のものの見方も同じように変わっていくのを感じた。中国は私の座標軸になった。自分がアジアで見知っていることと比べながら、アメリカを見るようになった。アメリカでの生活についても、漠然としか考えられず、ある特定の地にいる自分を思い描くことはできなかった。だとすれば、どこにだって住めるじゃないか。北京を離れようと決意したとき、レスリーと私は著作の取材を終えていたので、仕事はどこででもできる状態だった。勤め先もなく、子どももいない私たちに長く住む家は必要ない。いずれまた外国に住むことになるだろうから。目立つ外国人として中国の都会生活を何年も続けたあとでは、辺鄙な田舎でひっそりと暮らすのもいいだろう。ロッキー山脈のふもとの、誰も知り合いのいない田舎町——これこそ私たちが抱いた中国版アメリカン・ドリームであった。

私たちは中古のトヨタ車を買い、後部座席にアイスボックスを入れてコロラド州の二車線道路をあちこち走り回った。三月のこの時期、山々はまだ深い雪に覆われているところもあった。夜になると安モーテルに泊まり、昼間は不動産屋を訪れる。借りたいと思う物件はめったになかった。アメリカの中流階級で家を借りたいという人はほとんどいないことを、私たちは知らなかった。これは住宅バブル崩壊以前の話で、家は簡単に買えたのだ。かつて銀鉱として栄え、今は人口三〇〇〇に満たないレッドヴィルという町でのことだ。貸家を探して不動産屋に行くと、「HUD（住宅都市開発省）の融資条件を満たしていますか」と訊かれた。まず満たしていないと思いますと答えると、トレーラー・ハウスを勧められた。貸家といえばたった一軒、ハイウェイ24の上方六メートルのところに建っているプレハブ住宅しかなかった。今はモリブデン採掘の労働者たちが住んでいますが、間もなく引き払う予定ですから順番待ちリストに入れておきますよ、と不動産屋は約束してくれた。レッドヴィルは鉱山を再開する予定だそうだ。主に中国の需要が増えたからだ。私たちは物件を一目見ただけで、そのままドライブを続けた。

私はこの地方の明るい風景が気に入った。とくに夕方になると山々の頂が赤く輝くさまはすばらしかった。谷間に点在する町の重厚な名前も気に入った――グラニット（御影石）、ベッドロック（岩盤）、ソウピット（木挽き穴）、クレステッドビュート（冠羽の丘《かんむりばね》）。コロラド州南西部ではアンコンパーグル川に沿って何マイルも進んだが、標識にこの名を見るだけで楽しい気分になった。ある不動産屋が、川からほど近い真新しい一軒家に案内してくれた。家はアルカリ平地に建っていて、その白い表土は粉々に割れたガラスのようにまぶしく、ここで本を書くと考えるだけで頭痛がしてきた。私たちが見せてもらった貸家は、どれもしっくりこない物件ばかりだった――カーペットがお粗末だ、羽目板が安物だ、あるいはいったん雪が降ったら、なかなか解けない日陰の谷間に建っているなど。自分たちが、悲劇直後の現場に来たのだと感じることもある。離婚、死、破産――小さな町で大きな家が賃貸市場へと転がり落ちるのは、そんな理由からだろう。

リッジウェイという町で不動産屋に電話したときのことだ。たまたま電話に出たのが若い店長で、実はボーイフレンドと別れたばかりだと言う。「彼が新築一軒家の賃貸契約を押し付けて行ってしまったので、私はデンバーに引っ越してゼロからやり直すつもりです」。その家の立地はすばらしかった。アンコンパーグル川からおよそ三〇〇メートル上がった台地の上だ。家の裏手には見渡す限り一軒の家もなく、ピニョン松の林から、遠くシマロン山地の岩壁の条溝まで一望できる。リッジウェイはユタ州やニューメキシコ州との州境から近く、人口は七〇〇人あまり。信号は一つ。マクドナルドもウォルマートもスターバックスコーヒーもない。加えて、その家では携帯電波が受信できなかった。北京とこれほど違う場所はほかに想像もできなかった。私たちはその場で一年の契約を結んだ。

私たちはマットレスとわずかばかりのガーデン家具を買いそろえ、北京から荷物が届くまで床の上で寝ることにした。ある日、モントローズの町までドライブし、アンティークショップで木製の本棚を見つけた。店主は送料を割り引きますよと言い（こちらが一〇ドル払い、残金は店が負担する取り決めだ）、軽トラックの持ち主である自分の息子に電話した。「二五ドル？　そんな、高すぎるよ。二〇じゃどう？」と言っている。中国人がこれを聞いたら、やっぱりと思うだろう。年老いた親が成人した子どもと金の交渉をする――帰国して一カ月もたたないうちに、私はもうそんな場面を目撃したのだった。

がらんどうの家で、私は固定電話サービスの契約書にサインした。番号は非公開にしたいが、それには一月二ドルの追加料金がかかるという。一瞬、私は迷った。匿名性も大事だが、情けないが二ドルも惜しい。「妻の名前を載せるよ。レスリー・チャンっていうんだ」

かなりありふれた名前だと、そのときは思った。だが、私の名前と合わせて電話帳にどう掲載されるかまでは考えが至らなかった――「チャン、ピーター&レスリー」。すぐさま郵便物が届き始めた。

ピーター・チャン様

お得なプランをお見逃しなく。お得なだけでなく、わが社のサービスは内容も充実しております。電話会社はぜひわが社をお選びください。

レスリーにも私にも、郵便物は一通も来なかった。手紙はすべてピーター・チャン氏宛てだ。カード会社や電話会社や車のディーラーからパンフレットが届いた。ピーター・チャン氏はハングルや繁体字で書かれた中国語の手紙も受け取った。夜になると、不思議な言葉で電話がかかってきた。韓国人は言葉が通じないとわかるとすぐに電話を切る。だが、中国語の電話がかかってくると、私たちはできるだけ引き延ばして発信地を突き止めようとした。コロラド州の田舎の電話帳からアジア系の名前を拾い上げているのは誰なのか。

かかってくる電話はたいてい長距離用テレホンカードのセールスで、かけてくるのは心細げな人たちだ。たまに、中国人の電話販売員が別の商品を提示することもある。ある夜、レスリーは、ワイ・アー・ミンの保養地を買わないかという女性からの電話を受けた。私も割り込んで電話を聞いていたが、場所の名前が聞き取れない。「ワイ・アー・ミンってどこですか」とレスリーが訊いた。

アメリカの西部です、と女性は答える。カウボーイがいて山があり、空気がきれいです――パズルを数秒間じっと見ていると、突然全体像がはっきりすることがある。どうしてわからなかったのか不思議なくらいだ。もちろん、ワイオミングのことだ。

「この電話、どこからですか。中国本土ですか」とレスリーが訊いた。

ちょっとした沈黙が続いた。「私どもは香港の企業ですが、ワイ・アー・ミンのツアーもご提供しております」

「香港の会社って、本当かな。手当たり次第に電話するなんてこと、香港の会社はしませんよ。それにあなた、話し方も違うでしょ。本土のどこからかけているんですか」

電話の女性の声はか細くなった。「私たち、香港の企業だと名乗ることになっています。これ以上は申し上げられません」。ワイ・アー・ミン、ワイ・アー・ミンと、その後しばらく、私はときどき声に出して言ってみた。その響きを聞きたかったのだ。それは奇妙な、それでいてどこか懐かしく魅力的な言葉だった。

コンテナの到着が遅れていた。デンバーの引っ越し業者によれば、火曜日の正午に届くはずだった。だが、途中のモナーク峠で雪のためトラックが立ち往生し、機械の不具合も起きたという。ようやくわが家のドライブウェイにバックで入ったトラックはピニョン松にぶつかり、松の枝を二、三本折ってしまった。コンテナは中国で通関手続き後に施錠されていたが、開錠するための鍵がないとわかると、運転手は重い切断具を取り出し、にやりと笑った。「この赤首野郎《レッドネック》に任せてくださいよ。道具さえあればなんだってできますから」

引っ越し荷物が届いたときどんな気分になるか、北京からアメリカへ帰国した友人たちが忠告してくれていた。生まれたばかりのわが子を病院から連れて帰るときのような気分を味わうという。突然、何もかも自分でやらなければならない。北京でウェインに指揮されて働いた一二人に取って代わって、リッジウェイのわが家ではジェームズとグレッグという名の二人のアメリカ人が作業にあたった。この二人は制服も着ていないし、きびきびと動きもしない。レスリーと私が手を出しても、文句一つ言わない。わが家に着いた途端、二人はどこかに食事ができる店はないかと訊いた。ジェームズが首尾よく錠前を粉砕したあと、開いたコンテナをのぞき込んだ二人は畏敬の念に打たれて黙り込んでしまった。

「こんなの見たことないや」ジェームズがついに口を開く。「こりゃあ、みんなに話さなくちゃ」

午後いっぱいかかって、私たちは箱を家の中に運び入れた。ジェームズとグレッグはときどき、中国人の見事な仕事ぶりをしげしげと眺める。一度など、ジェームズはドライブウェイでしゃがみ込み、段ボールで梱包されたテーブルを点検しながら「こりゃすごい。こっちは真っ青だな」と首を振りながらつぶやいていた。

梱包箱はそれぞれ番号が付き、ラベルが貼ってあった。ジェームズがこれを読み上げ、レスリーが送り状リストと照合する。ジェームズはときおり身の上話を差し挟む。ルイジアナに育ち、子ども七人は学校へはやらず、妻と自宅で教育している。以前は長距離トラックを運転していたが、最近ガソリンが高くなりすぎたからトラックは売り払った。「一〇〇万ドル稼ぐんだと意気込んでいるやつに売ってやった。結局、金儲けどころかトラブルを一〇〇万件抱え込むことになるさ」。ジェームズは年に何千ドルも使って本を買うそうで、話題が豊富だった。トラック運転手の燃料節約戦略や苗木の育て方から、養鶏のことまで知っていた。「養鶏場に知り合いがいてね。今じゃ、ニワトリは薬漬けですよ。生まれてから処理されるまで、たった一八日だって。一八日ですよ！ 昔は何カ月もかけて大きくしたもんだ。ニワトリに注射する係の女性がね、ときどきヘマをして、注射針で自分を刺すんだそうです。すると皮膚がただれて、顔に毛が生えてくるって。だから、おれ、もう鶏肉は食べないことにした。はい、これ九四番、書類関係の箱」

最後に梱包を解いたのはベッドだった。何年も前、レスリーが上海のアンティークショップで見つけた天蓋付きベッドだ。天蓋は一八個のニレ材の部品からできていて、その一つ一つに、花や人や仏教のシンボルなどを複雑に彫り込んだ渦型装飾が施されている。ネジやボルトはいっさい使わず、刻み目にはめ込みながら、決まった順番に従って組み立てていくのだ。私たちは天蓋の四本柱を、左回りで順番に一本ずつ立てていった。全体のバランスが完璧にとれるまで、一人が一つの側面を支えていなくてはならない。夜が来て暗がりが広がると私たちの間に一種の親密さが生まれた。レスリーと私、ジェームズとグレッグの四人は、ほぼ一〇〇年前に作られ、ハスの花や菩薩や永遠性のシンボルが彫り込まれた天蓋つきベッドを囲んでいた。天蓋が完璧な姿を現すと、ジェームズはいっとき仕上げを点検して感嘆の声を漏らした。「見事なデザインだ」。この二人はデンバーまでの山道をこれから六時間もドライブしなくてはならないが、ジェームズは最後まで陽気だ。じゃあお元気でと言いながら握手をする。これでまた一つ、おしゃべりの種が増えたと喜んでいるようだった。

アメリカ人の、とくに田舎町の人たちのおしゃべりを自分がどれだけ恋しく思っていたか、私は帰国するまで気がつかなかった。話を進めるペースも好きだったし、言葉のニュアンスがわかることもありがたかった。一度、両親に会いにミズーリ州の実家に行ったときのことだ。空港から乗ったシャトルバスの運転手は、サウスカロライナ出身だという。胸まで垂れるふさふさの白ひげを生やしていた。つい最近まで中国にいたんだよと私が言うと、こう訊いてきた。

「マンドリン（中国語《マンダリン》の言い間違い）、話せるんですね」

私の発音はマンドリンの音色ほどきれいではないが、一応イエスと答える。

「どっかで読んだんだけど、中国人は四人並んでどこまでも海へ入っていくそうじゃないですか」

実家までの二〇〇キロ、運転手はずっとしゃべりどおしだった。別れた妻のこと、勉強中の聖書へブライ語のこと、話題はいろいろだ。とくに「ダニエル書」についてははっきりした意見を持っていた。今はミズーリ州中部でトレーラー・ハウスに住んでいるが、一九六〇年代にはフランス、スペイン、ギリシア、トルコなどへ行ったそうだ。「金持ちのおじさん《アンクル》がいてね、連れてってくれたんだ」

「そいつはいいなあ。そのおじさん、何してた人？」

「つまりさ、アンクル・サム（アメリカ政府）だよ」

中国では、おしゃべりはこんなふうには進まない。中国人は話し下手だ。注目を浴びるのが好きではないし、物語を楽しむこともあまりない。細部を面白く語ることもない。かといって、黙っているのが好きというわけでもない。実際、たいていの中国人は食べ物やお金や天気のことになると、うんざりするほど長々と話す。それに、外国人に質問するのも好きだ。ところが、個人的な事柄には触れないようにする。物書きとして、私はインタビューの相手が口を開くまでに何カ月もかかることがあると思い知らされた。おそらく、人びとがあれほど密接な関係を保ちながら暮らし、すべてが家族や集団を中心に回っていく社会では、これが自然な振る舞いなのだろう。

それに、中国人が選ぶとしたらコロラド州南西部のような場所に住みたいとは決して思わないだろう。独りでいたいというアメリカ人の欲求は、私にとって感動的だった。孤独にはどこか会話を解き放つ力があるのだ。ある夜、リッジウェイのバーで出会った男は、話し始めて五分もしないうちに、自分は刑務所から出てきたばかりだと打ち明けた。別の客は、妻に先立たれ、最近自分も心臓発作を起こした、今や一年以内に死にたいと願っていると言っていた。アメリカでは安心して世間話に興じてはいられないことを、私は学んだ。会話はいつなんどき、打ち明け話に変わるかわからないのだ。自宅にケーブルテレビを引いたとき、外壁に穴を開けに来た技術者はデルタという町に引っ越したばかりだというので、どんな町かと訊いた。

「静かですよ。なんにもない田舎です」

「どうしてそこに引っ越したの」

男はドリルの手を止めて私を見上げた。やせた二十代の若者で、両腕のあちこちに青いタトゥーが静脈のように走っていた。「生まれて二カ月の息子が死んだんです」とゆっくりと口を開く。「デンバーでね。それでどうしても出たくなって。あそこにはもういられなかった。それでデルタに引っ越したんです」

私は、すぐには答えられなかった。「それは、それは……大変でしたね。つらかったでしょう」ほかになんと言えばいいのだろう。アメリカでは、個人的な話にどう答えるべきか困ることがよくあった。とはいえ、私の答えなんかどうでもいいことが、やがてわかってくる。たいていのアメリカ人は話すのはうまいが、人の話を聞くのが苦手なのだ。私が外国に一五年間住んでいたと知ると、田舎町の人はたいてい同じことを訊く——「軍隊にいたんですか」。それ以外には訊きたいこともないようだった。私たち二人とも物書きで、ここ一〇年ほど中国にいたんですと言えば、ことは簡単になるとレスリーと私は考えついた。もう誰もなんと答えればいいのかわからなくなるのだ。そんなことより、最近の刑務所暮らしについて語るほうが、ずっと気が楽というものだった。

アメリカ人の好奇心のなさにがっかりすることもあった。中国では人からいろいろ訊かれたものだ。中国では、無学の人でも外国のことについて知りたがる。アメリカ人はなぜ好奇心がないのか、と私は思った。一方、多くの中国人が自分たちや社会についてほとんど関心を示さないことが、私にとって印象的だったのも事実だ。中国人は内省的ではない。自分自身の暮らしについては深く考えたがらない。これがアメリカ人との大きな違いの一つだった。アメリカ人は、自分のこと、今までいた場所について始終語る。田舎町の人びとがよそ者に質問することはあまりなかった。実際のところ、私たちは人の話をただ聞いてさえいればよかった。

聞き役に回ってばかりいると、まるで自分が外国人（とか、なりすまし犯とか）になったような気分になるが、それでも人びとの物語にはどこか気持ちを和ませるものがあった。それは、子どものころから私の文化をかたち作ってきたものなのだ。自分はもう地元の人のような話はできないが、それでも人びとの語りはよく理解できた。私は話を聞くのが好きだったから、やがて地域のイベントによく出かけるようになった。人の集まりの中に黙って座っているのが楽しかった。よくレスリーと一緒に、ロデオやクウォーターホース競馬で地元の農場主がプロと競い合うのを見に行った。秋になると、近くの高校のフットボールの試合も観戦した。地元オレイサの小さな高校が州チャンピオンに勝ち進むのを見届け、オレイサのメインストリートで行なわれた優勝パレードも見に行った。選手たちは消防車に乗って通りの外れまで行き、また戻ってくる。だから、町の人たちはみんな、選手たちに二回喝采を浴びせることができた。

六月のある日、私たちは「キリストを求めるカウボーイ」という宗教集会に参加した。ちょうどロデオシーズンが始まったばかりの時期だった。会場で配られていた「カウボーイの道」という無料パンフレットは、キリスト教をテーマにロデオ競技者の体験談をまとめた文集だ。講演者の一人はモリス・モットという名のカントリー歌手で、崩壊家庭に育った半生を語った。「私の物語が主イエス・キリストの物語と出会ったのは、十六歳のときでした」。それから新しい生き方をいかにつくり上げてきたか、わが子が死に瀕したとき信仰がいかに救いとなったかをゆっくりと、自信たっぷりに話す。二〇〇人の聴衆は静かに聞き入っていた。「自分の物語を語れる人は議論をする人より優位な立場に立てます。あなたの物語は有力な武器です。この武器は敵に対してばかりでなく、ほかの人びとを光の中へと導き入れるためにも使えるのです」

私は六カ月で一三キロやせた。何年も前、私は長距離走をしていてレースに出たこともあるのだが、大気汚染がひどい北京では趣味のランニングをあきらめていた。だが、ここリッジウェイに居を構えてから、また走り始めたのだ。標高二四〇〇メートル、見はらす限りの台地を走りながら、シカやエルクやシチメンチョウを探した。二度、クーガーを見かけた。自分がまだ一二、三キロは走れるのに驚いた。脚に軽さが戻るまで時間はかからなかった。

これはピーター・チャン氏が健康的な暮らしを送る時期なのだった。今ではチャン氏宛て郵便物はほぼすべて、中国語で書かれた派手なパンフレットばかりだ。朝鮮ニンジン製品（プリンス・ゴールド印の心臓薬、純正アメリカ製朝鮮ニンジン粉末など）の広告だ。すべてウィスコンシン州ウォーソーにあるプリンス・オブ・ピース企画という会社が発送したものだ。またピーター・チャン氏は、韓国系航空各社からも定期的に郵便物を受け取った。ヘルマン・モーターズという会社は額面二〇七八ドルの小切手を手紙に添えて送ってきた。

ピーター・チャン殿
本状は、貴殿が大手自動車会社のために行なわれた市場調査試験において確実な合格者として選ばれたことを公式に通知するものであります。冗談や悪ふざけや策略では決してありません。

金を受け取ってくれと頼まれているピーター・チャン氏とはどんな人物だろうと、想像を巡らすのは楽しかった。きっと謎の多い国際人の一匹オオカミなのだろう。チャン氏宛ての電話に出るのも面白かった。ある日、夕食を町ですませて家に帰った途端、電話が鳴った。レスリーが出る。

「ピーター・チャンさんと話したいんだって。女の人からよ。全米ライトバルブ協会の人らしいわ」

「全米ライトバルブ協会？　なんだい、それ？」

「知らない。電話切っちゃおうか」

私は話を聞いてみることにした。回線の状態が悪くてよく聞こえないが、なんでも副会長のウェイン・ラピエールのメッセージを聞いてから、続く質問に答えてくれと頼んでいるようだ。メッセージは怒りの声で始まった。フランス系の名前のこの人、なんでこんなに興奮してるんだろうと思った瞬間、わかった。「ライトバルブ」じゃなくて「ライフル」だったんだ！　全米ライフル協会がここコロラド州南西部の未開拓地で、世論調査と見せかけたプロパガンダ戦略を展開していたのだった。

アピエール氏によれば、国連は史上もっとも厳しい銃規制条約の締結をめざしていた。第三世界の独裁国家がこれを後押ししている。そればかりでなく、アメリカのリベラル派官僚やメディア界のエリートたちもこれに賛同している。ラピエール氏に続いて男が質問した。

「チャンさん、第三世界の独裁国家とヒラリー・クリントンはアメリカ国内で銃器を規制しようとしています。これについてどう思われますか」

「賛成ですよ」

「え？　何に賛成なさるんですか」

「銃を規制することですよ。おわかりでしょ、私はあなたのおっしゃる第三世界の独裁国から来た人間です。中国からです。人は自由すぎるのもよくないと思ってます」

長い沈黙が続き、やがて男は言った。「わかりました。率直にお答えいただいてありがとうございます」

「私がなんと言うと思ってたんですか。チャンという名の人に電話したら、みんな同じことを言いますよ。これについては、みな同じ意見です。私たち中国から来た者は誰でも、銃なんかいらないと思ってます」

「わかりました。おっしゃることはよくわかります」

「われわれはもっと強い政府が欲しい。中国のようにね」

「ああ、そうですか。お答えいただいてありがとうございます」。電話の男はとても礼儀正しく、反対意見は決して口にしないが、電話をどう締めくくればいいかわからないらしい――たしかに、パッとひらめく頭《バルブ》ではなさそうだ。ついにこちらから、ではこれでと言って電話を切り、それからピーター・チャン氏はゆっくりと夜を過ごしたというわけだった。

帰国して九カ月ほどたったころ、私たちはラスベガスへ長距離ドライブに出かけた。まるで帰国記念の最後の行事に臨む気分だった。到着してみれば、ちょうどフルマラソンとハーフマラソンの大会が開かれるところだという。ロデオやフットボールの試合をたくさん見たあとだったので、私は自分でも競技に参加したくなり、ハーフマラソンに出場することにした。

レースは夜明け前に、マンダレーベイ・ホテルの前でスタートした。一万七〇〇〇人のランナーが一気にラスベガス大通りを走り抜ける。ネオン輝くルクソール、トロピカーナ、MGMグランドなどのホテルの前を通り過ぎた。夜通し忙しかったギャンブラーたちが外に出てきて応援してくれた。数キロ走るうちにペースが速くなってきた。気分よく走れる。高地でトレーニングを積んできたかいがあったというものだ。間もなく、周りのランナーがまばらになってきた。六マイル地点で、私は数人のグループの先頭にいた。前方のグループから四、五〇メートル離れている。

レースにはプロの選手も参加していた。賞金の四万五〇〇〇ドルをめざすアフリカやヨーロッパの選手たちで、さすがに速い。六マイル地点の近くに、ハーフマラソンの折り返し点があるはずだったが、前方でターンした人は誰も見えなかった。ついに私は、ボランティアの制服を着て立っている人に訊いた。「ハーフの折り返し地点はどこ?」

「ここですよ」

私はよろめきながら立ち止まった。「ほんとですか」

「そうですよ、ほら、あの道を行ってください」

ボランティアの人はちゃんと注意していなかった。ただ、通り過ぎるランナーを見ていただけなのだ。言われた方向にしばらく走ると、警官が一人、歩道の縁石に止めてあったバイクを出してライトを振り回した。あ、先導車なんだと気づいたのはそのときだ。私は先頭を走っていた。八〇〇〇人ものランナーが私に続いていた。

　私は若いころでさえ、大きなレースで先頭に立てたことは一度もない。参加者数百人程度のレースなら勝ったこともあるが、規模が大きな競走となると、私よりずっと速い選手が必ずいた。今日も、速い選手たちはまだ走っているはずだ。折り返し地点を見逃しただけなのだ。すぐに気づけば、戻ってきて私をすいすい追い抜いていくだろう。私は一〇マイル地点に着くまでは、決して振り向かないと自分に誓った。

　中国で私がよく夢見た静寂と孤独は、レースの先頭に立ったとき味わう感覚である。ランニングは普通、視覚的なスポーツだ。標識や前方を走る仲間を見て、目標を定める。だが先頭に立つと、音がすべてとなる。自分の呼吸、走りのリズムが突然はっきりと聞こえてくる。後方の足音に耳をすます。見物人の声援がいったん途絶えると、次の声援が上がるまで何秒かかるか、数えている自分がいる。

　ラスベガスがこれほど静かだとは、想像もしていなかった。コースはストリップ〔ラスベガス大通りの一部で、最大級のホテル・カジノが並ぶ地域〕を西へ数ブロック行った辺りまで続いていた。繁華街の明るい光が途絶え、周辺がみすぼらしくなる地区だ。私はラスベガス地域矯正センターに続き、エロティック・ヘリテージ・ミュージアムの前を通った。カートを押しているホームレスの男が目に入る。男は笑顔で声をかけてくれた。「がんばれよ！　一番だよ」。沿道のあちこちでロックバンドがステージの準備をしていた。チューニング中のミュージシャンたちは、たいてい私が通り過ぎるときになってようやく気づき、応援に何か弾こうとする。背後から聞こえてくる音楽は走るほどにかすかになり、やがて自分の足音と息遣いしか聞こえなくなるのだった。

一〇マイル地点で振り返ったが、後ろには誰もいない。フランク・シナトラ通りに出て、大型カジノの通用口の前を通り過ぎると、マンダレーベイ・ホテルの前のフィニッシュラインが目に入った。歓声が上がるなか、テープを切った。大会責任者が握手の手を差し伸べてくる。一五分後、ラスベガスのテレビ局の実況インタビューを受けた。女子の優勝者と最速のエルヴィスが一緒だった——一五〇〇人のランナーがエルヴィス・プレスリーに扮して出場していた。優勝した「エルヴィス」は化繊の白いボディスーツを着て、フェイクのもみあげを貼り付け、舞台に立った「ロックの王様」さながら大汗をかいていた。

私はレスリーと一緒にテントへと案内された。トップランナーのための特別テントだ。そこでビュッフェの朝食を食べながら、プロのランナーたちが走り終えるのを待つ。ぼちぼちと、一人ずつ完走者が足を引きずりながら入ってくる。多くはケニアやエチオピアの選手だ。みんな、腿が太く、ふくらはぎはウィペット犬のように細い。長距離レースを完走した選手がよく浮かべる、取りつかれたような顔つきをしている。頰はこけ、目はうつろだ。ビュッフェに並んでいると、ロシアの女子選手がいぶかしげに話しかけてきた。「おたく、レースに出られたんですか」

ハーフマラソンで優勝しましたと答える。

「あまり疲れてないようですね。走ったあとのようには全然見えないわ」

そうなのだ。私がこのアスリートたちの仲間でないことは明らかだった。私は、このマラソン大会が始まって以来一四年間で最低のタイムで優勝したのだ。先頭ランナーたちが間違いに気づいたときは、すでにコースから数マイルも逸れていた（さすがにラスベガスの大会だけあって、この選手たちはリムジンの迎えを受けてゴールまで移動したという）。大会ディレクターは表彰式があると言っていたが、時間がたつにつれて私は居心地が悪くなってきた。特別テントに座っているこの自分は詐欺師じゃないだろうか。ついにレスリーと私は、道中食べようとクロワッサンを二、三個失敬し、そっとテントを抜け出した。

あの大会で私は賞をもらわなかった。これはピーター・チャン氏の心にふさわしい行為だったと思う——チャン氏は賞金やただでもらえる金には見向きもしない。それに、外国人の常として、道に迷ったら誰かに訊くべきだと知っていた。いずれにせよ、面白い経験ができたのだ。フランク・シナトラ通りを一人で走り抜けたのだし、ラスベガスのテレビにも出演した。エルヴィスの、汗で濡れた手も握った。ついに私は帰国し、今では人に語れる物語がある。アメリカではこれさえあればなんとかやっていける。

謝辞

中国南部でネズミを食べる話を書いた私のメールにジョン・マクフィーが目を留め、デイヴィッド・レムニックに転送したとき、この本は始まった。転送してくれたジョンと、それを読んでくれたデイヴィッドには感謝してもしきれない。

『ニューヨーカー』誌では、チャールズ・ミッチェナー、ニック・パウムガーテン、ダナ・グッドイヤー、エイミー・デイヴィッドソン、ウィリング・デイヴィッドソンの五人の編集者にお世話になった。駆け出しのころ、私はひどく雑な文を書いていた。長江から出てきた田舎者の私と根気強く付き合ってくださった編集者の各氏に感謝したい。またドロシー・ウィケンデンに、そして遠い国で優れた事実調査をしてくれた『ニューヨーカー』誌にお礼を申し上げる。

ミズーリ州の私の実家のほんの二ブロック先に住んでいるダグ・ハントは、優れた編集者だ。ほかのどこを探しても、ダグほどの編集者はいない。私のこれまでの著作と同様、本書の各編はすべてダグの助言から言い知れぬほどの恩恵を受けている。これほどの才能の人がこれほど近くに住んでいるのだ。

私は、一四年間というものずっと変わらぬ一人のエージェント、同じ出版社と編集者、そして一人の広報担当者のお世話になってきた。そんな幸運がほかにあるだろうか。ウィリアム・クラーク、ティム・ダガン、ジェーン・バーンに感謝している。この仕事の世界で多くのものが変わっていくなかで、この三氏は常に安定をもたらしてくれた。

イアン・ジョンソンとマイケル・メイヤーには草稿を何度も読んでもらった。両氏のほかにも、中国で知り合いになった作家や写真家のすばらしい仲間たちがいる――ミミ・クオ゠ディーマー、トラヴィス・クリングバーグ、マイク・ゲーティグ、マット・フォーニー、マーク・レオン、ジエン・リン゠リウ、クレイグ・シモンズ、デイヴィッド・マーフィーのみなさんに感謝。ケルステン・チャン、ソフィー・スン、ツイ・ロンの三氏には、調査と事実確認でたいへんお世話になった。

両親へ――子どもの私に、面白い人たちと知り合う機会をあれほどたくさん与えてくれたこと、また好奇心を持ち、共感することの手本を示してくれてありがとう。レスリーへ――いつも、いつも、いつも、きみは何が必要かをわかってくれていた。エリエルとナターシャへ――いつの日かきみたちがこの本を読んだら、おむつ替えと夜間の授乳を際限なく繰り返しながら、私が時間をやりくりしてどんなに働いたかをわかってくれると思う。そして、私が老人になったら世話をしようという気になるだろう。そんなきみたちに深く感謝している。

「マジですか。記事を見込んでネズミ食べたんですか」あるテレビ記者にこう訊かれたことがある。私に言えるのはこれだけだ――物書きというものは、どこかで一歩踏み出さなくちゃならない。

訳者あとがき

本書はPeter Hessler, *Strange Stones: Dispatches from East and West* (Harper Perennial, New York, 2013) の翻訳である。

著者ピーター・ヘスラー氏はアメリカのジャーナリスト・作家で、激変する中国とそこに住む人びとを長年にわたり描き続けてきた。一九九〇年代、平和部隊《ピースコー》のボランティアとして四川省に派遣されたのが中国との初めての出会いだったという。英語教師としての任務を終えたのちも中国にとどまり、フリーのライターとして『ナショナル・ジオグラフィック』や『ウォールストリート・ジャーナル』などに寄稿、二〇〇〇年からは『ニューヨーカー』誌の北京特派員を務めた。著書に *River Town* (2001)、*Oracle Bones* (2007) をはじめ、経済成長への道を突き進む中国を描いて高い評価を得た *Country Driving* (2010) (邦訳『疾走中国』白水社、二〇一一年) がある。

広東でネズミ料理を食べる話から始まる本書は、二〇〇〇年から一〇年あまりにわたって主に『ニューヨーカー』誌に掲載された記事を(一部大幅に書き換えて)収めた作品集である。北京の胡同や万里の長城、近代化やモータリゼーション、政治やスポーツまで実に多岐にわたる話題を取り上げる各編は、いずれも鋭い指摘を含む味わい深いルポだ。そして、実にさまざまな人たちが登場する。

著者が知り合いになった中国人は「自分のことはなかなか話したがらない」が、いったん懇意になると「飾り気がなく、陽気で感傷的なところがまったくない」人たちだ。北京の開発の大波に追われ、住み慣れた胡同から立ち退きを迫られた王さんは「世の中には終わりのないものはない」ことをよく知っていて、「先のことをくよくよ考えたりはしない」。開発のスピードは凄まじい。「一九九〇年代から二〇〇〇年代の初めにかけて（…）開発業者は北京の古い市街のおおかたを売り尽くした。（…）一つの胡同の運命が決まると、その中にある建物には丸で囲んだ『拆』の印がペンキで塗られ」、取り壊されていった。開発の波は山奥の村も襲う。三峡ダムに沈むことになった村では、ぎりぎりまで居残った一家がついに家財道具を運び出している。水がひたひたと押し寄せるなかの引っ越しを、著者は克明に記録する。水位の上昇は「時計の短針の動きに似ている。（…）水の流れは見えず、音も聞こえない。だが一時間ごとに、水位は一五センチずつ上がっていく」のだった。

自ら変化を求める人たちもいる。教師になって故郷に落ち着くのはまっぴらだと、深圳に出て仕事を転々とする「新興都市の娘」は著者の教え子だ。強い上昇志向をバネに自分の力で突き進むその姿は、ここ一〇年あまりの中国の歩みを体現しているともいえよう。しかし、たくましく生きるこの女性も、迷いや将来への不安とまったく無縁ではなく、よりどころを求めている。

中国からアメリカのプロバスケットボールの世界へ飛び込んだ姚明《ヤオミン》のしなやかな生き方も印象的である。初めて「ヒューストンへ移ったときは大変」だったが、今では中国のスポーツについて「（その）目的は常に国家の栄誉のため（…）ですが、スポーツはそれだけではないと思います」と堂々と意見を述べる。姚明の活躍を通して垣間見える中国のスポーツ事情は複雑だ。

二〇〇八年オリンピック北京大会は、政治社会的に「まさに完璧なタイミング」をとらえて開催された。世紀の祭典に国中がわき立つが、著者が知り合った村人たちは「限界をわきまえて」いて、試合を見に行こうとしない。「おれたちは市内に入っちゃだめなんだ。いま、市内に人が大勢押しかけたら困るだろ」。自転車レースが行なわれる市内の大通りには、歩道に象棋盤《シアンチー》を出し悠然と勝負を続ける老人たちがいる。レスリング予選会場の片隅でひっそりと試合を見守る男は、中国初の銀メダルに輝いた選手の父親だ。
また本書には、中国で夢を追い続けるアメリカ人も登場する。万里の長城に魅せられ、黙々とフィールドワークを続ける孤高の研究者や、中国車の対米輸出をねらう起業家らだ。それぞれ強烈な個性の持ち主である。

変わり者、よそ者、何かを探し求めている人、激変する社会を生き抜く人など、さまざまな人物を描く各編からは、自分と異なる人とつながろうとする著者の気持ちが伝わってくる。この気持ちこそ、記事を書く基本だと著者は言う。

前作『疾走中国』に続き、ふたたびピーター・ヘスラー氏の著作を日本の読者に紹介することができてたいへん嬉しく思っている。著者の夫人であるレスリー・T・チャン氏の『現代中国女工哀史』（白水社、二〇一〇年）を含め、ご夫妻の著作の翻訳はこれで三作目となった。いずれも肩の凝らない読みものだが、どの作品にも鋭い指摘の中に他者と「つながろうとする気持ち」がにじみ出ていて、楽しみながら訳出することができた。

なお、原書を構成する一八編の中には、中国だけでなく、日本をはじめアジアやアメリカを題材にした記事も含まれているが、訳書を刊行するにあたってはテーマを中国に絞るため、著者の同意を得て一四編に絞り込んだ。また、作品集である本書には前作と重なる部分がいくつか含まれている。読み比べてみると、一つのエピソードから縦横に話を展開させる著者の「語りのうまさ」に感心させられることが多い。

原書の持ち味を生かそうと、訳出には全力を尽くしたが、思わぬ誤りもあるかと思う。ご教示、ご批判をお願いしたい。中国語の語句や固有名詞の漢字表記については、著者をはじめ、涪陵《フーリン》の李雪《リーシュエ》順《シュン》氏と台湾の除明瀚《チューミンハン》氏に教えていただいた。

最後になるが、翻訳の機会を与えてくだった白水社、とりわけ編集部の阿部唯史氏には企画から校閲までたいへんお世話になった。心からお礼を申し上げたい。

ヘスラー氏は二〇一一年、アメリカ屈指の慈善基金団体であるマッカーサー財団の「マッカーサー・フェローシップ（通称「天才賞《ジーニアス・アワード》」）」を受賞した。これは創造性や洞察力に優れ、将来のいっそうの活躍が見込まれる個人に与えられる賞だと聞いている。まさにヘスラー氏にふさわしい賞であろう。現在、ヘスラー氏はエジプトの首都カイロを拠点に仕事をされている。中東での取材活動はご苦労も多いと思うが、きっとまたすばらしいルポルタージュを届けてくださるに違いない。ご活躍を心からお祈りしている。

二〇一三年十二月

栗原　泉

著者

ピーター・ヘスラー　Peter Hessler

一九六九年、米国ミズーリ州生まれ。プリンストン大学卒業後、オクスフォード大学で英文学を学ぶ。一九九六年、平和部隊（Peace Corps）に参加し、中国重慶市の長江流域の町、涪陵にある大学で二年間、英語教師として教鞭をとる。二〇〇〇～〇七年、『ニューヨーカー』北京特派員。二〇〇八年に《全米雑誌賞》を、二〇一一年に《マッカーサー・フェローシップ》を受賞。現在はフリージャーナリストとして『ニューヨーカー』や『ナショナル・ジオグラフィック』などに寄稿している。エジプト・カイロ在住。著書に、『疾走中国』（白水社）、*Oracle Bones*（《全米図書賞》最終候補作）、*River Town*がある。

訳者

栗原　泉　くりはら・いずみ

翻訳家。一九四四年生まれ。米国セント・メリー大学卒業。主な訳書に、ナイジェル・ウォーバートン『哲学の基礎』（講談社）、レスリー・T・チャン『現代中国女工哀史』、ピーター・ヘスラー『疾走中国』（以上、白水社）、ジョゼフ・ギースほか『大聖堂・製鉄・水車』（講談社学術文庫）、デボラ・L・ロード『キレイならいいのか』（亜紀書房）などがある。

DTP・地図制作――閏月社

北京《ペキン》の胡同《フートン》

二〇一四年二月一五日 印刷
二〇一四年三月五日 発行

著者 ピーター・ヘスラー
訳者 © 栗原泉
発行者 及川直志
印刷所 株式会社三陽社
発行所 株式会社白水社

東京都千代田区神田小川町三の二四
電話 営業部〇三(三二九一)七八一一
編集部〇三(三二九一)七八二一
振替 〇〇一九〇-五-三三二二八
郵便番号 一〇一-〇〇五二
http://www.hakusuisha.co.jp
乱丁・落丁本は、送料小社負担にてお取り替えいたします。

松岳社 株式会社 青木製本所

ISBN978-4-560-08346-8

Printed in Japan

◎白水社の本◎

疾走中国
変わりゆく都市と農村
ピーター・ヘスラー
栗原 泉訳

急速に整備される道路網を駆使して各地を巡り、北京郊外の農村と南部の工業都市を舞台に、変化の荒波に翻弄されつつたくましく生きる人びとの日常を描いた傑作ルポ。星野博美氏推薦！

現代中国女工哀史
レスリー・T・チャン
栗原 泉訳

出稼ぎを、農村からの脱出と豊かな生活へのチャンスととらえ、逆境にもめげず、たくましく生きる若い女性労働者たちの姿を、等身大の視点で描いた傑作ドキュメント。［解説］伊藤正

覇王と革命
中国軍閥史一九一五－二八
杉山祐之

袁世凱統治の末期から張作霖爆殺まで、各地の群雄が権謀術数をめぐらせ、三国志さながらの興亡を繰り広げた軍閥混戦の時代を、ベテランの中国ウォッチャーがダイナミックに描く。

毛沢東
ある人生（上・下）
フィリップ・ショート
山形浩生、守岡 桜訳

誕生から共産党創立、長征、抗日、文化大革命、死後まで、成長と変化を丹念にたどり、思想の変遷、世界情勢の中にも位置づけて描く、本格的な伝記。偏見や扇情を排し、その実像に迫る！

台湾海峡一九四九
龍應台
天野健太郎訳

時代に翻弄され、痛みを抱えながらこの小さな島に暮らしてきた「外省人」と台湾人。〝敗北者たち〟の声に真摯に耳を傾け、彼らの原点である一九四九年を見つめ直す歴史ノンフィクション。